大魔導士と呼ばれた侯爵令嬢

～世界が
掃除し
なんです

著 K1you
ill. パルプピロシ

TOブックス

イラスト：パルプピロシ
デザイン：木村デザイン・ラボ

転生したみたいです

どうやら私は転生者となってしまったらしい。

前世では、芙蓉舞衣《ふようまい》という名の日本人として生きた。

特筆するような人生ではなかったように思う。

大学まで普通に学校へ通って、地元の会社に就職した。就職先も特別ブラックという訳でもなく、程々に忙しくしながらも、プライベートでは漫画やゲームを楽しみ、時間が取れれば唯一の趣味と言える温泉巡りを堪能する余裕も持てた。

あえて問題点を挙げるなら、一人趣味を満喫し過ぎて出会いの機会に恵まれなかったことだろうか。

独り身のままアラサーに足を踏み入れていたけれど、それほど焦りは感じてはいなかった。喪女《もじょ》や孤女《こじょ》等と呼ばれるほど周囲に壁を作ってはいなかったし、晩婚が珍しくない昨今、親の小言や親戚のお節介さえ聞き流せば、焦る必要性は感じていなかった。

もし、三十を前にして死んだのだとすれば、両親には申し訳ない事をしてしまったと思う。もっとも、どうして死んだのか、全く覚えていないのだけれど。

残念ながら、記憶が全体的に靄がかかったように薄れてしまって上手く思い出せない。

それも仕方ないかな、と思う。

なにしろ、私はまだ赤ん坊なのだから。

はい、何もできません。

生まれて数日、ずっと夢と現実の中間のような状態で、今日になって漸《ようや》くある程度の思考を確保できるようになったところです。

勿論、現状と記憶の乖離《かいり》に大パニック。

ギャン泣き一歩手前で、漫画や小説でよく見た〝転生〟と呼ぶ現象に思い至って何とか落ち着けた。

二十きゅ……二十代のメンタルでマジ泣きしかけたのだから、その混乱具合を察してほしい。

実際に起きるなんて考えたことはなかったけれど、私自身が赤ちゃんになっているのだから、疑いの余地は無い。

生まれ変わった事が分かったなら、次はここがどこなのか把握したい。

そうは思ったものの情報収集の難易度は恐ろしく高かった。

周囲に人はいるけれど、言葉はまるで分からず、そもそも赤子の口《わたし》は言葉が紡《つむ》げるほど器用に動いてくれない。

何とか喋ろうとした結果、むにゃむにゃ音が漏れただけだった。

それを聞いた周りの人たちは何やら大喜びしていたようだけど、私の求めているのはそれじゃない。

時折、私に呼び掛けるみたいに発せられる言葉から、私の名前がスカーレットらしいと聞き取れた。他に、ノースマークと聞こえるのは家名かな。

良かった、発音に困る事はなさそうだね。

アーケンソァとか、スキネキテディみたいに難解で、自分の名前なのに発音に困るという恥ずかしい事態は避けられたらしい。助かったよ。

残念ながら、聞こえてくる会話からこれ以上の情報収集はできなかった。

いくつかの単語を聞き分けてみたものの、知っている言語に該当しない。つまり、意味不明。

言語については、今後ゆっくり解読を進めよう。

視覚から得られる情報は柔らかいお布団と天井だけ。

天井の広がりからこの部屋は随分と広く感じるものの、今は私自身が滅茶苦茶小さいので、相対比的にあんまり当てにならない。

ちなみに、まだ寝返りはできません。

動けないなら、せめて思い出せるだけ以前の記憶を思い返そう。そう決めて思考に沈んだ私は――そのまま意識を手放した。

うん、無理もないよね。

成人が普通に生活していると意識する事はないけれど、会話（そこまでには至っていなかったけれど）も、思考も、体力を消費する。体力値ミニマムの赤ん坊が活動できる時間は限られて当然だよね。

赤ちゃんは寝るのも仕事です。

私、スカーレット・ノースマークに転生しました。

赤ん坊スタートの転生は、メチャメチャハードモードです。

今度も女の子

転生した事を認識してから、多分一週間くらい経ったと思う。

起きていられる時間が少なくて、きちんと数えられているか、少し自信がない。数え間違えてたところで誰も困らないから、まあいいいか。

現状把握はまるで進んでいない。

一口に転生と言っても、異世界であったり、歴史上の人物であったり、ゲーム世界であったりと、前世のラノベ知識では色々だった。

だからなるべく早く把握して、対応を考えようと思っている。

それくらい暇だとも言う。

とりあえず、ループモノではないみたい。

母親らしき人の他に、私の世話をするために複数の使用人が出入りしている。この時点で、日本の一般家庭では有り得ない。

どうやら、今世の私の生家は随分お金持ちらしい。

そもそも、私の人生なんてやり直したって、面白みはない。特別充実してたとも思わないけれど、不満もなかった。特に後悔している事も無い。早逝すると知っていれば、もう少し親孝行しておけばよかったと思うくらいかな。

そんな人生を繰り返す方が絶望しそう。

あと、私、女の子。これ大事。

ついてなかった。

ラノベでは基本的に同性へ転生しているけれど、例外も一部ある。

少数であっても、性同一性障害が起こり得るのだから、自意識が身体と紐づいているとは思えない。つまり、転生した際に同性となる確率が二分の一であっても不自然ではなかったんだよね。

転生って不思議現象に理屈が通じるかどうかは分からないけど、私にとっては現実。ご都合主義を含んだラノベ知識はあまり役に立たない気がした。

だから、きちんと確認したよ。

幼い頃はまだ可愛いと思えるけれど、だんだんグロテスクになってゆくぷら～んが私についてなくて、本当に良かった。

もしもの場合、今から将来を儚むところだった。二分の一の勝利に感謝。

今のところ、私の異世界生活は単調だった。

基本的に寝ていて、お腹が空くと目が覚める。起きた私がぐずりだすと、使用人っぽい人がお母さんを呼びに行ってくれる。

〝らしい〟とか、〝ぽい〟とか付けてしまうのは、お世話してくれている人達の顔がはっきり見えないから。

どうも、脳か視神経がまだ未発達らしい。抱き上げてくれた際、近くにあるお母さんの顔が視界に入っているのに認識できないって、すごく不思議な感じ。

お腹が満ちると、気持ち良くなって寝てしまう。

というか、起きていられない。電源が落ちるみたいにプツリと意識が途切れる。

寝て、起きて、おっぱいを飲んで、また眠る。このサイクルを数回繰り返すと一日が終わる。

情報を集める余地ないです。

でも、大切な発見もあった。

今度のお母さん、おっぱい大きい。

大事だよ。

前世は、洗濯い……げふん、げふん……ちょっとささやか気味だった私にとっては、すごく大事です。

だって、おっぱいを飲もうとすると埋まるんだよ。

すっごい柔らかいんだよ。

あの人の遺伝子を私は受け継いで、今世の私は成長を期待できるんだよ。

テンション上がるに決まってるよね。

転生先は異世界でした

随分、大きくなりました。

生後三か月、くらいかな。だんだん数えるのが面倒になってきた。

我が事ながら、赤ん坊の成長の早さに驚くね。

もうね、寝て起きると身体が大きくなっているのが分かるくらいなんだよ。碌に動いていないのに、身体が食事をしっかり要求するだけあるよね。

ゆったりと寝ていられた揺り籠もすっかり手狭になって、ベッドに引っ越しました。

この三か月、色々あったよ。

具体的に言うと、乙女の矜持が粉々になりました。

食べればその分排泄物が溜まる。当たり前の事。おっぱいしか飲んでいない私も、例外じゃない。

はじめのうちは良かった。

ほとんど起きていられないから、寝ている間に粗相して、気が付く前にお世話係の人達が処理してくれていたみたい。気が付いてはいたけど、考える事を避けていた。

この時点で乙女としてどうなんだと思わなくはなかったけれど、精神衛生上ダメージはまだ少なかった。

でも、成長と共に起きていられる時間が増えると、そうも言っていられなくなった。

勿論、最初は催した時点で、トイレに連れていってほしいと訴えてはみた。全く伝わらなかったけれど。

未だ舌が回らないせいで形にならない言葉と、身振り手振りで必死に訴えたんだよ。結果、駄々をこねていると思われたらしい。私のご機嫌を取ろうと、いっぱいいっぱいあやしてくれた。違うの。

赤ん坊に、我慢する、なんて機能は備わっていない。限界を迎えたのはすぐだった。

放心する私を他所に、その後の使用人さん達は素早かった。恥ずかしいと嫌がる私の抵抗なども のともせずに、おむつ替えは行われた。暴れる私を叱るでもなく、無理やり押さえつけるでもなく、無駄なく交換を終わらせた使用人さん達は素直に凄いと思う。

恥ずかしいのは避けられないにしても、不快感はまるで無かった。

お湯で温かく湿らせたタオルでお尻の谷間まで丁寧に拭かれて、私の乙女心はガリガリと削られたけれども。

当然ながら、これが一日に何回も起こる。私の乙女心は重体です。

でも大丈夫。

赤子の私は、まだ物心がついていない。だからこの記憶は残らない。絶対に、残したりしない
……!

それはさておき。

首が据わったおかげで視界が広がって、漸く異世界に転生した確証を得た。

なんとこの世界、魔法があります。

情報収集の為に使用人さん達を眺めていたら、なんと突然空中に水球を浮かべて汚れた布地を洗い始めた。布の汚れが何かは考えない。

勿論私は大興奮！

詳しく説明してほしいのに、残念ながら伝わらない。大声で関心を引く私を、困り顔であやしてくれた。初めて魔法を見て驚くのは普通じゃないの？　もしかしてこの世界では当たり前の事？

知りたい事がまた増えた。早く意思疎通したいよね。

それから、明らかな前世との相違点がもう一つ。

この世界、汚い。

黒いモヤモヤしたものが、そこら中に付着している。

これも私の知っている世界では有り得ない。

首を動かせるようになって、初めて私の胸にもモヤモヤが付いているのを見てしまった時は慌てて払った。

幸い、払うとすぐに消えてくれる。

手が汚れるのも嫌ですぐ拭おうとしたけれど、モヤモヤは手に移っていなかった。良かった、良かった。

この日から、目覚めると身体をできる限り拭うのが日課になった。清潔大事。

体の可動域が限られて、全身を拭えないのが悩ましい。

でも誰も気にならないのか、お母さんも使用人さん達も汚れたままで生活している。

この世界ではこれが普通なの？

掃除も洗濯もしているみたいなのに、何故かモヤモヤ汚れだけは気にしないらしい。変だよね。

でも、私は受け入れない。

元が付くけど、私は日本人。不潔は絶対に無理。

だから、抱き上げられた際にはこそっと払う。特に、お母さんの胸の周りは念入りに。私が口をつけるところだからね。

できるなら部屋中丸洗いしたいけど、今の私には叶わない。

早く大きくなりたい理由が増えた。

いつか撲滅《ぼくめつ》してやるからなー！

粘着ベッドクリーナー

半年くらい過ぎた。

最近は、メイドのお姉さま方とコミュニケーションを楽しんでいる。

視力が上がってきて人の顔も認識できるようになると、使用人の皆さんの服装がメイドのそれだと気が付いた。いいよね、メイドさん。

勿論私はまだ言葉を紡げないけれど、拙《つたな》い発音と表情で応える事はできる。

お母さんがよく話し掛けてくれるからできる限りで応えていたら、メイドさん達も話し掛けてくれるようになった。お母さんは忙しいみたいでいつもは来られないから、メイドさん達が主な話し相手となる。

私の部屋に出入りするメイドさんは基本的に六人。

声を掛けると、皆何かしら答えを返してくれる。お母さんもメイドさん達も、私に言葉が通じているとは思っていないだろうけれど、少しずつ単語を覚えてきている。

お母さんから声を掛ける時の〝レティ〟はきっと私の愛称。

メイドさん達は名前じゃなくて、〝フロイ〟と呼び掛ける。お嬢様、とかかな。

朝の挨拶《あいさつ》は〝クータック〟、〝クーシュラフ〟でおやすみなさい。

全部の発音は無理だけれど、お母さんに〝くー〟とだけ夜の挨拶をしたらすっごく喜ばれた。滅多に顔を出さないお父さんまでお祝いに来てくれたんだけど、ごめんなさい、今は寝たいの。

滑舌が安定すると同時に喋り始めて神童を演じる事はできそうだけど、成長するとただの子って事になりそうなのが悩ましい。

でも、隠し事するのも面倒なんだよね。

それから、成長に伴って少しずつ動けるようになってきた。

手足バタバタは勿論、寝返りだってできるようになったよ。

私、頑張りました。

いや、私としても、寝返り一つで苦労するとは思っていなかった。

でも、本当に身体が思うように動かないの。

前世の私は随分と高度な動作を、しかも無意識で行っていたのだと感心するばかり。

首が据わって見渡せる範囲がグッと広がった。それを喜んだ頃からずっと仰向けに転がる練習を続けてきた。初めは前世の動作をトレースしようとしたけれど、筋力も関節の可動域も足りなかった。全然真似できない日々が続いた。何より頭が重過ぎる。

それでも、私はどうあっても寝返りができるようになりたかった。

何故なら、モヤモヤさんを掃除したかったから！

手が短くて掃除できないなら、私自身をモップ代わりにすればいい。

この天才的な閃《ひらめ》きを、是非とも実行したかった。

モヤモヤさんが何かは未だに分からないけれど、触れると何故だか消える。

私の知っている汚れとは違うっぽい。

単純に汚れと呼べるものではないのだとしても、黒いモヤモヤが視界に入るだけで不快なんだよね。

あれが何なのか、消えた後どこに行くのか、いつかは解き明かしたいと思ってはいるものの、今は私の生活範囲が綺麗になればそれでいい。

そして、遂にこの日が来た！

私はヘッドボード側に身体を寄せると、両手を頭の上に掲げて全身をピンと伸ばす。

後は、一気にフットボード側へ転がってゆく。

これこそ、快適・便利なお掃除用品の定番――！

思っていたほどスムーズに転がれていないけど、目的は快適な生活空間作りなので問題ない。

想定通り、私が通った場所からモヤモヤさんは消えている。気分はコ〇コ〇だね。

「――！　――!!」

ご機嫌でニ〇ムズごっこを楽しんでいると、メイドさんに悲鳴を上げながら抱き上げられた。

私が寝かされているのはベビーベッドじゃなくてキングサイズみたいな大きさで、天蓋《てんがい》付きの高級品。赤ん坊には十分過ぎる広さがある為か、落下防止の柵は付いていない。

幼子の世話係に六人ものメイドさんが付いているのは、私の安全確保の為でもある筈《はず》だよね。何しろ、不寝番《ふしんばん》まで行う徹底振りなんだから。

なのに、私がベッドの端を勢い良く転がっていたら、そりゃ悲鳴も上げるよね。ごめんなさい。

でも、私のベッドは綺麗になった。

今日は気持ちよく眠れそうだね。

初めての誕生日

一歳になりました。

高速ハイハイで部屋中をお掃除する毎日です。

壁や柱に掴まりながら立ち上がって、少し高いところも払えるようになったよ。払うと簡単に消えてくれる。楽ちんだね。

でも何処からともなくすぐに湧き出してきてしまうから、私はいつも大忙し。メイドさん達をハラハラさせるくらい、とっても元気です。

誕生日当日は、家族、使用人皆で祝ってくれた。

まだ離乳食で、少しずつ固形物を足し始めた状況なので、残念ながらご馳走とかはない。その代わり果物を柔らかくミルクで煮たデザートが付いた。

甘味美味しい。いっぱい食べられないのが残念。少しずつ、複数回に分けないと身体が受け付けてくれないんだよね。

「おめでとう。日に日にお母さんに似て美人に成長しているレティには、新しいドレスを用意したぞ」

お父さん、忙しくて顔を見せる機会は少ないけれど、実は私にデレデレです。

でも、幼児に特注でそんなヒラヒラフリルのドレスを作っても、すぐに着られなくなるんじゃないかな？

着て行くところもないよ？

お洒落は嫌いじゃないけど、前世庶民の私の感覚からすると、勿体無いって思ってしまう。

まあ、このお家、吃驚《びっくり》するくらいお金持ちみたいだから、大した出費には当たらないのかもしれないね。

折角だから内緒で着て、お父さんだけのサプライズを演出してあげよう。うん、私親孝行。

お母さんのプレゼントは、今の私より大きな熊っぽいぬいぐるみ。可愛くてふかふか。埋まりそう。何故か額の辺りに角が生えている。一角熊？

「私は、レティにお友達を用意したわ。仲良くしてね」

きっとベッドに置くと思うから、とりあえず汚れを払っておく。

すぐにプレゼントに近付いたので、気に入ったと思われたらしい。

「……レティは綺麗なドレスより、ぬいぐるみの方が好きなのかい……？」

今着る予定のないドレスの汚れは後に回しただけだからね。落ち込まないで、お父さん。

幼児にドレスは微妙だとは思うけども。

ところで父の言う通り、私のお母さんはとっても美人さん。

髪は光に当たると輝くサラッサラのブロンドで、眼は宝石みたいな緑色。色白で鼻は高くて、少し垂れ目気味の瞳が可愛らしい。

おまけに、本当に私を産んだのってくらいに抜群のスタイルをしてる。

前世のアイドル、俳優含めても、こんなに綺麗な人は覚えがない。私の将来、とっても明るい。

で、父はというと、ぽっちゃりさん。

丁度貰った熊さんそっくりの体形をしている。身嗜《みだしな》みはいつも整えられているのでだらしなさは感じないし、顔の作りは悪くないのだと思う。なのにお肉がそれを覆い隠してしまっている。

実はお腹を太鼓みたいに叩くと気持ちいい。

灰色の短髪に青い瞳。人の善さが滲み出るような優しい笑顔をいつも絶やさない。お腹太鼓も笑って許してくれるよ。

母はこの人で良かったのかな？

そう思わなくもないけれど、二人はとってもラブラブなんだよね。私に会いに来た筈なのに、私を放ってイチャイチャしている事が割とある。

「きっと貴方の優しさはレティに伝わってるわ。レティがどれだけ可愛らしいか、大勢に伝えたいのよね」

「君はいつだって綺麗だけれど、着飾るともっとだからね。レティもおめかしした方が、強く記憶できると思ったんだ」

今もへこんだお父さんを慰《なぐさ》めて、二人の世界に旅立ってしまった。

弟か妹が生まれるの、きっと早いだろうな。

仲睦まじい二人は放っておいて、メイドさん達からもプレゼントを貰う。

「お嬢様、これからも宜しくお願いしますね」

使用人さん達を代表して渡してくれたのは、メイド長の娘で、最近見習いに入った七～八歳くらいの女の子。多分、お友達兼、将来の専属候補なんだろうね。

癖のある赤毛で、いつもおさげが二つ揺れている。釣り目気味で活発そうな印象なのだけど、私に付く時はメイド長も一緒になるので、彼女の視線を気にしながら大人しくしている。厳しく躾けられているみたい。

お姉さん振っていつも色々教えてくれるんだよね。

でも、転生者《わたし》だから大体理解できているけれど、普通の赤ちゃんは付いていけないよ？

貰ったのは、小さな箒《ほうき》――を模したおもちゃ。

柄の部分は綺麗に飾り彫りしてあって、穂はサラサラ、柔らかい獣毛でできている。今の私でも持てるようにと軽い木を用いて、柄は短め。まだ小さな掌にすっぽり収まる太さに調整されている。

実用性は無くて筆に近いものだけど、間違いなく私の箒だった。

――嬉しい。めちゃくちゃ嬉しい……！

実は、モヤモヤさんを払うのに使えるんじゃないかって、見かける度に興味を示していたんだよね。

それを覚えていてくれて、でもお嬢様に箒そのものは渡せないからと、特別に作ってくれたらしい。

「……ねーちゃ、あーあと！」

胸がいっぱいで堪らなく嬉しくて、その感謝をできる限りの言葉にしたら、場の空気が凍った。

「――」

「――」

「――」

「――レ、レティ……？」

飛んで行ってた両親の意識も帰ってきた。

心持ちお父さんの声は震えてる。

ごめん、やっちゃったね。

一番喜んだプレゼントが使用人からっていうのは良くない。うん、分かる。

しかも、ありがとうって口にしたの、初めてだった。きちんと文章を言葉にしたのも初めてだったかも。

でもすっごい嬉しかったんだもん。

モヤモヤさん

マイ箒を手に入れてから、私のお掃除生活はますます充実した。

はじめは、これがあればもう少し高いところに手が届く……ってくらいに思っていたのだけれど、これがとんでもない代物だった。

「もぁもぁしゃん、かっごー！」

モヤモヤさんに向かって軽い気持ちで箒を振り回すと、穂の軌道の先にあった汚れが消えた。

まるで画像編集ソフトで写真データに極太消しゴムをかけたみたいにあっさり、ごっそりと。

今まで手付かずだった天井の一部がピカピカになった。

「え、なんれ……？」

意味が分からないよ。

大口開けて呆然とするくらい吃驚した。

え？

これ、魔法の箒なの⁉

それとも私が魔法を使ったの？

この世界に魔法があるのは知ってたけど、これが私の魔法なの？

広範囲お掃除魔法が使えるの？

私も、魔法使いなの⁉

「もぁもぁしゃん、ない、ない！　きーたった！　どして？」

誰でもいいから何が起きたのか解説してほしかったのだけれど、片言しか発せられない私の疑問は通じなかった。

何とか伝えようとしたけれど、首を傾げられてしまう。

特にモヤモヤさんが伝わらない。でも、なんて言えばいいのかも分からない。仕方がないから箒で指したらやっぱり消えて、説明にならなかった。

モヤモヤさん汚れが気にならないのはもう仕方ないとしても、突然消えても不思議に思わないものなの？　この世界の常識が分からない。

最終的に、箒で遊んで興奮していると思われたらしい。すっごい微笑ましく見守られてた。

認識と言葉の壁が分厚過ぎる……。

何が起こっているのか、理屈についてもっと成長してから調べるのは確定として、モヤモヤさん掃除がぐっと楽になったのは間違いない。やったね。

と喜んでいたら、メイド見習いのフランに怒られた。

「もー、違うでしょ！　箒はお掃除に使うの。振り回して遊ばないで！」

お姉さん気取りの彼女としては、私がお手伝いできるようにと箒を贈ったのに、箒で遊んでいるようにしか見えない私の行動が不満らしい。

だけど彼女のお母さんを含めたメイドさん達が求めているのはあくまでもお掃除ごっこで、お嬢様の私に掃除させるつもりはないと思う。

そもそも、フランを含めた私担当のメイドさん達のお仕事に掃除は含まれていない。お世話の一環としておしめの洗濯や私のベッドを整えるくらいは行うけれど、掃除専門のメイドさんは別にいる。彼女達は私が別の部屋で遊んでいる間に部屋中完璧に磨き上げてくれる。

元々、私が掃除する余地なんて残ってないんだよね。ただし、モヤモヤさんを除く。

ちなみにフランのお母さんであるメイド長は私の担当ではなく、フランの教育の為に一緒にいることが多いだけ。

今は別件で席を外しているから、フランの暴走を止める人がいない。

だからかな、私にも悪戯心が湧き出てしまった。

「でもぉ、おへや、きれーきれー、よ？」

「あ、うん……さっき別の人が掃除してたから……」

私に反論されると、フランの勢いはあっと言う間に萎んだ。感情が高ぶると抜け落ちてしまうみたいだけれど、多分、私との上下関係はしっかりと躾けられている。

「ここ、おそーじ、いる？」

「今日は、もう、終わってる……と、思う」

私に掃除を教えたいフランに、私の部屋の掃除は終わってるから既に掃除は必要ないと伝える。

うん、これで計画の第一段階は成功した。

計画はシンプルだ。次で成功可否は決する。

「だからぁ、おそーじ、まだのとこ、いこ？」

「うん！」

あっさり釣れた。

「おぶってあげる。行こ！」

「ねーちゃ、あーあと！」

お嬢様の私は掃除が完了していない場所に連れて行ってもらえない。

だから、フランを誘導して行きたいところへ運んでもらう計画を思いついた。よし、大成功。

「ふぁーんねーちゃ、あっち！」

「もー、仕方ないわね。特別よ」

こうなると誰にも止められない。呼ばれたメイド長がやって来るまで自由は約束されたよ！

この日から、私の行動範囲は大きく広がった。

勿論、私に歩いていく体力なんて無いので移動はメイドさん。主にフランが運んでくれる。

実のところ、初日以外はフランに内緒で掃除済みの部屋へ誘導されていたみたいだけれど。モヤモヤさん掃除が目的の私には関係ない。知らない振りをしてあげた。

私、気遣いのできる幼児だからね。

移動した先でお掃除ごっこしながら、こっそり箒を振るう。するとモヤモヤさんはみるみる消えてゆく。

気分はちょっと魔法少女だね。

ご機嫌で鼻歌まで口遊んじゃう。

「ふん、ふふん、ふふんふんふん……♪」

曲はコネク○……あの作品、箒、出てこなかった。

これで屋敷中だって掃除できる！

それが起こったのは、私の誕生日から二週間くらい経った頃だった。

それまでの間に、私室、食堂、談話室、テラス、ガゼボ、それらに向かう廊下を含めた私の生活圏の掃除は、ほぼほぼ終わっていた。

その日、玄関ホールを掃除した私は、ル〇ジュの伝言を口遊みながら戻ってきた。

まだまだ体力の無い私が掃除をした後は、お昼寝の時間と決まっている。

いつものように全身を拭いてもらって、寝間着になった私はベッドに入った。

元気に動いている間は気が付かなかったけど、横になった途端、溜まった疲労が私の意識をあっという間に刈り取ってしまう。周りに控えるフラン達メイドの見守りもまるで気にならない。

おやすみなさい。


ぐっすり眠っていつもの爽快な目覚め——は、この日、訪れなかった。

「ヒッ……!」

目を開けた瞬間に惨状《さんじょう》を知ってしまい、形にならない悲鳴が漏れた。

黒い。

視界に黒しか映らない。

私を含めて一メートルほどの範囲が、黒く黒く染まっている。

見た事がない量のモヤモヤさんが、見た事のない密度で、そこいら中にべったり付着していた。

「ひぐっ……!!」

号泣した。

元アラサーの恥とか外聞とか、一切介入する余裕は無かった。

起きたらおむつがぐっしょりだった時でも、こんなに泣いた事はない。

おねむの私を見守りながらウトウトしていたらしいフランが吃驚して飛び起きて、一緒に泣き出してしまうくらいの爆泣きだった。

考えてみてほしい。

目が覚めてヘドロみたいな中に沈んでいたらって……そりゃ泣くでしょ。今世一番の大泣きだった。

当然大騒ぎになった。

メイド長がモヤモヤさんの中から私を抱え上げて助けてくれて、飛んできたお母さんが私を受け取って抱きしめてくれて、仕事中のお父さんもやって来たけど何もできずにオロオロして、何とかあやそうとしたメイドさんの一人がぬいぐるみを掲げて話しかけてくれて、他のメイドさんが私の箒を握らせてくれて……。

漸く私は少し落ち着いた。

「どうしたの？　怖い事があったの？」

優しく問いかけてくれるお母さんは涙目で、少し震えていた。

普段あまり泣かない私が泣き喚《わめ》いたものだから、母も怖かったのかもしれない。

親も経験を重ねて親らしくなるのだと、前世の記憶で知っている。でもって私は長子、こんな突発的な事態への心構えはまだまだ不足してたんじゃないかなって、後になって思えた。

とは言え、この時点の私にはまだまだ余裕が無かった。

何か分からないものにべったり埋まっていたんだよ。気持ち悪いし、訳分かんないし、正直まだ怖い。

「ぐす……、くろ、いぱい！　べど、もぁもぁ、いぱい、やぁ‼」

私はぐずりながら、けれど必死でベッドを指す。

払えば消えるいつものモヤモヤさんとは訳が違う。

汚水をぶち撒けたみたいに厚みを持って広がって、全身にへばりついたこのモヤモヤ、害があるものじゃないと言ってもらわなければとても安心できなかった。

部屋にいた全員が私の示すベッドを見て、しかし、困った顔で、不可解そうな視線が、再び私に集中した。

あ。

疑問にはずっと思っていた。

あんなに汚れているのに、どうして？

きちんと掃除も洗濯もしてるのに、残った黒い汚れを誰も気にしていないのは何故だろうと。

やっと分かった。

見えて、ないんだ。

気にしなかったんじゃない。知らなかった。

もしかして、とは何度も考えて。

でも流石に有り得ないと、その都度切り捨ててきた。その可能性をここに至って否定できなくなった。

視線の先では、メイドさん達が枕をひっくり返し、お布団を持ち上げて、私が泣いた〝原因〟を捜してくれている。泣きながら訴えた私を信じようと懸命に動いてくれている。

お姉ちゃんとしての使命感なのか、ベッドに顔を擦り付けるように捜すフランの仕事着なんて真っ黒だった。

それが却って証明になった。

何より目立つ異常、真っ黒なモヤモヤ溜まりに、黒く染まったフランに、誰一人として目を向けない。

私だけがあれを見ている。

きっと、存在自体を誰も知らない。

私だけに見えるあれは一体何なのか。

誰も見えないし気にしないからって、放っておいて良いものか。

人に害をもたらすものではないのか。

何故私だけに見えるのか。

他にも見える人はいるのか。

誰も答えをくれない。

でも私だけが見えるあれを、無視して生活はできない。私は向き合う他ない。

つまり、今後はモヤモヤさんについて誰も頼れず、私だけで調べて一人で解明しなければならないって事になる。

周囲に相談するかどうかも、私の責任で選ばないといけない。

もっとも、今の私ではうまく説明もできないから、それはまだ先の話だね。

今できるとしたら、あのモヤモヤが何なのか、私なりに調べて情報を増やしておくくらいかな。

一方で、安全な距離の取り方も学ばなきゃだね。

これまでの私は、両親やメイドさん達が止めないなら大丈夫だろうと判断を頼り切りにしてきた。

だけど、まさか、可視不可視に違いがあるなんて思わなかった。

これまでみたいに、軽い気持ちでモヤモヤさんを扱う訳にはいかないらしい。

心が強制冷却されて、嫌悪感も恐怖もどこかへ行ってしまった。

モヤモヤさんが見えていない以上、〝原因〟は決して見つからない。けれど説明もできないので、申し訳なく思いながら、作業を続けるメイドさん達を見つめていた。

私の為にと張り切っているみたいで、フランが特に熱心に捜してくれている。

そしたら早速、モヤモヤさんについて新発見があった。

フランの髪、腰の辺りまである二つのおさげがフルフル揺れて、モヤモヤ溜まりを払ってゆく。

黒いヘドロが目に見えて減っている。

汚れているのは服だけで、フランのお肌も髪も綺麗なままだった。彼女が触れるとあっさり消える。消えた先が彼女の中なのは間違いない。

見えるのは私だけでも、扱うことは私以外もできるかもしれない！

これは大切な発見だね。

そう思った瞬間、私は既に叫んでいた。

「ふぁーんねーちゃ、おさげ、ほーき！」

ビシッと指差すと、フランの目が真ん丸に開いて、すぐに涙で一杯になった。

フランお姉ちゃんのおさげって私の箒みたいで凄い、と言いたかったのだけれども。

フランお姉ちゃんのおさげが箒みたいって、悪口にしか聞こえなかったよね。

ごめん、間違えた。

モヤモヤさんの事が説明できない以上、言い間違えなくても結果は同じだったかもだけど。

泣かせたい訳じゃなかったの！　ホントにごめんなさい。

いつから脳と口の神経が直結されたの!?　どうした私！


結局、私の大号泣騒ぎは、フランのおさげに気を取られて私の機嫌が直ったので大事にはせず、夢見が悪くて泣いてたって事になった。

お世話係として私と接する時間の長いメイドさん達は、その結論に納得しきれていない様子だったけれど、家長である父の決定は覆らない。

原因は見つからないけれど、最も怪しいお布団を総入れ替えする事を約束させて、一旦は引き下がった。

私も、モヤモヤさんで真っ黒になったお布団を交換してくれるのは嬉しい。

お父さんとしても、夢で全てが片付けられるとは思っていないらしく、当分の間は私の様子をより細かく報告するようにメイドさん達に指示していた。更にその日からしばらくはお父さんの部屋で、お母さんと三人で眠った。

私、お布団無かったしね。

私としては、事情を説明できないものの、身体的にも精神的にも問題は無いので大丈夫と伝えたい。だけどその術が無い。

片言で大丈夫と訴えられなくはないけれど、きっと信じてもらえない。

だから、しばらくは殊更に元気な姿を見せて、安心させてあげることにした。流石に一歳児の空元気は疑われないだろうから。

それはそれとして、私はモヤモヤさんと向き合わなくてはいけない。

何より優先度が高いのは、先日のモヤモヤ溜まりの原因究明と対策だと思う。

度々あんな惨劇が起こっていたら、私怖くて眠れない。

ただこれ、原因は割と明らかだったりする。

まず、自然発生の可能性は低い。

モヤモヤさん発生の原理は分かっていないけど、これまでなかった事態が突然起こったのなら、それなりの理由が付帯する筈。

お世話係は通常四～六人体制なのだけれど、私のお昼寝中、私に付くのは二人になる。私の就寝時間が不定期なので、私が寝ている間は最低人数のみを残して、他の人は仮眠をとったり、用事を済ませたりしているらしい。

あの日はベテランメイドのフレンダと見習いのフランが当番だった。加えてフランを教育中のメイド長テトラ、私を含めてあの場所にいたのは四人だけ。

私以外の三人はモヤモヤさんが見えていない。多少の付着はあっても、大量に運んで来る事もないだろうから、原因にはなり得ない。

で、モヤモヤ溜まりの中心には私がいた。

これ、どう考えても発生源、私だよね。

モヤモヤさんが私から染み出して、吹き溜まりを作った。で、起きた私がモヤモヤさんに浸かっていて泣き出した、と。

無自覚自作自演じゃない⁉　穴を掘って埋まりたい！

だけどこの一年、同様の事は起きなかった。

でもって最近と以前で違う事はと言えば――――これも明らかだよね。

誕生日に贈られた私の箒。

楽にモヤモヤさんが消せるからと楽しくなって、屋敷中を磨いて回った私。この数日で私の処理するモヤモヤさんの量が一気に増えた。

状況から考えて、触れる事で消えていると思っていたモヤモヤさんは、その実、私の中に蓄積していたらしい。

汚《けが》れを祓《はら》う魔法少女かと思っていたら、汚《よご》れを吸い集める人型掃除機でした。

しかもダストボックスは私自身。何それ、凹む。

そう考えると、モヤモヤさんを吸い込み過ぎたせいで、私から溢れたのがあのモヤモヤ溜まりの正体って事になる。

え⁉　…………つまり、あれは私の排泄物？

と、いう事は、お漏らしで号泣して、屋敷中を騒がせた挙句、心配して原因を捜すメイドさん達が排泄物塗れになるのを黙って見てたの⁉

誰か私を殺して……。

ともかく、原因は分かった。

細かく考えると死にたくなるから、今は対応策を考えよう。

単純に考えて、私の中でモヤモヤさんが溢れそうになっている訳だから、排出してしまえば二度と漏れる心配はない。

ただし、この方法、今は使えない。

成長と共に行動範囲が広がって元気に遊び回っていたけれど、急に世界が広がった事で実は精神的に負担が大きくて、密かに不安定になっていたんじゃないか。それが先日の騒動に繋がったのではないかとお母さんが心配して、現在外出自粛中なんだよね。

誤解だけれども、お掃除に夢中になり過ぎた私が悪い。

お掃除ごっこは勿論、お散歩にも連れて行ってもらえない。部屋を出るのは食事と入浴時のみとなっている。

仮に、部屋の隅に排泄物が堆く積み上げられた状況を想像してみてほしい。臭いは無くとも、何かと視界に入る訳だから、間違いなく病む。

食堂とお風呂も論外だよね。

それなら次策。漏れないように栓をするしかないかな。

ただこれ、言うは易いが、行うは難い。

口や鼻等々、分かりやすい身体の穴を塞げば済む話じゃない。

モヤモヤ溜まりに浸かっていた際、私は全身が真っ黒だった。汚れが集中していた特定の個所はなかったし、モヤモヤさんは服に染み込んで広がったりしない。

だから、汗のように全身から漏れ出てくる可能性が高い。

そうと分かれば、早速、自分の掌を観察してみた。

ぱっと見、何も見えない。

けれどそれで終わらせずに観察を続ける。目力込めて凝視する。

「——!!　みーった！」

うっすらと、極僅《わず》かに、ジワリ、ジワリ、と漏れ出ているのが判る。

仮説は証明された。

それなら、後は塞ぐ方法を考えればいい。

無茶な理論展開だとも思うけれど、なんとなく、上手くいく予感もあった。

今は本当に僅かしか漏れていない。でも、先日は短時間のお昼寝中に、大量のモヤモヤさんが噴き出た事になる。寝ている時、つまり弛緩していると漏れやすい訳だね。

それなら、その逆もできる筈。

ヒントはさっき、漏れを見つけた時の行動。見えなかったものが、ジッと力を込めたら見えるようになった。

私はモヤモヤさんに干渉できる。

ぎゅっと、全身に力を入れる――まだ漏れている。

ぎゅっぎゅっと、体の中身を内側に押し込むイメージ――漏れている。

ぐっと、身体を固めるイメージ――漏れている。

さらに、全身を薄い膜で覆うイメージ――漏れて、……ない！

「やっちゃ!!」

「「お嬢様!?」」

成功した喜びで、思わず跳び上がったら、メイドさん達の悲鳴が上がった。

うん、考え事している間も彼女達はいたよ。お嬢様で幼子の私に、一人きりの時間なんてないからね。

で、今、五十センチくらい跳べてたよね。

赤ん坊が、おおよそ身長の半分以上の跳躍――そりゃ、悲鳴も上がるよね。

多分だけれど、これもモヤモヤさんのせい。

まだまだ分からない事で一杯です。


全身に力を込めつつ、ラバースーツを身に着けるイメージを持つ事で、モヤモヤさんの漏洩は防げるようになった。

寝ている間も持続できているかどうか分からないけれど、朝起きた際に、私の周りが汚れていなかったので、きっと大丈夫。

副作用なのか、なんだか力が漲ってるけれど。今のところ害はない。

とにかく、これで問題を一つ解決できた。

だけど、これはあくまでも現状維持でしかない。

モヤモヤさんを集めると、また溢れてしまう。

モヤモヤさん自体に害はないようだから、放っておけばいいのだけれど、私的にそれは無理。

黒い汚れが漂っているところで生活なんてできないよ。

つまり、どこかに廃棄するしかない。

排泄物を捨てる場所と考えて、一番に思い付いたのはトイレだった。

でも、モヤモヤさんは水で流れない。そうなると、トイレにモヤモヤさんが、ずっと残ってしまう。そんなトイレ、絶対に嫌。

そんな訳で、この案は早々に却下した。

それに、オムツ生活の私は、まだトイレに用事ないしね。

他は外ぐらいしか思いつかないんだけど、庭の中ではまだ抵抗が残る。なら敷地の外はというと、実は行ったことがない。

何しろ、うちの庭は滅茶苦茶広い。庭園があって、花畑があって、池があって、川が流れてる。私の移動範囲だとこれくらいだけれど、聞こえた話では、温室、農園、薬草園、厩舎、訓練場とかもあるらしい。

とてもじゃないけど、庭の外まで辿り着ける気がしない。

こっそり廃棄作戦、実行前に終了しました。

作戦第二案はって言うと、実はあんまり気が向かない。

その名も、フンコ○ガシ作戦——どうしてそんな名前を考えた、私。

乙女的に無かった事にしたかった。

要するに、排出する際にぐっと丸めてこっそり捨ててしまおうという訳。

勿論、部屋の中に置く気はないよ。

モヤモヤと固形物では密度が違う。小さな団子でも体内のモヤモヤさん量はぐっと減るだろうし、ゴミ箱に捨てておけばメイドさんが片付けてくれる。モヤモヤさんが燃えるかどうかは知らないけれど、どうせ私にしか見えないんだから分別しなくても迷惑にならないよね。

排泄物をゴミ箱に捨てるのは乙女的にどうなんだって？

オムツ生活が日常の私に、そんな羞恥心残ってないよ。

実は、ラバースーツのイメージで漏洩が防止できた時点で、成功するだろうって確信が私の中にある。モヤモヤさんを私の中で動かす点で、共通しているからね。

理屈はさっぱり分からないけれど、コツを掴むとモヤモヤさんはとても成形しやすい。

右手を握ると、ぎゅっと力を込める。

体の中にあるものを、握った手に集中するイメージ。

集まったものを丸く固めるイメージ。

さらに、固まったものを外へ――できた！

漏洩防止の時よりずっと疲労が大きい。多分、イメージを重ねた分だけ疲労も増える。

赤ん坊の体力ではきっとこれ以上の重ね掛けは難しい。ギリギリだったけど、今回は間違いなく成功した。体内のモヤモヤさんがぐっと減った実感がある。

コロリと。

成功の証拠が掌から転がり落ちた。

「……なんれ？」

元は良く分からないモヤモヤで、溢れ出てきた時はまるでヘドロかタール。だから、黒い泥団子のようなものができると思っていた。次点で炭みたいな塊。

なのに実際に出てきたのは、ビー玉みたいな小さい透明の珠だった。

訳が分からない。

黒、どこ行った？

固めたらモヤモヤさんじゃなくなるなんて、誰が想像できた?

恐る恐る摘まみ上げる。

表面は磨き上げたようにつるつるで、内部で七色の光がキラキラ踊っている。

何を固めたのか考えなければ、素直に綺麗と思えるかもね。

ところで、今の私が一人になることは決してない。

だから、今も世話係の全員がここに揃ってる。さっきまで一人遊びする私を見守っていた視線が、私の右手に集中している。

正確には、この後こっそりゴミ箱に放り込むつもりだった珠に。

「わぁー、綺麗。レティ様、それなあに?」

全員が沈黙する中で、最初に動いたのはフランだった。一見綺麗なビー玉っぽい何かに、無邪気な興味を示している。

え⁉ って言うか、これ、見えるの? モヤモヤさんは見えないのに?

色なの? 色が黒じゃなかったら見えるの?

そもそも、私の中で何が起きたの⁉

今世の私は体内で無機物を生成できるの?

パニックになる私だったけど、混乱しているのは私だけじゃなかった。

フランを除いた全員が、凍り付いたように動かない。

一足先に我に返ったメイド長は、お世話係の人達に決して部屋から出ないよう指示すると、大慌てで走っていった。

うん、赤ん坊がどこからともなく見覚えのないビー玉を取り出したら、当然両親に報告が必要だよね。

勿論大騒ぎになった。

残念ながら、周囲の会話には聞き覚えのない名詞がいくつか含まれていたので、私は事態を把握しきれなかった。

断片的に得られた情報から推測するに、私の作ったビー玉らしきものは、たいへん高価な代物らしい。……原料、モヤモヤさんだよ？　そこら中にあるよ？

「レティ、これがどこにあったのか、教えてくれるかな？」

「……わかんない！」

私への質問は、全てこれで通した。

だって、そうとしか答えようがない。

実際、自分でも何が起こったのかよく分かっていなかったし、今の私の語彙では伝えきれない。

何より、排泄物を固めたら高価な何かになりました、なんて言えない。

私、金のうん○が作れるんです！

なんて吹聴は決してしない。

乙女的に、絶対にNG《ダメ》！　断じてNO《イヤ》！

結局、箝口令が敷かれて、何もなかった事になった。

なんと、ビー玉もどきは、ウチみたいなお金持ちの家でも在ってはいけないくらいの代物で、然るべき先へ献上するらしい。

大事過ぎて、なおさら真実を明かせなくなったよ。

状況的に私が怪しまれているんだろうけど、分からない事が多過ぎて、自重はできそうにありません。

フンコロ――モヤモヤさんを丸めてこっそり捨ててしまおう作戦は失敗した。

何もないところから、宝石以上の何かを作り出す錬金術の真似事を続けていたら、珍獣として捕獲されかねない。

けれど、別の収穫もあった。

外へは出さずに、モヤモヤさんを体内に固めた状態で留めておけば、吸収量に余裕を作れる。

ただし、これは問題の先送りに過ぎない。

体内に圧縮した状態で限界を迎えてしまったら、きっと黒い噴水みたいな勢いで溢れ出る。そんな大道芸みたいな惨劇が起きる前に、排出方法を考えないといけない。

一応、成功しそうな案はある。

私の溢れそうな分を、誰かに押し付けてしまおう、というものだった。

多分、モヤモヤさんを吸収できるのは私だけじゃない。

大号泣騒ぎの時、フランのおさげはモヤモヤ溜まりの一部を払って消していたし、よくよく思い出してみると、お布団を調べていたメイドさんが触れた箇所に白く手形が残っていた。

そもそも、服は汚れていても、手や顔の素肌にモヤモヤさんが付着していた例はなかった。大号泣騒ぎでモヤモヤさん塗れになったメイドさん達も、肌は綺麗なままだった。

モヤモヤさんは割とどこにでも付着している。見えなくても、誰もが無自覚に吸収しているんだと思う。

だから、手を握った状態でならモヤモヤさんを移動させれる筈――なんだけど、気は進まない。私の感覚としては汚物を押し付けるようなものだからね。

大号泣騒ぎのモヤモヤ塗れだって申し訳なかったのに、お世話になっているメイドさん達を巻き込むのは違うと思う。

おそらく無害だろうって気もしてきたけど、だからって抵抗はなくならない。

なので、別の物に移してみる事にした。

まず、手に取ったのは、おもちゃのお手玉。中に鈴が入っていて振ると音が出る。

人以外にモヤモヤさんが吸収されるところは見た事がない。でもあちこちに付着してるって事は、染み出たり入ったりしてると思うんだよね。

更に、固めたモヤモヤさんはビー玉っぽくなった。前世の物理法則はガン無視しているけれど、モヤモヤさんを圧縮すると物質になる。それなら、物質に干渉する事もできるんじゃないかな。

多少願望も入っているとは言え、試すだけならタダだよね。

おもちゃを持った右手に、ぐっと力を込める。

圧縮はある程度で控えた。固め過ぎると、移す前にビー玉になりそうなので。

右手に集めたモヤモヤさんをお手玉に押し込むイメージ。

……多分、うまくいった、と思う。

ただ、あっという間にモヤモヤさんが入らなくなった。

おもちゃが小さかったからかな？

あんまり体内のモヤモヤさんが減った気もしない。

こういう時、ラノベの定番、鑑定があったら便利なんだけどな。

お手玉が硬くなったりはしていない。見た目にも変化がないから実感が湧かない。

もう少し大きな物で試してみよう。

高速ハイハイで移動した先、クローゼットに両手をつけて、同じようにモヤモヤさんを押し込める。

あ、今度は少し減った実感がある。

おそらく、移す対象の大きさで、モヤモヤさんの許容量が決まる。

残念ながら、ビー玉作った時ほどごっそり減った感覚はないけれど、その代わり移す対象はいっぱいあるね。

チェストに、ベッド、テーブル、カーテン、ソファー、窓、壁や床に至るまで、早速部屋中に詰めて回った。

モヤモヤさん入り家具は、黒ずんだりしなかった。やっぱり、体の外で固めたモヤモヤさんには色がないみたい。

曇りガラスとかできなくて、ホッとした。

部屋のほとんどにモヤモヤさんを移して、私の体はすっかり軽くなった。

うん、満足。


翌日、予期していない嬉しい発見があった。

一度掃除しても、翌日にはうっすら浮き出るモヤモヤさんの付着が、今日に限ってほとんど見えない。

僅かにモヤモヤさんが残る場所と、今日は綺麗な場所、何が違うか考えて、モヤモヤさん移しの有無だと気が付いた。

押し込んだ方を観察してみると、私のラバースーツと同様に、モヤモヤさんの染み出しがない。中でモヤモヤさんが結晶化したのかな？　性質が変わったみたい。

モヤモヤさん汚れを吸い取り、それを周囲に押し込んで固める。それで綺麗な状態を保てる訳だ。素晴らしい。

それなら是非、生活圏の全てに行き渡らせたい――と思ったけれど、モヤモヤさんは使い切ったばかりだった。

追加のモヤモヤさんが要る！　補給しなきゃ！

「ふぁーんねーちゃ、おそーじ、いこ！」

テンションの上がった私は、外出自粛中という事を忘れて叫んでいた。退屈していたフランも興味を示して立ち上がる。

でも、メイド長の冷たい視線がそれを止めた。

ビー玉生成の件で監視が強まっている今、我儘《わがまま》が通る事はなかったよ。残念。

閑話　暗殺

王都から北方、ノースマーク、エルグランデ両侯爵領へそれぞれ続く街道の分岐点。宿場町グロハラーで靴屋を営むソクリーブの元へ、ある来客があった。

客に注文を付ける気はないが、それを考えてしまうくらいには、怪しい一団だった。

暗い色のコートの下に銃を呑んだ大柄な男二人を侍らせ、主であろう女はフードを深く被って顔を隠している。

ソクリーブの裏の仕事に用があるのだろうが、そんな後ろ暗さを喧伝するような格好で出入りされては、また拠点を変えねばならなくなる。

隠しているつもりの様子だが、所作で貴族と丸分かりだ。世間知らずも大概にしてほしいと思う。

「特注品をお願いしたいの、できるだけ昏い色で」

想定通り隠語を口にした三人を裏の工房へ案内する。

狭く散らかった部屋に、女は顔を顰めたが、ソクリーブの知った事ではない。平民相手に靴を売るこの店に応接室なんてないし、見栄えより音の漏れない特殊構造の方が重要だからだ。

「対象は?」

余計な事は聞かない。

依頼の遂行、つまり暗殺に雇主の都合は関係ない――筈だった。

「スカーレット・ノースマーク侯爵令嬢」

情報に疎くて裏の稼業は務まらない。国中の貴族、有名商会の家族構成がソクリーブの頭の中に入っている。だから、思わず聞き返してしまった。

「まだ、一歳の筈だが?」

子供を殺す事に抵抗はない。

だが、跡目争いならばともかく、明らかに他家の女が、わざわざ女児の命を狙う理由が分からなかった。

「先日、我が家に娘が生まれたの」

その情報で女の素性には見当がついた。

降格を噂される落ち目の侯爵家、その第二夫人。

「第三王子が今、五歳。歳が釣り合う中で最も家格が高いのが娘とノースマークの令嬢。だから、生きているだけで邪魔なの」

王家と繋がりを持つ事で、傾いた侯爵家を建て直すつもりなのだろう。

呆れはしたが、納得できた。

思わず疑問を口にしてしまったが、元より暗殺の動機で依頼を断る事はない。

「報酬は？」

「三百万ゼル」

「成人ならそれでいいが、赤子は外に出てこない。屋敷に潜入する必要があるが、侯爵家なら警備も万全だ。追加で手当てを貰わなきゃ、割に合わない」

「……そう言うと思ったわ」

貴族相手に報酬を釣り上げて己の身を危険に晒す気はないが、リスクに応じた支払いを要求すると、夫人が金を積み上げる代わりに、控えていた護衛が大型のケースを作業台に載せた。

「悠長に潜入の時間を割いている余裕は無いの。だから、これを用意したわ」

そう言って開いた中身に絶句した。

ＳＢＬＫ-14ＧＣスナイパーライフル。有効射程距離が三キロを超える化け物狙撃銃。

国軍でも一部の特殊部隊にのみ配備されたばかりの新型、ここにある筈のない代物だ。

どんな手段で横流しされた物か、ソクリーブに知る術はないが、その為に費やしたであろう資金だけで、彼への依頼料など軽く霞む。

確かに、こんな物があるならば、潜入を考える必要はない。敷地外、警備の意識の外から狙える。

「弾はこちらを用意したわ。特別に五重の貫通術式と、着弾後に消滅する術式を施してあります。これなら、引き受けていただけるかしら」

狙撃銃だけで十分に驚いたつもりだったが、更に上を行かれた。

ソクリーブがどんなに伝手を当たっても、三重の術式が精々だろう。五重の術式を刻める人間なんて、魔法技術最高峰の〝魔塔〟に数人がいるのみだ。施した対象が小さな銃弾である事を踏まえれば、更に狭まる。

ノースマーク侯爵が同等の術師に防弾術式の付与を依頼していない限り、確実に対象の命を奪える。


子供一人をどれだけ殺したいのか。

その身勝手な狂気に、笑いが込み上げて、慌てて隠した。

忍ぶ事もできない馬鹿な客かと思っていたら、忍ぶつもりの無い怖い客だった。読み間違えた己を呪う。フードから覗いた赤い弧を描く唇が、血の軌跡に思えて仕方がない。

「ええ、喜んでお引き受けします」

要求されているのは狙撃の能力のみ。ここまでお膳立てされた楽な依頼は初めてだった。この条件で否はあり得ない。

もしも断った場合、口封じで殺されるのは当然として、加えてどんな報復、拷問が待つのか、考えたくもない。

実質、答えは一つしか用意されていなかった。

依頼を受けて二週間後の深夜、ソクリーブはノースマーク領都のとある商館の屋上にいた。

ソクリーブは変装し、偽造身分証で領都の門を通った。グロハラーの店には影武者を置いて、営業を続けている。足が付く恐れはない。

もっとも、彼は依頼遂行後、グロハラーへ戻るつもりは無かった。

過剰な殺意を漲らせていた雇主の夫人が、ソクリーブを生かしておくとは思えない。暗殺終了後は、これまでの身分を全て捨て、姿を晦ませる予定だ。

視線の先にはノースマーク家の屋敷が小さく映る。

距離は五キロ強、銃の射程を超えた場所であるが、ソクリーブは己の風魔法で射線を敷く事で、限界を超える自信があった。ソクリーブが暗殺者として十年以上、生き抜く事を支えた独自技術である。

銃の装填弾数は一発のみだが、外す気はなかった。

SBLK-14GCの弾丸速度は秒速九百メートル。標的との間に厚さ三センチの鉄板が備えられていたとしても、貫通し、盾になり得ない。おまけに弾丸は貫通性能を極限まで高めた特別製、魔術的な防御も意味を成さない。

子供一人殺すには過剰戦力である。

バイポットで銃身を固定して、うつ伏せの状態でスコープを覗く。

都合の良い事に、標的の部屋からは薄く光が漏れる。不寝番を置いているのだろうが、狙撃への警戒は認められない。

「暗闇に閉ざされてたとしても、外す気は無いが、な」

スコープも特別製の集光レンズで、闇に覆われようと、僅かな光を拾って標的を映し出す。

照準の先には、何も知らずに眠る幼い令嬢の姿。

「あばよ」

ソクリーブが必殺の引鉄を引く。

弾丸は轟《とどろ》く銃声より速く、スカーレットを襲った。

凶弾は屋敷の内外を隔てる窓ガラスに当たり――

カン。

間の抜けた音と共に跳ね返った。

令嬢の死亡を確認しようと、スコープを覗き込んでいたソクリーブは、窓ガラスに反射された弾丸を顔面に受けて、状況を理解しないまま死亡した。

翌日、銃弾を受けて頭部を激しく破損した遺体が商館屋上で発見された。

損傷が酷く、身元の確認は困難であったが、傍らに、ここに存在する筈のない軍用特殊狙撃銃を確認し、入手経路の追跡が行われた。

また、銃身に残された魔力痕から、弾も特殊術式を刻んだ物と判明し、併せて付与術師を追跡。

国軍の横流しが確認された為、国を巻き込んだ大規模捜査となった。

結果、ある軍務官僚と〝魔塔〟の特級研究員に辿り着き、二人の証言から侯爵家第二夫人まで捜査の手が伸びた。

第二夫人が容疑を否認した為、両侯爵家の政争に発展。

この事件を切っ掛けに、落ち目だった侯爵家の降格が確定するのだが、それはまた別のお話。

増えました

近所で何やら事件があったらしい。普段から忙しいお父さんが、ますます慌ただしく働いている。頑張ってね。

とは言え、赤ん坊の私には関係ないだろうと思っていたら、危ないからと散歩をしばらく控える事になった。しょんぼり。

モヤモヤさんを仕入れたかったのに、タイミングが悪いよ。

不満たらたらで引きこもっていたら、お母さんが何かの包みと共にやって来た。

このタイミングでプレゼントですか？

物に釣られて機嫌を直したりなんてしないんだからね！

「レティはお掃除が大好きみたいだから、お母さんとお父さんも道具を用意したの。受け取ってくれる？」

そう言ってお母さんが取り出したのは箒！　テンションがぐいぐい上がっていく。

勿論受け取りますとも。

こんな素晴らしい物が貰えるなら、何だって許せちゃう！

誕生日でもないのに、素敵な贈り物があるなんて、今日はなんと良い日だろう。

この世界に神様がいるのか知らないけれど、今日は最大限の感謝を捧げられる。徳も信心もない私に、類稀な幸運を与えて、この世界に転生させてくれてありがとう！

いや、神様以上に感謝しなきゃいけない人がいる。

「おかーしゃ、あーあと！　だーじに、する、ね！」

一生懸命お礼を言ったら、優しく撫でてくれた。まだ舌が回らないから、文章にするのは大変なんだよ。

いつもはメイドさん達といる時間が長いからか、お母さんに撫でてもらうと気分がほっこりする。

新しい箒は、差別化の為か、以前のものより更に豪華だった。可愛く装飾もしてある。立体的に飾りが彫り出してあって、柄の穂側の付け根には翼が、持ち手側には大きな星が付いている。白、ピンク、黄と綺麗に色が塗り分けられて、赤いリボンも結んである。前世にテレビで見たマジカルステッキみたい。

ますます魔法少女気分だね。

あれ？

お母さんの傍に控えるテトラさんの手には、まだ包みが残っている。

え、プレゼントって、一つじゃないの⁉

期待が膨らんで釘付けになった視線に苦笑しながら、テトラさんはもう一つの包みをお母さんに渡す。

「ふふ、こっちはお父さんからよ。後で、一緒にお礼を言いましょうね」

なんでも、私がいつも持ち歩いていたから、お母さんも自分で選んだ箒を私に持っていてほしくなって手配していたところ、誕生日にあまり喜んでもらえなかったお父さんも、挽回の為に箒を用意していたらしい。

夫婦揃って同じ考えで可笑しいね、と二人で喜んだとか。惚気はいいです。

どうやら私のご機嫌取りの為に用意したのではなかったみたい。

特注品だから、一日二日で用意できる訳ないものね。私が拗《す》ねていたので、急遽このタイミングで渡す事になった疑惑は残っているけれど、その思惑には喜んで乗っかるよ。私、チョロインだよ。

二つ目を受け取った私は、ガッツポーズで頭上高くに箒を掲げて、喜びを示す。私、今、幸せです！

嬉しさのあまり、赤ちゃんらしさが迷子になってる気がする。

お父さんから贈られたのは、黒漆塗で黒光りする柄の両端を金で縁取りし、先端には宝玉を装飾した、箒の概念を超えた代物だった。少なくとも、おもちゃの域は大きく逸脱してる。

宝玉は私の瞳と同じ青。どう見てもガラス玉じゃないよね。

穂なんて真っ赤なんだけど、どうも染めた訳じゃないみたい。こんな色の動物、私は知らない。

異世界特有種なのは間違いないけど、特殊な獣じゃないよね？

お父さん、頑張り過ぎだよ。

「ふえんだ、どえす！　どえす、だして！」

嬉しかったのは間違いないから、お礼を言いに行かなくちゃ！

興奮したまま、私はクローゼットをビッと指す。

片言でもキチンと伝わったみたいで、メイドのフレンダは誕生日に貰ったドレスをすぐに出してくれた。

うん、お父さんに会いに行くなら、フリフリドレスのサービスが必要だよね。


お母さんに抱かれて向かったのは執務室。

ここに来たのは初めてだった。

お父さんの私室や食堂でいつも会ってるけれど、プライベートは分ける人なので、執務中に私が訪れる機会はなかった。

今日はお母さんが一緒なので、きっと大丈夫なんだと思う。

テトラのノックに応えて迎えてくれたのは執事のハイドロ。彼はテトラの旦那さんで、フランの父親。一家揃って仕えているというか、親類含めて代々我が家を支えてくれているらしい。

私としては、お父さんの後ろにいる人って認識で、あまり話した事はない。私と遊んでくれるお世話係のメイドさん達と違って、テトラ同様、一歩引いた姿勢の人だね。フラン曰く、表情のレパートリーが少なくて、褒めているのか、怒っているのか、分からない事があるらしい。

「旦那様。奥様とお嬢様がおいでになりました」

取り次ぎに下がったハイドロの先、一瞬見えた父の姿に驚いた。

普段は恵比須様みたいなお父さんが、すっごい険しい顔をしていた。

あんな顔もできるんだ…って言うか、私の思ってた以上に大変な事態なのかもしれない。本気で私を心配して散歩の自粛を決めたなら、拗ねてる場合じゃなかったかも。

「おや、あんまり綺麗だから、天使様が降りて来たのかと思ったら、うちのお姫様じゃないか。今日はどうしたんだい？」

険しかったのは本当に僅かの間だけで、すぐに知ってるお父さんになった。

ちなみにこれ、お世辞じゃなくて、割と本気で言ってるみたい。よくこんな感じでお母さんとイチャイチャしてる。

「あら、今日、綺麗なのはレティだけなの？」

「いやいや、女神様に抱かれていたから、レティが天使に見えたんじゃないか。勿論、君はいつだって美しいよ、私のアウローラ」

ほらね。

「おとーしゃ、ほーき、あーあと、ごじゃます！」

お母さんに降ろしてもらって、スカートの端をちょこんと摘まみながらお辞儀をすると、お父さんの顔はふにゃふにゃになった。さっきの顔は見間違いだったかな？

「ああ！　やっぱりレティは天使で正解だった。だって、こんなにも私を幸せにしてくれる!!」

箒を貰って歓喜した私と反応が同じで、笑ってしまった。前世の記憶があっても、親子なんだね。

お仕事が大変なのは間違いないだろうから、私が癒しになれてるといいな。

お掃除令嬢は止まらない

三歳になって身体的な不自由からは随分解放された。まだ頭が重いせいでよく転ぶけどね。

それからなんと、弟ができました。

いつも仲良しお父さんとお母さんからすると、間を空けた方なんじゃないかな。

前世一人っ子だった私がお姉ちゃんになって、テンションがぐいぐいと上がってる。私の弟、名前はカーマインで、愛称カミン。これがとっても可愛いの！

でも、弟にあんまり会わせてくれないのは納得がいかない。

相変わらず屋敷中をお掃除して回る毎日だから、悪い見本になっちゃいけないのは分かるけど、ちっちゃな弟の前で大人しくしてるくらいの常識はあるよ？　……あるよね？

まだ小さくてふにゃふにゃだから、泣かせたりしないよ？

愛でるだけで幸せな気持ちになれる小さな弟、とっても大切なんだよ？

この二年、少しずつ知識を仕入れて、お父さんが侯爵様なんだって判明した。

この国での扱いは良く分かんないけど、お貴族様のとっても偉い人！　お父さん凄い。美人のお母さんを迎えられただけあるね。

その分、身分に相応なでっかいお家を構えています。前世の豪邸とはレベルが違う。つまりお掃除はめちゃめちゃ大変。

お屋敷丸洗い計画はとてもじゃないけど達成できていない。進捗も乏しい。広過ぎるよね、このお家……お屋敷？　建物だけで、本邸、別邸、使用人棟、政務棟、騎士棟等々複数が存在する。

私の立ち入りが禁じられている場所もあるし、一、二年での掃除はとても無理。誰かに手伝ってもらえる訳でもないしね。

だからって諦めるなんてない。できるところから頑張ってるよ。

昨日は花園、一昨日は別邸屋上、毎日どこかを駆けまわってる。お屋敷全体をモヤモヤさんで固めようと思ったら、じっとしてる暇なんてないもんね。

メイドさん達からの〝お転婆姫〟呼ばわりくらい、甘んじて受け入れますとも。そんな事より掃除が大事。

なんて私に許された範囲で東奔西走していたのだけれど、最近はお屋敷が慌ただしい。

原因は知っている。

というか、私も無関係ではいられなかった。

何でも使用人が大勢倒れたらしい。いつもは六人いる私のメイドも、今は二人しか残っていない。その中には私のお友達、フランも含まれる。既に三日、彼女を見ていない。

ちょっと風邪ってくらいでは済まないみたい。他のメイドさん達も休んだまま帰ってこない。

私にあんまり手がかからないとは言え、いつもの三分の一だと仕事が回らないから不寝番にと臨時のメイドを追加したくらい。

お見舞いに行きたいんだけど、原因不明で私にうつるかもしれないからって聞き入れてもらえなかった。もしかして感染症だったらと考えると怖いけど、こういう時、お嬢様って不自由だよね。お貴族様だけあって大勢のお医者さんを呼んで原因を究明してる。私は勿論、お父さんやお母さんにうつす訳にはいかないと随分な力の入れようみたい。調査さえ捗ればお見舞いもすぐ解禁されるんじゃないかな。

フラン達が心配ではあるものの、それで部屋に籠っている私じゃない。できる事を進めようと今日も箒を持ち出した。

実は、メイドさん達が少ないって状況は、私にとってチャンスでもある。引き止める人員が少ないなら普段は禁止されてる場所にだって行ける。こんな機会は逃せない。

私には、ずっと行きたかった場所がある。

何度も試みては止められていたその場所へ、私はモヤモヤさんによる謎の身体能力向上を活かして駆けた。

私にしがみついて止めるフランがいない。

いつも先回りするフレンダとベネットがいない。

後ろからエステルが制止を呼びかけるけど、声だけで私は止められない。

調理場が私を待っている！

「さあ！　何処から手を付けようか」

辿り着いた先で私は胸を張って仁王立ちした。

いつも入れ替わる食材は諦めるとして、それを保存する氷箱は必須だし、水回りも綺麗にしておきたい。食材に触れる調理器具だって綺麗な方が気持ちいい。食器は勿論、それを収納する棚だって見逃せない。壁や天井からモヤモヤさんが染み出てくる環境も嫌だよね。

モヤモヤさんと向き合って二年と少し。

あれが恐らく無害だって事は分かってきた。それもあって今日まで調理場掃除を諦めてきた。

でも、それでモヤモヤさんの不快感が消える訳じゃないんだよ。

いくら害はないと言っても髪の毛の入った料理は食べたくないに決まってる。手で触れるなら許容できても、口へ入れるには抵抗あるものなんていくらでもあるよね。

だから、私にとって調理場の掃除は必須だった。これで悲願が叶う。

上機嫌で全体を見回して、私の視線は水場の蛇口で止まってしまった。

「何あれ？　汚い……」

蛇口と言っても調理台からは離れている。野菜なんかを洗う場所かな。残念ながら、こんな大きな調理場とは前世で縁が無かったので詳しくない。

ただはっきりしてるのは、液状になったモヤモヤさんが滴っているって事。

蛇口の締まりが悪いって訳ではないみたいだから、漏れた水にモヤモヤさんが溶け込んでいるのとは違う。知っている知識に当て嵌《は》めるなら、以前に私から溢れたヘドロ状に近い。むしろもっと粘り気が強い。

濃度を高める為か、周囲のモヤモヤさんを蛇口へ引き寄せているようですらあった。蛇口を中心に、調理場全体のモヤモヤさんがおかしい。

いつも以上の不快感がせり上がってくる。

ここで洗った食材を食べていたかと思うと怖気《おぞけ》が走る。

こんな環境で料理を作っていたなんて許せない！

担当者を叱ったところで通じる筈もないから呑み込む他ないのだけれど。

知ってしまった以上、ここを綺麗にしておかないと今日の晩御飯が食べられそうにない。無理に食べたらフラン達みたいにしばらく寝込むかもしれない。精神的な負荷で……。

気持ち良く夕食の時間を迎える為にも、ここのモヤモヤさんは撲滅するよ。

私は手当たり次第に箒を振り回してモヤモヤさんを吸収する。そしてそのまま、箒を通じてモヤモヤさんを蛇口へぶつける。

二年間お掃除を続けた結果、私が直接触れなくてもモヤモヤさんを押し込めるようになった。まだまだちっちゃな私が手の届かないところもお掃除できるように、私、頑張りました。

結果として箒を振り回しているようにしか見えないから、メイドさん達から〝お嬢様の箒踊り〟とか呼ばれたりするけど、お屋敷を綺麗にできるなら受け入れるよ。

遠隔でモヤモヤさんを押し込めると、蛇口からヘドロ流出が止まった。

念の為に背伸びして蛇口を回してみたら、流れてきたのは綺麗な水だった。うん、完璧。

蛇口の異常には吃驚したけど、それで私のお掃除欲は止められない。ガンコな汚れまで驚きの除去力……ってね。

一度掃除を始めてしまえば、メイドさん達は私を止めない。立ち入り禁止と言っても、入ってしまえば今更引き摺り出しても遅いって事かな。食器や調理台をベタベタ触っている訳でもないしね。

〝お嬢様の箒踊り〟を生暖かく見守られながら、調理場を丸洗いしたよ。大満足！

私を引き止めるには弱気なエステルだけど、見逃してくれるって訳じゃない。むしろ事細かに報告されて、お母さんのお説教は確定してると言っていい。制止を振り切って調理場に入ったからお父さんのお小言も追加かも。

そうだとしても、調理場は綺麗になった。私の精神的安寧《あんねい》は保たれた。一片の悔いもないよ。

願いを形に

——なんて思っていたけれど、お母さんの怒りは想像以上だった。

メイドさんの制止に耳を貸さないのも、廊下を走るのも、調理場に入るのも、貴族のお嬢様としてあり得ないんだってさ。特に調理場は料理人さん達の職場なので、そこに入る事自体が苦情を言っているのも同じな行為なんだって。

お掃除欲が抑えられなかったとはいえ、ちょっと悪い事したね。大丈夫、モヤモヤさんの封じ込めは完了したからもう行かないよ。

で、しばらく部屋から出るのを禁止されてしまった。

お父さんも怒っていたものだから、助け船を出してもらえなかったよ。がっくり。

一応はお掃除欲も満たしたので大人しく従ったものの、お部屋遊びは一日で飽きた。遊び相手《フラン》がいないから余計だろうね。あー、退屈。

暇な時間が長いと色々考えてしまう。

普段はお掃除欲にかまけて屋敷中を駆け回っているけれど、私はこれからどうするべきなんだろう？

日がな一日遊ぶ……ただの三歳児なら普通の事かもだけど、私には前世の記憶がある。ふとした瞬間に将来の事が心配になる。流石に何も考えない三歳児ではいられない。

前世の記憶、実は未だにぼんやりしたままだったりする。

転生した時に欠けたのか、本来なら必要のないものだから元々朧げなのか、死因も思い出せないままなんだよね。ま、それで困る訳じゃないけども。

悲惨な死に方でトラウマが発症しても困るし、あまり深く考えないようにしている。

それでも、日本の一般人として生きた事は間違いない。大学まで卒業して、薬品の品質保証に従事してたってくらいは思い出した。私の判断基準はその経験が基になる。

それで、異世界の貴族として生きるなんてできるのかな？

貴族。

前世でも国によって違いはあったけど、国を動かす立場にいる事は間違いない。そして色々と面倒なしきたりや人間関係、義務なんかが付属してくるんだと思う。面倒だよね。

貴族が居るって事は、身分制度が当たり前の世界なんだとも分かる。事実、メイドさん達は私みたいな幼児でもこれでもかってくらいに敬ってくれる。でも将来、侯爵家の血筋ってだけで大勢の上に立つかと思うと身が竦む。

前世日本人メンタルで奮い立てる未来が見えてこない。

そして最近、いつか考えないといけない問題と言えなくなった。

淑女教育が始まりました。

まだまだ子供であっても、私、お貴族様だから、相応しいマナーを学ぶ必要があるんだって。

お母さん曰く、余計な癖が付く前に正しい所作を身に付ける事が大切らしい。

前世の常識が染みついてる私は、手遅れだったりしないかな？

期待に応えられない事への不安も覚えてしまう。そんなまま、今はお掃除へ逃げている段階にいる。

いつまでもこのままでいられる訳がない。

貴族だからってふんぞり返って義務を放棄するのは、前世日本人の良識が邪魔をする。というか、どう考えてもお母さんが許してくれない。このお家、とっても模範的な貴族みたい。その分、責任が伸し掛かる。

「(前世みたいに、仕事は仕事でこなして残りは余暇に充てるって言うには、立場が重いよ)」

「……お嬢様？」

思わず日本語で零した弱音に、エステルが首を傾げた。

私を慕ってくれる貴方達には決して聞かせられないから、ごめんね。

あー、駄目だ。

暇を持て余しているせいで碌な考えが浮かばない。

「ねえ、エステル。やっぱりフランのお見舞い、駄目？」

こんな状態で部屋に籠っているのは良くない。外出禁止でも口実があるなら何とか外へ行けるんじゃないかとエステルへ詰め寄った。

「すぐ切り上げるなら、簡単にうつらないんじゃない？　きっと大丈夫だよ」

「あ、いえ、昨日原因が判明しましたので、感染症でない事は明らかになっています」

「ホント！　なら、行っても良いよね？　ね？」

駄目なら他の方法を考えるつもりだったところ、何と一番の問題は片付いていた。口を滑らせたのか、エステルはしまったという顔をしたけれど、それなら余計に退く理由がなくなった。

「し、しかし、お嬢様の面会はまだ奥様に禁じられております」

「どうして？　……ううん、それならお母様のところへ連れて行って。私、説得するから」

気分転換したいのが始まりだった訳だけど、フランが心配なのも嘘じゃない。彼女の安否についても、何も分からないまま悶々としているのは耐えられない。

私の押しに弱いエステルは、お願い、お願いと何度も繰り返す私に折れてくれた。ありがとね。

結果から言うと、お見舞いの許可はもぎ取れた。

三日も説得を続けると、退く気はないって私の熱意はお母さんにも伝わったらしい。

私の唯一のお友達、何も知らないままではいたくない。

「良い、レティ？　少し話したらおしまいよ？　寝ていたなら次の機会に延期、分かってる？」

「はい！」

お見舞いに行くならお母さんも一緒って条件が付いた。

最近は使用人が減ったせいで忙しくなって、弟のところに顔を出す頻度も減っているお母さんと短い時間でも一緒にいられると、私はご機嫌で使用人棟に向かう。

掃除がまだでモヤモヤさんがあちこちにあるのも、今は気にならなかった。

「気にかけていただいてありがとうございます、奥様、お嬢様。先程起きたばかりなので、顔を見せてやってくださいませ」

仕事の合間を見つけては様子を見に来ているというテトラが迎えてくれる。

私の部屋と比べるとずっと狭い寝室で、フランが荒い息を繰り返していた。

私のお見舞いが制限されていた理由はすぐに分かった。フランの顔はまるで土みたいに生気を感じさせない色で、薄く目は開いているものの焦点は定まっていない。何処まで意識があるかも怪しい。

こんな状態の友達に会ったなら、普通の三歳児なら号泣していたと思う。だけどそれではフランに負担をかけてしまう。

多分、お母さんは私を試す目的でここへ連れてきたんだと分かった。我儘を言った私が、このフランを前に適切な対応ができるかどうかを見てる。

忙しい中、時間を割く訳だよね。お母さんと一緒、なんて浮かれ気分は一瞬で吹っ飛んだ。

これがお貴族様としての教育の一環なんだとしたら、厳しいよ。三歳児の我儘に責任を持てって事だよね？

「フラン、大丈夫？」

私は震える身体を抑えてフランへ近づいた。大丈夫な筈はないけれど、他に言葉が思い浮かばなかった。気の利かない自分が嫌になる。

「お嬢、さま、……あり、がとう……ご、ざ……」

「無理しなくていいよ。私はフランの顔を見られて安心したから」

私が話しかけてしまったせいで、何とか言葉を紡ごうとするフランを慌てて止めた。私の自己満足を満たす為に、彼女へ負担を強いに来たんじゃない。

無理をさせたお詫びに、ベッドに投げ出されたフランの手を強く握る。思った以上にその手が冷たくて、余計に悲しくなった。

「一人だとつまんないよ。だからフラン、早く元気になってね」

言葉のままに、一刻も早く元気になってほしいと願う。

少しでも楽になったらいいと手を強く握る。

その瞬間、異変が起きた。

私の中にあったモヤモヤさんが、私の意図に反してフランへと流れる。いきなりの事に判断が遅れて、結構な量が繋いだ手を伝わってしまった。

え？　え？　え？

慌てて手を離すと、フランの穏やかな寝息が聞こえてきた。さっきまでの苦しそうな様子は何処にもない。

フランの症状が落ち着いたならいい事だけど、何が起きたの？

色々訳が分からないまま、それでもフランが眠ってしまったので答えは貰えない。病人の睡眠を邪魔する訳にもいかないのでお見舞いもおしまいとなった。

フランを見ても取り乱さなかったと一応の及第点を貰って使用人棟を出る。

私の頭には盛大に疑問符が躍っていた。

良く分からないモヤモヤさんが、ますます訳分かんないって判明した翌日、元気になったフランが出勤してきた。

「お嬢様、お見舞いありがとうございました！　おかげでこの通りです」

「………良かった。元気になったんだね、良かったぁ……！」

「ええ、きっとお嬢様のおかげです」

疑問は尽きないけれど、嬉しい気持ちが湧きだしてきて、これしか言葉にならなかった。あのままフランが死ぬんじゃないかって、すっごく怖かったからね。

お帰り、フラン。

好奇心が爆発

私がお見舞いを敢行すると、何故だかフランが元気になって戻ってきた。めでたし、めでたし――と、片付けられるなら良かったんだけど、お母さんやテトラの目の前で何やらやらかして、何もなかった事にできる訳がなかった。

何が起きたかは置いておいて、とりあえず他のメイドも見舞ってほしいと頼まれた。しかも今回は両親揃っての参観付きで。

私、見世物じゃないよ？

見守られながらお見舞いを繰り返すなんて精神的な疲労が酷いけど、土気色した私のメイドを目の前にすると、それどころではなくなった。

「フレンダ、元気になってね……」

フランの時と同じように、手を握って快方《かいほう》を願うと、やっぱりモヤモヤさんがごっそり流れて行った。

でもって途端に安静になるのもフランと同じ。

ベネットなんて、その場で飛び起きて平伏したよ。そのくらい体調の変化が瞭然だったらしい。

感動を抑えられなかったんだとか。

勿論、どう返すのが正解か、まるで分からなかったよ。

ここまで来ると、当然他の家人にもって話が出た。

私も、これでモヤモヤさんと快方の因果関係が分からないほど馬鹿じゃない。原理は分からないけど、モヤモヤさんには病気を遠ざける効果があるらしい。

「シモン、早く元気になってね」

ちょっと凄い事をしてる気分になって、ご機嫌で騎士団長を見舞うと、何故だかモヤモヤさんが流れて行かなかった。

少し増長したとは言え、手順を変えているつもりはない。手をぎゅっと握っても、モヤモヤさんが動く気配を感じられない。私は首を傾げる他なかった。

「レティは魔法を使っているのかもしれないね」

続けて三人ほど見舞って、効果が無い事を確認したお父さんはそう結論付けた。

「きちんと習った訳でもないから、おそらく無意識なのだろう。そのせいで不安定なのだと思う」

「それって誰が教えてくれるの?」

「その時が来たなら、きちんとした教師を雇った方が良いだろうね。……というか、レティは驚かないのかい?」

モヤモヤさんのお掃除をしてた時から、他にあの現象を説明する言葉がなかったからね。ぎゅっと握ったらビー玉ができるとか、物理法則を超越してるのにも程がある。

なるほどって納得の気持ちが大きい。

もっとも、驚きが少ないからって何も感じていない訳じゃない。

むしろ、テンションがぐいぐい上がって興奮してる。

魔法だよ？　魔法！

これ以上ないファンタジー！

フレンダ達が時々掃除に使っているそれと、私のモヤモヤさんが同じものかは分からないけれど、何やら特殊な事象を起こせる事は判明した。

少なくともフラン達は元気になったし、身体能力は上がってる。私は魔法、或いは魔法に近い現象を扱える。

魔法なのかな？

魔法でないとしたら、一体何なんだろう？

どちらにしても、興味が尽きない。

魔法なんて前世には無かったものだからこそ、何処までも可能性を追ってみたい。モヤモヤさんなんて私以外には不可視なものがあるなら尚更だね。

今の私は魔法について知りたい。モヤモヤさんについて解き明かしたい。私が何をしたのか解明したい。魔法が存在する事で、この世界で何ができるか試したい！

それにチラッと聞いたけど、この世界って魔物とかいるんだよね。魔法が使えるようになったら討伐にも行けるかな。魔石や精霊由来の不思議アイテムとか拾えるのかも。それで何か新しいものを作ったりしてみたい。

ワクワクが抑えられない。

好奇心が次から次へと湧いてくる。

だって、こんなに面白い事って他にある？

たった今、モヤモヤさんは物理法則を超越した。なるほど、触れると染み込むものだから、人体に作用するのは何となく分かる。

しかも、お父さん達が驚いているくらいだから、これは普通の現象じゃないんだと思う。

なら、他に何ができるかな？

何処まで可能性が広がっているの？

今の私は答えを持っていない。でも、それを探し続ける研究対象は私と共にある。一生だって付き合って行ける。

夢が広がる。期待が膨らむ。

ああ――転生して良かった。

現状確認と成長前の不自由に四苦八苦して、モヤモヤさん掃除で場当たり的に過ごしてきた私が、今初めて転生した事実に感謝した。

この世界で生きたいと、本気で思った。

私はこの不思議な世界を、目一杯に楽しみたい！

「レティが八歳になったら、魔法を学ぶための最高の環境を整えてあげるからね」

うん？

興奮が最高潮のところで、氷水へ突き落とされた気がした。

「八歳⁉　何で？」

「身体が小さい間は体内の魔力が安定しないんだ。魔法を使うには自分の属性を知らないといけないんだけど、それまでは測定ができないんだよ」

「そ、そんな……」

「現に、レティの魔法は安定していないだろう？　この時点で魔法が発現するのは凄い事だけど、先に魔法について知らないといけない。文字を勉強して、本を読めるようになって、魔法がどんなものか知っていこう」

あまりの衝撃に視界が滲む。

折角楽しみを見つけたのに、おあずけが遠い。

私、まだ三歳だよ⁉

今世の倍以上有るんだけど？

大人の五年はあっという間でも、子供にとっては長いんだよ？

「ホントに、駄目？」

「う……そんなに可愛くお願いしても変わらないよ。そんなに急がなくても、レティは才能に溢れてる。お父さんはその才能を伸ばす為に協力は惜しまない。きっとレティは凄い魔法使いになれるよ」

涙が浮かんだのを利用して、上目遣いに渾身のおねだりをしてみたのだけれど、敢え無く敗北した。

少しだけ揺らいだけど、お母さんの視線に気付いて立て直したよ。お母さんがいるのに、お父さんの甘さを引き出そうって作戦自体が間違っていたよね。タイミングが悪い。

いつかじゃなくて、今魔法使いになりたいって我儘は通らないみたい。

でも、これ以上ない楽しみができました。早く大きくなりたいな。

貴族社会を少し知る

フレンダ達メイドが復帰して、私はいつもの日常が帰って来るのかと思ったら、フラン以外は私のところに戻らず忙しくしていた。

なんでも、親しい貴族を集めたパーティーがあるんだって。

目的は親交を深めるのに加えて、私の弟カミンの紹介なんだとか。

そう言えば、まだ寝てばかりの頃に、大勢の前へ連れていかれた覚えがあるよ。今度は弟の番って事だね。長男だから少し豪勢に彩るのかもしれない。

そんな状況で使用人が何人も倒れたものだから、余計にバタバタしてた訳だね。フレンダ達を私付きに戻してる余裕がないのも頷ける。

私も無関係ではいられないみたいで、その日の為のドレスを作るんだと色々サイズを測られた。

すぐに大きくなるから、直前の測定じゃないといけなかったみたい。

お父さんの趣味で、今回もドレスにはフリルがいっぱい付いた。シンプルにって私の希望は一切通らなかった。三歳児の意見とか、参考にしないよね。でも今はこのくらいの方が可愛いかもしれない。

パーティーの日は本当にすぐで、当日は朝から丸洗いされて、少しでも可愛く見えるようにって、いっぱい磨き上げられた。今日は箒も禁止。そのくらいの良識はあるよ。

ニコニコしているのが私の役目。

なるべくお淑やかに見えるように挨拶すると、皆驚いて見えるのなんでだろうね。

何人か、服が豪華な感じの夫婦へご挨拶した後、遊んでおいでと解放された。表情筋が引き攣る前にお役御免になって良かったよ。

あれをパーティーの間中続けるんだからお貴族様って大変だよね。

解放されたのは大人に混じって挨拶する場所だけで、部屋に戻る事は許されていない。

見渡すと立食形式で、あちこちのテーブルで着飾った大人が歓談していた。それとは別に、子供が集まって遊んでいるスペースも見える。

あそこに混じって知り合いを増やしておけって事かな。

「おい、お前！」

フランとベネットを引き連れて子供の集まりへ向かう途中、私は声を掛けられた。あんまり横柄な様子だったから、初めは私宛だって気付かなかったくらい。

「俺様は腹が減ったぞ。何か旨い物とって来い！」

驚く私にまるで構わず、私より二つ三つ上の男の子が命令する。身体が大きくて腕白そうな男の子だった。

声が大きいものだから、少し離れたところで遊んでいた子供達の視線も私達の方を向く。困惑一割、私への同情三割、男の子への不快感六割ってところかな。

「申し訳ございません。そのような事は給仕の者に言い付けるか、ご自分でお願いします。こちらのお嬢様は……」

「黙れ、メイド！」

私を庇うように前に出て、穏便に収めようとしたベネットだったけど、全てを話し終える前に遮られてしまった。どうも聞く耳を持ってないみたい。

「メイド風情が俺様に話しかけるな！　俺様は〝だんしゃく〟なんだぞ！　偉いんだからな！」

ええっと……？

この時点でこの子が何も知らないって判明した。

この世界では男爵が侯爵より偉い、なんて事実は存在しない。今日のパーティーは幅広い貴族を呼んだと聞いている。その中で彼の身分は決して高くない。そして勿論、彼自身が〝だんしゃく〟だなんてあり得ない。

多分、両親が身分を鼻にかけて使用人とか相手に偉そうにしてるから、この子はそれを真似てるだけなんだろうね。

あくまで子供、しっかり学んでなくても仕方ないのかもしれない。

それより、私はどう対処したものかと迷ってしまう。私がここで思い違いを正してあげる義理はないし、聞き入れるとも思えない。だからって身分を盾に黙らせるのはしたくないんだよね。

なんて私が迷っていると、気を利かせたフランが料理を盛ったお皿を運んできてくれた。ハンバーグにグラタン、ロールキャベツ、子供が好きそうで男の子が満足できそうなボリュームも満たしている。さっすがフラン。

「はい。これでも食べて大人しくしててくれる？」

私は渡すだけ。

今日はノースマークがホスト役みたいだから、このくらいは許されるんじゃないかな。

私はこうして無難に躱したつもりだった。

「俺様は玉ねぎが嫌いなんだよ！　こんなもの、食えるかっ！」

知らないよ、そんな事。

そう思ったものの、感情的になった子供に理屈は通じない。

男の子は皿ごと私の手を払う。料理が零れて勿体ないけど、それで終わればまだよかった。

なのに、苛立った男の子は私が差し出した袖を掴むと、そのまま力任せに私を引き倒そうとした。

モヤモヤさん力があるから腕力で負ける気はしないけど、咄嗟の事に反応できなくて体勢を崩してしまう。

「――――！」

私が転んで怪我をする、そんな未来は訪れなかった。

危ないと私が感じるより前に、優秀なメイド二人が動いていた。

ベネットは私を抱きとめ、フランは男の子の右手を捻り上げて押し倒した。そんな技能、持ってたんだね。

「何するんだよ⁉　離れろよ、ガキメイド！　俺様は偉いって言ってるだろう？」

男の子は暴れるけれど、フランの方が大きいし、技術を備えているから動かない。それどころか、冷たい視線を向けながら腕を捻り上げるものだから、逆に悲鳴が上がった。

「い！　いてててててっ！　な、何すんだよ⁉」

我儘なだけの子供がフランをどうこうできる筈がない。男の子が涙目になっても解放しようとはしなかった。

私も止めない。自由にすると、また喚きだすに決まってる。

どうしようかと迷った時、お母さんがこっちにやって来るのが見えた。近くにいた使用人の誰かが呼びに行ってくれたみたい。

「これは一体どういう状況かしら？」

「騒がせてごめんなさい。あの子が私を乱暴に扱おうとしたから、フランが制圧したの」

「そう、もう大丈夫よ、レティ。後は任せて」

男の子に掴まれたせいで少し伸びた袖を優しく撫でると、お母さんは倒れたままの男の子を見下ろした。

「コンフート男爵家の長男だったかしら？　何か申し開きはあるかしら？」

「お前がこいつらの親玉か!?　早くこいつをどかせろよ！　俺様の父上が黙ってないぞ！」

「分かりました。それでは貴方のお父様とお話しする事にしましょう。すぐに呼んでいらっしゃい。フラン、放していいわ」

この子と話しても無駄だとお母さんも悟ったのか、さっさと親同士で話し合うと決めてしまった。男の子はフランを恨めしそうに睨みながらも、彼女が怖いのか距離を取る。

「くっ、覚えてろよ！」

まるで三下みたいな捨て台詞を吐きながら走り去って行った。呼びに行くというより、言いつけるつもりなんだろうね。どっちにしても結果は変わらないだろうけど。

「ベネット、フラン、良くレティを守ってくれたわね。ありがとう」

「「いえ、何でもありません。当然の事をしただけですから」」

労うお母さんに対して、二人は異口同音に謙遜して浅く頭を下げる。なんだかフランのくせにカッコいい。

「レティ、あんなふうに何も分かっていない子供に戸惑うのは分かるけど、貴女はいつも毅然としていなさい。迷ったならベネット達を頼ればいいの」

「はい」

「貴女が迷ってしまうと、彼女達もどう行動していいものか判断が遅れてしまうわ。彼女達を信じるのが貴女の役目よ、分かるかしら？」

「うん、二人とも頼もしかったよ」

前世日本人の感覚としては慣れないけど、フラン達は私が頼った方が喜ぶんだよね。この先も行動を共にしていくんだから、私が変わっていかないといけない。

そんな感じでお母さんから注意を貰っていると、コンフート男爵親子がやって来た。

どこかのガキ大将みたいな男爵の顔は真っ青で、丸い体格を随分と縮こまらせている。何処までも傲慢そうだった息子は頬を派手に腫《は》らせていた。事情を話したら殴られたんだろうね。

ただあんまり腫れているものだから、ザマーミロって気持ちより戸惑いの方が大きい。あそこまで殴る必要ある？

教育の足りないあの子が無礼を働いたのは間違いないけど、それって彼だけの責任かな？

なんだかモヤモヤするよ。

「この度は本当に申し訳ありませんでした！」

男爵は息子の頭を掴んで一緒に深々と下げる。その様子から余裕は全く見られない。初めて見るであろう父親の様子に、男の子は戸惑い、ほとんど泣いていた。

対するお母さんの声は何処までも冷たい。私だったら一目散に逃げるよ？

「……それは一体何についての謝罪なのかしら、コンフート男爵？」

「身の程を知らない息子がお嬢様に対して不届きな態度をとった事、またお嬢様付きのメイドに対しても暴言を吐いたと聞いております。愚かな息子が大変申し訳ございません」

やっぱり教育不足にも管理不行届きにも言及しない。全部あの子が悪いって押し付けて終わるつもりかな。

私が嫌な気持ちになっていると、そんな私に気付いたお母さんが大丈夫と頷いてくれた。

「それで？　男爵はどう責任を取るおつもり？」

「は、はい。この子は廃嫡《はいちゃく》といたします」

男の子は信じられないって顔をしたけど、誰も取り合わない。

私にはこの場合の量刑の程度が分からないけど、今日のパーティーは親しい貴族を集めてのものと聞いた。つまり侯爵家と繋がりが深い貴族ばかりって事だよね。この件のせいでそこから弾き出されるとしたら、その決断も仕方ないのかもしれない。

「跡継ぎはどうするのかしら？」

「次男がおります。娘もおりますので、婿を取って継がせる事も可能です。この子がいなくとも、家の存続には問題ございません」

「そう。そしてまた同じ過ちを繰り返すのかしら？」

「え？」

けれど、お母さんはそれで良しとしなかった。

「だってそうでしょう？　その子の教育不足は明らかです。それだけ何も知らない子を連れてきた、男爵の良識こそが問題です。それで後継を代えたからと言って、信用できる訳がないでしょう。私はね、男爵。貴方の教育手腕を疑っているのですよ」

「あ、いえ、そんな……同じ過ちは繰り返させません」

「それなら、その子を教育し直してください」

「え？　いえ、この子は……」

「その子を廃嫡するかどうかは、私の与り知るところではありません。その代わり、貴方が過ちを繰り返さないのだと、その子の成長をもって証明してください。宜しいですね？」

「は、はい……」

最後の確認はほとんど強制だった。

凄い。

責任から逃げようとする男爵を追い詰めて、あの子が家を追い出される可能性を潰してしまった。

これが貴族としての、私のお母さんなんだ。

「幸い、ここには証人になってくれる皆さんが大勢いらっしゃいます。皆さんも監督してくださるでしょう。コンフート男爵が子供達をきちんと教育できるのだと、その子を改めて紹介してくれるまで、男爵の除名は保留としておきます」

おまけに追い打ちまで完璧だよ。

私のお母さん、カッコいい。

魔法使いで貴族

結局あの後、何事もなかったようにパーティーを再開して、盛況のうちに終了した。コンフォート親子はいつの間にかいなくなっていたけど。

あの騒ぎのせいで、私は他の子達から腫れ物に触れるような扱いを受けるって居心地の悪い時間を過ごした。冷静に考えれば私は悪くない筈なのに、周りが子供ばっかりなせいで委縮してしまっていた。

可愛い女の子に怖くないよと手を振ってみたところ、涙目で逃げられた。普通に凹む。

だからって侯爵家のお嬢さんを放置できないと話を振ってきた子もいたんだけど、天気の話とか、私のドレスが可愛いとか、当たり障りのない内容に終始したよね。あの子達なりに頑張ったんだろうから、楽しい時間をありがとうって笑顔で返したよ。

貴族の付き合いというのは、本心を上手く隠す事なんだって学習しました。

そんなこんなでパーティーを乗り越えて、多忙を極めていたテトラ達もホッとした顔を見せていた。そんな彼女を見てフランも誇らしそう。

人数が少ない中で良くやってくれたと彼女達を労って、お母さんは先にお屋敷へ戻る。

テトラ達にはこれから片付けがある訳だけど、準備の時みたいに期限に追われていないから穏やかな空気だよね。

これが貴族の日常、その一部。

いろいろ勉強になったと感想を伝えたくて、私はお母さんを追いかけた。

そうは言っても歩幅が違う。

早足で去るお母さんに追いつくのは諦めて、私は自分のペースでお屋敷に向かった。別に急ぐ訳じゃない。

少し遅れて、お母さんの私室の扉を叩く。

返事がない。

おかしい。

人前に出て疲れた弟はお昼寝中の筈だから、お母さんが他に寄るところはないと思う。そもそも接客用のドレスだから着替えないと別の場所には行けない。

お父さんは貴族のお偉いさん何人かと会合中なので、そこへ行くって選択肢もない筈だよね。

おかしいと言えば、着替えないといけないのにお母さん付きのテトラを置いてきた時点で変だった。普段着くらいなら一人でも脱ぎ着できるけど、正装となれば別。

どうやって着替えるの?

引っ掛かりを覚えた私は、ベネットに強く扉を叩いてもらう。

「お母さん?　お母さん!?」

叫んでみても返事はない。

「ベネット、強引でもいいから扉を開けて！　私が許す。これは命令だよ！」

「はい、お嬢様！」

本来なら女主人の部屋に許可なく立ち入るなんて許されない。でも娘《わたし》がいるし、ベネットも異常を感じ取ったみたいで同意してくれた。

ドアを蹴破る事も視野に入れてたけど、幸い鍵は掛かっていなかった。

「お母さん⁉」

飛び込んだ部屋で見えたのは、ソファーにもたれるように倒れ込んだお母さんの姿。腕はだらりと垂れ下がって力がない。荒い呼吸音が聞こえなければ死んだと思ったかもしれない。

「奥様、失礼いたします」

非常事態だと感じ取ったベネットがお母さんをベッドまで運んで、ドレスの締め付けを緩めてくれる。その間、お母さんは全く反応を返さなかった。

顔色はまだ生気を失っていない。でも血の気は引いてかなり白い。そして荒く息を繰り返す。

これって、まさかフラン達と同じ症状？

私はすぐにお母さんの手を握った。

本当に同じ病気かとか、これが魔法かどうかとか、私に制御できるかなんて関係ない。ただ、お母さんの無事を祈った。

お願い、元気になって。

私に不思議な力があるなら、私にお母さんを助けさせて――――

「本当にレティは凄いのね。あれだけ苦しかったのに、スッと楽になったわ」

懸命に祈っていると、優しい声が聞こえて温かい手が私を撫でた。

「お母さん！　大丈夫？　苦しくない？」

「ええ、レティが助けてくれたのでしょう？　もうすっかり元気よ」

「……良かったぁ」

安堵したらすっかり力が抜けて、私はベッドへ倒れ込んだ。お母さんはそんな私を撫で続けてくれる。普段ならお行儀が悪いと窘《たしな》めるお母さんも、今は甘やかしてくれた。

「奥様、もしかしてずっと体調を崩していらっしゃったのですか？」

恐る恐るとベネットが問いかける。

どういう意味？

「ええ。けれどパーティーが控えていたでしょう？　比較的症状が軽く済んでいた私が寝ている場合ではなかったのよ」

「え？　何で？」

なんでもない事のように答えるお母さんが信じられなかった。いろいろと意味が分からない。

「私に言ってくれれば治せたよ？　私が信じられなかった？　病気なのに寝てちゃいけないの？　どうしてそんなに無理したの？　パーティーがそんなに大事だったの？　病気が酷くなったらどうしたの？　お父さんは止めなかったの？　お母さんだけが苦しい思いしてるなんて、変だよ……」

疑問が、ううん、不満が次々と溢れた。

折角魔法が使えるようになったのに、頼ってもらえなかった。

お母さんが苦しい思いをしてるのに、私は何も知らなかった。

さっきまで皆パーティーで楽しそうに笑ってたのに、お母さんだけ苦しい思いをしなきゃいけなかったなんて、受け入れたくなかった。

「ごめんなさい、レティを信じていない訳じゃなかったのよ」

「なら、どうして……？」

「レティの魔法は不安定だったでしょう？　現にフレンダ達は治っても騎士団長達は癒せなかった。それで私まで治せなかったら、レティが傷つくでしょう？」

「でも……っ！」

「今日のパーティーはカミンの紹介であると同時に、成長したレティを見てもらう場でもあったの。そんな時に暗い顔させられないでしょう？　レティの魔法が確実でない以上、そんな可能性は残せなかったの」

私の魔法が中途半端なせい？

私がポーカーフェースで内心を上手く隠せないせい？

だからお母さんは無理したの？

「それなら寝ていたって…………、病気なのに無理したら、余計に酷くなるんだよ!?」

「そうね。でも、パーティーを侯爵家が主催する以上、私とお父様は揃っていないといけないの。今日集まった貴族は親しい方達ばかりだけど、だからこそ弱みは見せられないわ」

「家の為？」

「ええ、私はジェイド・ノースマークの妻なの。一緒にいなければ憶測が流れるわ。私が体調管理もできない不出来な妻というだけならいい。私達が不仲なのかもしれない。長男が生まれたから仲が冷え切ったのかもしれない。初めから仮面夫婦だったのではないか。そんな噂はあの人の足を引っ張ってしまう。あの人が貴族の中で、優位に立つ邪魔はできません」

理屈は分からないでもない。でも、感情が同意の邪魔をする。

なのに、強い意志を見せるお母さんへ向ける言葉は出てこなかった。

「それにね、レティ。豪華なお屋敷に住んで、私達は綺麗なお洋服を着て、毎日美味しいものを食べていられるでしょう？」

「……うん」

「それはね、この土地に住む皆のおかげなの。ノースマーク、この領地に暮らす皆が働いてくれるから、私達の贅沢な暮らしは成り立っているの」

私はこのお屋敷の外を知らないけれど、前世の記憶と照らし合わせるなら、それが貴族だと知っている。土地を管理し、税金を徴収してそれで贅沢を楽しむ。前世日本人の感覚からすると理不尽な存在。

「そうして暮らしているから、私もレティも普通の人ではいられないわ。贅沢が許されている分、周囲より恵まれている分、人より多くの義務を背負わなくちゃいけないの」

「義、務……？」

「そうよ。他の貴族との関係を崩さないのもその一つ。他の領地と無闇に敵対したら、領地の皆が困るでしょう？　そうしない為に、無理を押して平気な振りをするのも必要な事だったのよ。分かってくれる？」

あ――

目から鱗《うろこ》がボロボロ落ちる。

これまでの貴族観が塗り替わる。

貴族だから面倒なしきたりが多いんじゃない。貴族だから、面倒を自ら背負う。

人間関係だって必要なのだと割り切る。

義務に振り回されるんじゃなくて、自分の意思で責任と向き合う。

……それって、とってもカッコいい。

今日のお母さんを尊敬したのは、男爵親子を上手くやり込めたってだけじゃない。毅然とした態度を崩さないお母さんに憧れた。病気を悟らせなかったって言うならもっと凄い。

カチリ、と。

これまで迷っていた私の生き方が定まったような気がした。

「私、お母さん――ううん、お母様を目指したい！」

はっきり表明すると、お母様はしばらく目を丸くした後、とても嬉しそうな笑顔になった。ベッドに横倒しになっていた私を抱き上げてくれる。

「大変よ？」

「うん、でも必要な事なんでしょう？」

「そうね。でもレティが頑張れるなら、きっとお母さんより素敵な淑女になれるわ」

淑女と聞いて、ますます遣り甲斐が湧いてくる。

前世ではまるで縁のなかった言葉。でも、実現できたなら凄くカッコいいよね。私、お淑やかで上品な女性になります。上手くいったらモテるかも。

考えてみたら、生まれ変わって特別な環境だったのはファンタジー世界ってだけじゃない。貴族、しかも侯爵様なんて偉い家に生まれたのもとんでもなく凄い事だった。

なら、十分楽しまないと損じゃない？

高貴なる者は義務《ノブレス・オブリージュ》を負う。

前世でも似た考え方はあった。明文化されているから従うんじゃなくて、生き方の規範として自ら背負う。自ら誇る。

今はまだ誰かの為なんて思えないから、自分の為に理想を目指そう。私自身が思い描く貴族を目標に据えたい。お母様を追いかけるなら、きっと叶うと思う。

私も、誰かの憧れでありたい。そんな欲もある。それがカミン《弟》だったら最高だよね。

それに、打算的な事を考えるなら、魔法の追究にはきっとお金がかかる。その為に、貴族として生きている事はプラスに働く。もしかしたら趣味や道楽になるかもしれない研究に人生を費やすなら、貴族って立場を捨てるなんて勿体ない。

負担は大きいかもしれないけど、きっとその分リターンも大きいよね。

魔法、モヤモヤさんの探究と、貴族としての義務を両立させる。とっても大きい目標ができました。

困難には違いないだろうけど、折角の異世界転生、できる限りを楽しみ尽くしたいよね。

私のフラン

私が希望した通り、淑女教育が本格化した。

マナーを覚えるのも貴族の義務の一つ。私は人々の規範となる姿を示さなくちゃいけない。習得が大変なのは当然だけど、もう逃げようとは思わない。

それに、楚々とした雰囲気を身に付ければきっとカッコいい。理想の女性だよね。外面で男性を誑かす魔性の女も捨てがたい。

そうは言っても、お母様は忙しい。このお屋敷を取り仕切っているのはお母様だし、先日みたいなパーティーの他にも奥様達を集めたお茶会の手配もしなきゃだし、お父様のお手伝いもあるし、弟が小さいので一日に何度もミルクをあげに行く必要がある。

そんなだから、私の教育ばかりに時間は割けない。

結果、私のお掃除時間はまだまだ多い。

「お嬢様、お茶の準備が整いました。本日は、ガゼボへお越しください」

その日、いつものように掃除していたら、メイドさんが私を呼びに来た。

お茶、つまりおやつの時間です。

お母様と一緒なら、お茶会に向けたマナー教室の時間になるのだけど、今日は私一人らしい。

私を呼んだら去って行く、なんてメイドさんにはできない。通い慣れた道、すぐ近くであろうと、私を先導してくれる。楚々と歩くメイドさんの姿勢は綺麗なので、私も彼女をお手本にしながらついて行くよ。

なんと、これ、フランです。

吃驚だよね。

ついこの間まで一緒にお掃除ごっこしてたのに、私付きになった頃から従者教育を受け続けた彼女は、特に最近その成果を活かして成長著しい。すっかりメイドさんらしくなった。侯爵令嬢と側近候補、目指す先は違うけど、所作についてはずっと先を往かれてる。

なんでも、最近、私の専属としての内示をお父様から正式に受けたらしい。元々、その予定で教育されていたんだけど、将来が内定して心持ちが変わったのかな。

まだ見習いは取れていないけど、すっかりメイドさんだよ。

あと、テトラによると、私も彼女の変化に噛んでいるとか。

お母様の教えを受ける上で、私は呑み込みが早い事になっている。実際は、教えられた事を丸覚えするのではなく、前世の似た所作を当て嵌めてるだけなのだけど、説明できないので優秀な子という評価を受け入れている。

で、そんな私にフランは対抗意識を持っているらしい。

私からすると、目標にできるくらい先を進んでいる筈なのに、彼女はすぐに追いつかれてしまうのでは、と危機感を持ってしまったみたい。

可愛いよね。

お茶の間も、私の後ろに凛と控えてくれている。

フランのおやつは私の前を辞した後なので、私が食べている間中、物欲しそうに視線が釘付けになっていた頃が懐かしい。

彼女の成長は喜ばしいけれど、フランらしさが乏しくて、私は少し物足りない。

「フラン、今日はお母様がいないから、一緒にお茶にしない？　一人だと寂しいよ」

「いいえ、私はお嬢様の従者ですから、後でいただきます」

主と並んで飲食はできない、と。それはそれで正解ではあるけれど、私は面白くない。

フランは忘れているようだけど、彼女は従者であると同時に、私の友達でいる事を許されている。

だから、公私の区別をつけるなら、気安い交流も見逃してもらえる。

そして、お母様がいないから、今日のおやつはプライベート。

そうでなかったら、お嬢様らしくないさっきのお誘いの時点で、他のメイドさんに注意されてるよ。お母様は優しいけれど、甘やかすだけの人じゃないからね。メイドさん達もしっかり言い含められているよ。

なので、私はフランに誘惑を続ける。

「今日のおやつは、苺練乳だよ？　フランも好きだったよね」

「――」

今、唾を飲んだよね。視線がチラチラ苺に向いてるよ。

ちなみに、この食べ方は私の考案。

苺も練乳も存在するのに、合わせる文化は何故かなかった。私のおやつ用に、練乳は調理場に常備されてると聞いたから、去年の春におねだりしてみたよ。

知識チートってほどじゃない。ただ私が食べたかっただけ。

両親二人も気に入ってくれたと思っていたら、お母様は奥様方のお茶会で披露して去年の流行にしてたし、お父様はこの組み合わせでお菓子を作らせて、領内の苺に付加価値をつけてた。

お貴族様の行動力って凄いよね。私、あれを目指すんだよね。あんなふうになれるかな？

今年はまだ増産が追い付いていなくて、苺が高騰してしまっているみたい。だから、侯爵令嬢《わたし》はともかく、フランはあまり苺を食べられていない筈。

「フラン、今年の苺の感想を聞かせて。ほら、あーん――」

練乳のたっぷり掛かったところをフランに差し出す。

お嬢様の行動としては完全にアウトだけれど、メイド達からの小言はない。ワザとやっていると察して、フランを試す為に見逃してくれるみたい。

「もー!!　お嬢様は、すぐ私をからかう！　私、お仕事中なのに!!」

漸くフランが噴火した。

で、しっかり苺を口に入れてから、むくれてる。やっぱりフランはこうじゃないとね。

アラサー＋三歳の私としては、幼いながら一人前であろうと背伸びしてるフランは愛でる対象なのだけど、お姉ちゃんのフランとしては、私にからかわれるのが嫌で、距離を取ろうとする面もあるらしい。

意地悪して、ごめんね。

でも、フランは私のだから、離すつもりはないんだよ。

お勉強　ハードモード

六歳になって、淑女教育に勉学が加わった。

所作に加えて、令嬢に相応しい教養を身に付ける必要があるんだって。貴族が勉強から逃げられるとは思ってなかったから、遂に来たかって感じ。

十二歳になると、王国中の貴族子女が王都にある学院に通うのだと最近知った。ただし前世の学校とは趣旨が大きく違って、勉強より社交、人脈作りが主目的らしい。その為にも、貴族として最低限の教養は入学前に終えているのが普通なんだとか。

入学まで六年、かなりヘビーなスケジュールになる。とは言え、理想の貴族を目指すと決めたんだから、今更怯むような余地はないよ。

丁度、弟のマナー教育も始まったから、お姉様はちょっと凄いって、見せなきゃね。

ふふふ、今こそ前世の記憶が目覚める時！　知識チートが火を噴くぜ!!

――なんて、思ってた頃がありました。

この世界、魔法もあるけど、科学技術も発展してる。

騎士や兵士は剣に加えて銃を携帯するのが一般的だし、防弾対策も進んでいるらしい。

エネルギー源は化石燃料じゃないみたいだけど、移動手段として車が走ってる。

お金は金や銀貨ではなく、紙幣が使われている。ニセ札防止の特殊印刷に加えて、魔術的な複製防止対策まで施しているとか。

例を挙げればキリがないってくらいに近代化が進んでいる。

ただし、この世界は魔物の生息域が広く、常に人々を脅かしているせいで生活圏は思うように広がらず、私からすると歪な発展をしているみたい。魔物のせいで資源の入手場所が限定的なのも、発展を妨げる原因の一つだと学んだ。

未だ王侯貴族による支配体制が続いているのもきっと同じ理由。魔物によって人口の増加が遮られるせいで、民衆の社会的地位の向上が阻害されているのだと思う。つまり、国が自分達の命を守ってくれる状況に満足して、政治に関われない事に疑問を持つまで至れない訳だね。

限られた条件の中で、武器の開発と移動手段の発展を優先した結果、科学技術の発達に対して、生活の豊かさが追い付いていないみたい。技術開発は国を発展させる為に行うことで、それを民を潤す為に使うなんて、よっぽど余裕がなきゃあり得ない、というお話。

で、私が直面しているのは、近代化が進んだ事で、学ぶ内容も複雑化しているって現実。

四則演算あたりなら余裕もあったけれど、二年も過ぎると因数分解と三角関数が出てきて悲鳴を上げたよ。複素数って、お嬢様に必要かな？

でも、数学はこれでまだマシな方。

言語については、隣国語を話せる事が貴族の最低条件らしい。でも私は侯爵令嬢なので、とりあえず三か国語の習得から始めるんだって。とりあえずって、何⁉　日本語と英語を数えちゃダメかな？

習い始めてすぐ、お父様、お母様との食事・お茶会は、外国語のみで会話するよう言い付けられて、気の休まる時間が無くなった。ハイドロとテトラがそれに倣って外国語の対応を求めてくるのは予想できたけど、フランまでが後に続いた。

しばらくフランがキライになったよ。

一番困ったのが自然科学。

この世界には魔法がある。その為、前世の物理法則の大前提であった質量、エネルギー保存則が通用しない。代わりの独自法則が整えられているのだけれど、一から学び直しは辛いよ。一部、私が理解に苦しむ現象も交じっているしね。

魔法前提なのは、勿論物理だけじゃない。回復魔法があるから医学も特殊だし、生命活動自体も魔法ありきで解釈されている。魔物がいるから、いろんな生態系が別物です。

モヤモヤさんからビー玉作った私の言う事じゃないかもだけど、前世の常識をファンタジー扱いしないで！

当然、学ばなければいけないのは座学だけじゃない。

最低限の護身術に、音楽や芸術の習得だって貴族令嬢の嗜《たしな》みです。魔法の勉強も始めたよ。

異世界の貴族教育は、前世の詰め込み教育なんて、比じゃなかった！

知識のプールに放り込まれて、溺れながら必死で顔を上げると、別の科目を口から捻じ込まれる感じ。幼い方が知識を吸収しやすいらしいけど、限度があるんじゃないかな⁉

やるべき事に追われる日々で、つくづく思い知った。

お父様、お母様の才能を間違いなく受け継いでいる私は、芙蓉舞衣の記憶を持ってはいても、スカーレット・ノースマーク侯爵令嬢なんだって。

そうでなかったら、前世、モブ存在だった私が、この厳しい環境に順応できる訳がない。何冊もの分厚い教科書を覚えるなんて絶対無理、と私の中の芙蓉舞衣は音を上げるのに、いざ始めると知識をみるみる吸収してゆく。まるで自分じゃないみたい。

時々、原付免許しか持ってないのに、何故か千cc超えの大型バイクを乗り回してる気分になったよ。

「あ〜〜〜」

一日の課題を終えてソファーに倒れこむ。本音を言うと、ベッドにダイブしたい気分だけれど、着替えずに飛び込むとプライベートでも怒られるからね。

本日の乙女時間は終了です。今日も頑張りました。才能はあっても限界はあるよ。

「フラン～～～」

「はいはい」

勉強の後の紅茶はお砂糖たっぷり。うん、フランは分かってくれてる。

糖分の取り過ぎ？　そんなの気にしてる場合じゃないよ、酷使した脳がカロリーを欲してる。まだ成長期だし、きっと大丈夫。

燃料補給を終えたら、癒しが欲しくなる。

「ん！」

甘えたモードの私が両手を広げると、仕方無さそうにフランが寄って来てくれるので、彼女の胸に顔をうずめる。

うーん、ふかふか～♡

「お嬢様が頑張っておられて、フランも誇らしいです」

フランがこうして甘えさせてくれるのは、私の勉強が順調な証。

進度に遅れが見えると、この時間は講師フランの集中授業に変わる。いくら才能があっても、得手不得手があるんだよって弁明しても、聞き入れてもらえなかったよ。鬼!!

勉強が本格化して、フランをからかう余裕がなくなって、気付くと彼女はすっかり女性らしくなっていた。胸なんてお母様より大きいくらいだし、元気に揺れていたおさげは綺麗に結い上げられて、瞳は自信に満ちている。

私が目指すお淑やかな理想の女性を、先に叶えられてしまった。

成人前だから見習いではあるけれど、誰もが彼女を一人前として扱う。私付きのメイド筆頭はフレンダだけど、実質の中心にはフランがいる。他の皆は私がこの家にいる間のお世話係で将来的な雇用は未定だけれど、フランは私がお嫁に行っても一緒の専属（予定）だからね。

可愛がりたいメイド見習いのフランは既に過去、今では頼れる私の従者だよ。

「ところでお嬢様、そろそろ準備しませんと、カーマイン様とのお約束に間に合いませんよ」

これからの予定を告げられて、背筋がピッと伸びた。

そうだ、忙しいお母様に代わって、マナー教育の進捗を見てほしいと、可愛い弟カミンにお願いされたんだった！

勉強終わりのくたびれた様は、大事な弟に見せられない！　フランの胸に癒されている様子は勿論論外。私、カッコいいお姉様だからね。

フランの胸は名残惜しいけれど、愛しいカミンは別だよ。

甘えたモード、強制終了。お嬢様モード改め、お姉様モードを起動します。

貴族令嬢の日常は、忙しいけれど充実してるね。

お勉強　魔法習得？

遂にこの日が来た。

モヤモヤさんを消すだけのなんちゃって魔法じゃない、本物を使えるようになる日が。異世界に転生したんだもの、めちゃめちゃ楽しみにしてたよ。

座学はみっちりやって、前情報は完璧だよ。

大気中には魔素《マナ》が満ちているけれど、人はこれをそのまま扱えない。だから、一旦魔素を体内に取り入れ、自らの属性に応じた指向性を持たせて、現実に影響を与えられるエネルギー、つまり魔力《オド》に変換する。

私からすると既にファンタジーな話だけれど、ここまでの過程に特別な作業は必要ない。魔素が含まれる大気中で生活しているから、普通に生きているだけで、常に取り込みを行っている。魔力への変換も、この世界では生命活動の一環らしいので、常時活動なんだって。

人体や魔法に作用するのは魔力の方なので、魔素自体は特別な観測装置で存在が確認されているだけで、あまり注目されていないらしい。

ちなみに、魔石を使って人工的に魔素を魔力に変換する装置の発明によって、魔力を動力とした機械文明が急激に発達したと学んだ。

そんな訳で、魔法を使う為にまず必要なのが、術者本人の生まれ持った属性を知る事。多くの場合が地水火風の四属性に分類されて、光と闇の特殊属性、さらに希少な複数属性なんてものもあるらしい。扱えるのは、個人の属性に応じた系統魔法に限られるとか。

私がどんなに望んでも八歳まで待たされたのは、これが理由。この世界では自らの属性を知らなければ、基礎魔法一つ使えない。

今日は、その属性を調べる。

属性の確認は特殊な免許を取得した人しか行えないので、国営研究機関の〝魔塔〟こと、国家魔導真理探究尖塔から、講師兼測定師を呼んだと聞いている。

わくわくしながら魔法関連の書物を読んでいると、長身で眼鏡をかけた、少し神経質そうなご婦人がフレンダに案内されて来た。黒地に金縁の刺繍を施したマントを身に着け、その留め具には魔塔研究者の証である月と杖をあしらった金の記章が輝いている。

形式通り初対面の挨拶を交わすと、早速、属性の確認に移る。測定師はレグリットと名乗った。

ラノベ知識で、水晶みたいな道具に触れるのかと思っていたら、始まったのは採血だった。

魔力の多くは血液に溶け込み全身を廻っているのだと、学んで知ってはいたけれども。ロマンが足りないよね。

簡易測定では、指先を切って検査薬に直接血を垂らす事もあるそうだけど、お嬢様の私は、そんな衛生上問題がありそうな事はしないよ。きちんと消毒された注射器を使いました。その為にわざわざ魔塔から医師免許を持った測定師を呼んだからね。

レグリット測定師は、四つの試験管に異なる試薬をそれぞれ量り取り、私の血を一滴ずつ加えてゆく。うん、とっても化学っぽい。

しばらく反応を待って呈色を確認すると、再び試験管を取り出して、先程とは別の試薬を入れて同じ操作を繰り返す。

手際は良いのに、なんだか、とっても戸惑っているように見えるのは気のせいかな？

「――スカーレット様は、無属性です」

待つ事、たっぷり一時間。

レグリット測定師は弱り切った顔でそう告げた。

時間は無駄にできないので、待機中、フランを講師に領地の産業について学んでいた私は、言葉の意味を理解するのに少し時間がかかった。

今、私の属性は無いって言った？

「いえ！　……無属性が確認される例は稀ですが、属性分類の一つとされています」

慌てて否定するレグリットさん。目、合わそうよ。

そりゃ、魔法研究最高峰とされる魔塔の研究者を属性測定の為に呼びつけられる侯爵家の令嬢に、貴女は魔法が使えませんと、告知するのは勇気も要るでしょうけれど。

「他の属性の魔力は体外に放出した時点で魔素となって拡散しますが、無属性の場合、極短時間ですが衝撃エネルギーとして作用します。無属性魔法で代表的なのは、魔力を集束させて撃ち出す〝魔弾〟と呼ばれる魔法でしょう。目視できないため、防ぐ事が非常に困難です」

見えない拳で殴るみたいなものかな。

風魔法も見えない点では同じだけれど、こちらは周辺の空気を動かすので、魔術的な探知は容易だそう。

「攻撃魔法以外では、回復魔法を習得した例もあります」

「？　……回復魔法は光属性の領分と学びましたけれど？」

だから私は光の魔法が使えるのだと疑っていなかった。モヤモヤさんと相容れない印象はあったけど。

「はい、一般的にはその理解で問題ございません。ただ、魔法を体内に流し込む際、光魔法が対象者の属性と反発して悪影響を与えてしまう事があるのです。特に、体の弱った患者さんは、僅かな反発でも重い弊害となってしまう為、反発のない無属性の回復魔法が重宝される事があるのです」

ＡＢＯ式血液型みたいなものかな。Ｏ型みたいな私の魔力は、他の誰かに注入しても悪影響は少ない……みたいな。

侯爵令嬢の私が医者になるのは現実的じゃない。身分が下位の人達の治療を積極的に行えば、聖女とか呼ばれて人気は集まるかもしれないけれど、貴族としては爪弾きにされる。現実的じゃないね。

でも、以前みたいに何かあった時に家族やフラン達を助けられる手段は持っておきたい。きちんと学んだなら発動が不安定なんて欠点も無くなるのかな。

とりあえず、無属性の悪印象を払拭するべく、レグリット測定師は私の属性の可能性を色々話してくれた。おかげで少し気分が上を向く。無属性の活用例が少ないなら、私が開拓すればいい。私の好奇心はここで萎えるほど脆くないよ。

とは言え、実際に私が魔法を使えるようにならなければ、どんな可能性も机上の空論でしかない。だから、騎士訓練場に移動して、魔法を使ってみる事になった。

「まずは、身体強化魔法を試してみましょう。魔力を体内でのみ動かすので、属性に関わらず扱える魔法ですが、魔力操作の感覚を知るのに向いています」

第一歩目は魔力の扱いを知る事。

なるほど、当然の理屈だけれど、いきなり雲を掴む話になった。この世界に生きている以上、私の中では魔力が生成されているのだろうけれど、その自覚がないので、何をどうすればいいものか、さっぱり分からない。

「では、まず私がスカーレット様に魔力を流し込みますので、ご自分の中で魔力が動く感覚を覚えてください」

そう言って差し出されたレグリット測定師の手を握る。

無属性の私は、他者から受け取る魔力に対しても反発は無いらしいけれど、前世含めて経験のない試みに、全身が強張ってしまう。

けれど、魔力を流し込まれた瞬間、拍子抜けした。

体の中で自在に形を変えられる、この感覚を私、既に知っている。

むしろ、親しみがあるとさえ言える。

でも、いいのかな？

だって、これ、モヤモヤさんだよ!?

黒いモヤモヤした汚れだと思って掃除してたのは、魔力の素だったの!?　つまり、観測できない筈の魔素？　私の目、大丈夫？

認識がいきなり塗り替えられて、パニックになる私を放って、レグリット女史の講義は続く。

「強化魔法のコツは、魔力を意識して全身に巡らせる事です。薄く延ばした魔力を纏うようにイメージしてみてください」

それなら知ってる。

ラバースーツだよね。常時着用済みだよ。道理でいつも力が漲ってた訳だね。

「強化の有無を御自分で感じられないなら、これを思い切り叩いてみてください」

私が強化がうまくできなくて戸惑っているらしいと解釈したレグリット女史は、ボクシングミットのようなものを取り出した。

あくまで、ようなもの、だね。

手袋に枕を張り付けたようにしか見えない、手作り感溢れたそれは、お嬢様の細腕が繰り出すパンチを受けるくらいなら大丈夫だろうけれど――ラバースーツ常時着用の私の場合は危ないと思うよ？

一歳児に跳躍を可能にさせた私の強化は、並じゃないと思うんだ。

魔塔から呼んだ測定師を殴って怪我させてしまうと、お父様に迷惑がかかりそうなので、手作りミットを叩く代わりに、フランに小石を拾ってもらう。

講師役を無視する形になって、ムッとさせてしまったのは悪いと思うけど、これ、貴女の為だよ？

レグリット測定師を迎えた時点で、魔法の実技の為に訓練場への移動が決まっていた為、今日の私は飾り気の少ないシャツにキュロットスカートと、比較的動きやすい格好となっている。

そうは言っても、客人を迎えている時点で余所行きの所作が求められる。動きやすいからと、思い切り振りかぶったりはできない。

だから、なるべく上品に映るように心掛けながら、上半身の力だけで小石を投げた。

小石はまっすぐ訓練場の端まで飛んで、壁に当たって粉々に砕ける。

「――え？」

うん、やっぱり、これくらいはできちゃうよね。

「レグリット様、そのクッション、叩いてみてもいいですか？」

小首を傾げて訊ねると、涙目のレグリット女史に、凄い勢いで首を横に振って断られた。

やっぱりね。

お勉強　魔法実践編

「フランは風属性よね？」

「はい。攻撃魔法はあまり得意ではありませんので、風を薄く広げて探知を行う事が多いです」

訓練場でレグリット講師を待つ間、何気なく振った話題だったけど、興味深い答えが返ってきた。

なるほど、詠唱したり魔法陣を描いたりといった特定の手順を必要とせず、イメージで形にする魔法なので、応用範囲は広そうだね。

魔法の知識皆無だった私がラバースーツ魔法を使えたくらいだから、固定観念に囚われる必要はない訳だね。もしかすると、私のモヤモヤさん回収も、箒イコール掃除、というイメージから生まれたユニーク魔法かもしれない。

無属性でもできる事は案外多いかもね。少し気分が上向いた。

「フランの魔法！　見せて!!」

「……風魔法ですから、見えませんよ？」

言う事はもっともだけど、一向にかまわない。私は、フランが魔法を使うところを、見たいだけだ。

「……それでは、失礼いたします」

私の勢いに納得してくれたフランは意識を集中させると、涼しい風が頬を撫でた。少し汗ばんでいた肌に優しい。

「ありがとう、フラン。――もしかしてこの風、温度も変えられるの？」

「少しだけなら可能です。凍るような冷たさや、火傷するほどの熱さは無理ですが」

クーラー魔法、ちょっとうらやましい。

けれど、風魔法で温度変化できる理屈はちょっと分からない。

前世では、熱と冷気は、熱エネルギーのプラス方向とマイナス方向でしかなかった。でも、この世界では、熱は火属性、冷気は水属性としっかり定義されている。ならば、風魔法で温度調節をするには、火か水の属性を合わせる必要があるのではないだろうか？

「風というのは、暖かかったり、冷たかったりするものだからではありませんか？」

疑問をそのまま訊ねてみたら、不思議そうに返されたよ。

ええと、つまり、魔法を使ったフランがそう考えているから、そのイメージ通りに魔法が発動してるのかな？　無自覚は属性分類を超えるの？

ちょっと、日差しで火傷する砂漠や、バナナで釘が打てる極寒の地に、フランを連れて行ってみたくなった。風魔法の温度調整、パワーアップするかな？

「レグリット様が到着されたようですよ、お嬢様」

密かにメイドの虐待を考えていたら、フランが教えてくれた。

でも、レグリット講師はまだ視界に入っていない。なるほど、これがフランの探知魔法か。

そうと知って訓練場を見渡してみると、フランを中心とした五十メートルほどの円を描いて、モヤモヤさんが湧き出しているのが見て取れた。

一部は建物と重なってしまって見えないけれど、きっとあれが探知範囲の境界線。内側がフランの風の魔力《オド》に満たされて、探知範囲の外側で魔素《マナ》に戻っているから、モヤモヤさんが見える私にはその境が認識できるらしい。

ある程度の条件が揃う必要はあるみたいだけれど、不可視の筈の風魔法が間接的に見えてしまう私は思った以上にチートかもしれない。

昨日、あっさり強化魔法を習得してしまった（事になっている）私は、回復魔法と魔弾の魔法も試してみる事になった。

回復魔法はいつかフラン達を治療したモヤモヤさんの譲渡だろうって気がしてるけど、レグリットさんは知らない事だし、怪我と病で違いがあるかもしれない。私としても基本は押さえておきたい。

まずは回復魔法から。被験者はフラン。

貴族令嬢で術者の私を傷つけられる筈もなく、講師として招聘したレグリット様もあり得ないのは分かるんだけど、私はフランが傷つくところだって、見たくないんだよ！　分かってほしいな。

ぶっつけ本番は論外なので、念の為に医師で光属性のレグリット講師からコツを聞く。

ゆっくり魔力を患部へ流す事、痛みを和らげるイメージを一緒に送る事、元の健康な状態に戻すイメージを持つ事。この辺りの知識が、お父様が今回の為に彼女を招いた理由かもしれない。

ゆっくり流すのは問題ない。人に試した事は無いけれど、モヤモヤさんを物には散々押し込んできたから、魔力の移譲には慣れている。痛み軽減のイメージも麻酔を兼ねると思えば、きっとできる。

けれど、自然治癒力の増幅ではないみたい。強制的に健康状態に戻すのかな？　少しイメージが難しい。快方の想像も、いつかの経験を生かせるよね。むしろ、あの時は随分無茶をしたとゾッとする。

何度かレグリット講師に魔力を流す練習をして、合格を貰った。この世界の魔法はイメージで大部分が決まる為、コツを学んだ時点でほぼ成否が決まるらしい。自分の中にコツを落とし込めなければ、どれだけ頑張っても習得できないんだとか。

で、いざ実践。

針で小さな傷をつける、くらいに思っていたら、フランは風魔法で掌をバッサリ斬った。

フラン〜〜〜っ!!

悲鳴も怒りも涙も呑み込んで、血が溢れるフランの右手に魔力を叩き込む。

習ったコツも、練習の感覚も欠片も残っていなかった。頭にあったのは、一刻も早くフランを治したいという強い想いだけ。

元に戻れとひたすらに願う。

効果は劇的だった。

時間を早戻しするように、手の傷が消えてゆく。地面に落ちた血はそのままだったけれど、滴る前の血までフランの中に戻った。

理屈なんてどうでもいい。

フランが無事で良かった。

「流石、お嬢様ですね。成功すると確信していましたから、恐れはありませんでしたもの」

私ならできて当然と微笑むフランに腹が立つ。

私、今、涙目だよ。怖かったんだからね!

そのほっぺ、後で絶対つねる。

「――成功、おめでとう……ございます……スカーレット様」

レグリット講師の声が上ずっているのは何故ですか？　もしかして私、またやり過ぎました？

今回はフランのせいだよ。


回復魔法というか、魔力の譲渡ができると、魔弾は難しくないらしい。

手に集めた魔力を、標的めがけて撃ち出すだけ。威力も勢いも効果距離も、込めた魔力の量で決まる。それだけ聞くと、なんだかできそうな気がしてきた。

そう思わせるように誘導するのが、魔法を教える上で肝要らしいけれども。

目標は、衝撃吸収材を用いた訓練用の的。

距離は十メートル、私は対象に掌を向ける。

そして、忘れてはいけないのが魔力の制御。

0歳の頃からモヤモヤさんの回収に余念がなかった私の魔力量はきっと多い。一般人がコップの水なら、私はきっとプールくらいの魔力を溜め込んでいる。何も考えずに蛇口を開いたら、間違いなく大変な事になる。

私は学習する女。

フランは手遅れかもしれないけれど、家の外から来たレグリット講師に、これ以上非常識なところは見せられない。

集める魔力は少しだけ。

そっと蛇口を開くイメージで——

「あ、これ不味い」

魔力を放つ瞬間、想定が甘かった事を自覚した。

慌てて魔力を絞る。

しかし、発射は止められない。

結果、射出口径だけ辛うじて縮めた不可視の弾丸が、的と後ろの壁を貫いて、拳大の穴を開けた。

その先は見えなかったので知らない。直後に建物が倒壊したせいで、確認する術は残らなかった。

後で知った事だけど、壊れたのは倉庫で、人的被害がなくてホッとしました。


「――」

「――」

「――」


ごめん。プールかと思っていたら、ダムだったみたい。

ギリギリで魔力を絞らなかったら、多分、かめはめ◯みたいになったと思う。

私とフランは想定外の衝撃で言葉をなくしていたのだけれど、レグリット講師は恐怖で震えていた。

化け物を見る目を向けられたけれど、それで傷つかない程度には、怪物じみてる自覚があるよ。

ファンタジー世界だからって、少年漫画のバトルものみたいな真似が一般的とは限らないからね。

私としては、レグリット講師の反応も仕方ないかな、と思っているのだけれど、優秀な従者のフランはその限りじゃない。

だからと言って、暴力に訴えたり、声を荒らげたりは決してしない。

「レグリット様。本家御当主から、お話がございますので、ご案内いたします」

代わりに、物凄い綺麗な笑顔になった。

有無を言わせないくらいの迫力だけど。

アポも取らずにお父様のところへ連行するんだから、よっぽどだよね。

申し訳ない事したとは思うけれど、私に止める権限はないんだ。ごめんね。

彼女の身に、これから何が起こるかは知ってる。ビー玉作った時とか、お母様とテトラがあんな感じだったから。

多分、侯爵家の威光で散々脅して、私の事を口外しないよう記した契約書にサインさせるんだと思う。魔法で強制的に行動を縛るやつに。

もしかすると、魔塔を辞めさせられた上で、侯爵家の監視下で働くことになるかもしれない。

ビー玉事件当時のメイドさん達がそんな感じだからね。まあ、彼女達は忠誠心があるので、今でも私付きで働いてくれてる。

ちなみに、数日後、魔法属性測定師資格持ちの魔法講師が、我が家に就職しました。

よろしく——で、いいのかな？

閑話　憧れの姉様

僕はカーマイン。

ノースマーク侯爵家長男で、次期当主として教育を受けている。

長男として生まれたのだから当然の事。周囲もそう言うし、この国の爵位は基本的に長男が継ぐものと学んだ。

けれど、僕はその流れに疑問を持っている。

理由の一つは、両親からそれを告げられた事がないから。まだ幼いけれど、弟が生まれた事もあって、両親は様子を見ながら、後継の指名を遅らせているのかもしれない。

そして理由のもう一つ、僕の疑問の最大の根拠が、スカーレット・ノースマーク、僕の姉様だ。

三つ上の姉様は優秀の言葉だけでは収まらない。

勉強を始めると知識をみるみる吸収して、今では七か国語を使いこなし、領地の作付け状況をまとめて、気候・地質調査と統計学の知見から改善案を作成する。経営や行政を学べば、教えられた事とは異なる意見を持ち、新しい角度からの独自解釈で文官達と議論を重ねた事もあるという。

僕も勉強を本格的に始めて既に三年。姉のようになれるイメージはまるで持てなかった。

姉様が侯爵家を継いだ方が良いのではないか。

葛藤は常について回った。

侍女のアンジュは、僕も十分優秀だと言ってくれる。護衛見習いのアレクスは、このまま努力を続ければ次期侯爵に相応しくなれるという。スカーレット姉様はお嫁に行くから、侯爵位を脅かす事は無いと。

「でも、スカーレット様の方が優秀なのは事実っスけどね」

言った瞬間に部屋が凍り付いたし、僕付きの全員に睨まれていたけれど、執事候補ヘキシルの言葉は僕の代弁だった。

僕の部屋にいる間はプライベートだと言わんばかりに言葉を崩す、この執事見習いを、僕は嫌いじゃない。

第一、空気を読めとアレクスがヘキシルを叱っているけれど、それは彼の言葉を肯定してるのと同じだよね。どうも、彼は僕を持ち上げればいいと思っている節がある。

側近の入れ替えを、またお父様に頼まないといけないかな。

次期侯爵が内定している僕の側近という立場は魅力的らしくて、幼い頃から擦り寄ってくる者が多い。僕に付けられる前に篩《ふるい》に掛けられてはいるみたいだけれど、さらに選別、教育する事が、僕の課題に組み込まれているらしい。本人達に知らされている気配はないけれど。

使えない側近も、信用できない護衛も必要ないからね。

幼い頃から信頼できる優秀な侍女に囲まれた姉様が羨ましい。

そんな中で、ヘキシルだけ毛色が違う。

彼は割と最近僕に付けられた側近だ。彼は姉様付きのフランの従弟なのだけど、素行が悪いと、僕に付けるのを見送られていたらしい。教育し直したらしいけれど、効果がなかったのか、これでも更生しているのか判断し辛い。

でも、飾らない彼の言葉はありがたい。

「ヘキシルは、僕が姉様みたいになれると思う？」

「なれる、なれない以前に、そうなる必要、あるんスか？」

何気ない質問に、思わぬ質問を返されてギョッとした。

アレクスが口を挟みかけたのを黙らせて、ヘキシルに続きを促す。

「スカーレット様は確かに優秀で、革新的っス。でも、それが誰にでも受け入れられる訳じゃありません。カミン様が劣等感を抱いているように、優秀過ぎる彼女に反発する教師もいますよ」

そう言われてみれば、姉様を担当した教師が何人か辞めている。姉様を侮ったり、悪意を持って対応したりする者は、姉様は寛容でも、フランが処理するだろう。けれど、そう言った話は聞いていない。

ならば、どういった理由で辞めてゆくのか？　これまで疑問を持つことも無かった。

「優秀な生徒を受け持つことは、教師側にも良い事じゃないの？」

当人の実績になるのだから、メリットしかないと思う。

「姉様大好きのカミン様からすると、優秀なスカーレット様に教える役目はどんな場合でも誇らしい事なんでしょーね」

ヘキシルの言葉を否定しない僕に、視界の端でアレクスが驚いた顔をする。

驚くような要素、どこかにあったかな？　もしかしてだけど、姉様大好きに反応したの？

恥ずかしいから一々肯定しないけど、姉様みたいになれない自分を不甲斐なく思っているだけで、あの人を嫌った事なんて一度もないよ。

「憧れってのは、手が届きそうに見えるから持てるんスよ」

アレクスの今後の取り扱いは後で考えるとして、今はヘキシルの話を聞く。

「オレみたいに、地を這う獣は空を羽ばたく鳥を見上げる事しかできません。獣は空行く鳥に憧れなんて抱きません。飛べない事を受け入れてついて行くか、種が異なるのだと諦めて離れるか、どっちかっスね」

「僕と姉様は同じ鳥だから、ヘキシルは姉様を目標にするのは間違ってるというの？」

「間違いとは言いません」

大切な事を伝えたいからか、ヘキシルの言葉遣いが普段と変わる。

「カミン様は、お姉様のように高く、速く飛べないと悩んでいるのでしょうけれど、高く飛ぼうとするあまり、周りや下を顧みない主にはならないでほしいです。スカーレット様は自由であるから輝く方で、何があろうとついて行くつもりのフランもいます。けれど、カミン様は我々と共にある主であってほしいと思います」

「あんまり高く飛ぶと、ついて来れないから？」

「カミン様の足を引っ張りたい訳じゃないですよ。でも、目標にはジェイド様を据えていただきたいです」

「あ――」

父様の名前を出されてハッとした。次期侯爵を目指す上での明確な目標。だからと言って、決して楽にはならない道程。

「大切なお姉様に追いつく事を諦めるのは難しいですか？」

「ううん――考えてみるよ」

納得できた訳じゃないけれど、考えないといけない事は分かった。


八歳になって、魔法の勉強が始まった。

僕の属性は水、母様と同じ属性だった。魔力から水を生み出し、冷気を操る。高位の魔法使いは天候に干渉して雨を降らす事もできるという。

同じく水属性のヘキシルは、夏に便利ですと言っていた。

同意はするけど、他にも使い道はあるんじゃないかな。

水球を作り出し、溜まった水を凍らせる。水魔法の基礎には困らなかったけれど、強化魔法の習得には引っかかった。

もっとも、強化魔法の習得率は四割に満たない。

一言に魔法使いと言っても、強化魔法を得意とする騎士タイプと、属性魔法を主とする術師タイプに分かれる。両方を扱える万能タイプは全体の一割もいないと言われている。

だから僕は術師タイプなのだろうけれど、我が家は父と姉が万能タイプなので、僕もそう在りたかった。我儘でしかないと自覚はあったけれど、姉様が教えられたその日に使いこなしていたと聞かされていたから、尚更に。

全く強化ができない訳ではない。

身体全体に魔力を行き渡らせるのが難しく、部分的な強化になってしまう。そのままの状態で激しい動きを行うと、強化の弱い部分に負荷が掛かって体を壊してしまうかもしれないと、止められている。

不甲斐なく思っていたら、姉様が声を掛けてくれた。

「私が教えてあげましょうか？」

一も二もなく飛びついた。

僕以上に忙しい姉様が時間を割いてくれる事が嬉しかった。

それに、貴族の子女は、十二歳になると王都の学院に通う。もうすぐ出発する姉様と一緒にいられる時間は貴重だった。

ワクワクしながら訓練場で姉様を待つ。

あんまり目を輝かせているものだからとヘキシルにからかわれたけれど、今は全く気にならない。だって、姉様の強化魔法は、騎士団長だって敵わないんだよ？　もしかしたら国で一番かもしれない。そんな人に教われるのだから、期待しない筈がない。

強化魔法に限らず、初めの習得の時点でコツを掴めなければ、それ以降にその魔法を扱えるようになる事は難しいと学んでいる。けれど、類稀なる魔力制御を行える姉様ならもしかして、とも思ってしまう。

「待たせてごめんね、カミン」

姉様の登場に、その場の全員が凍り付いた。

いや、僕を除くヘキシル達男性陣は、凍り付く前に姉様から慌てて顔を背けた。

姉様が全身タイツ姿だったから！

え？　なんで⁉

指先から足まで全て覆われて、姉様の綺麗な金髪も、束ねた上でタイツの中に収納されている。顔の部分だけ開いて素顔が見える。

家族の僕はともかく、身体のラインがはっきり分かる状態の姉様を、男性の視界に入れられる訳がありません。身体の凹凸が乏しくて色気が少ない事は全く別の問題だしね。

「……姉様、その格好、どうしたの？」

「私が考案した、強化魔法の練習着よ！」

凄く得意気だ。

後ろに控えるフランを見ると、表情を無くして明後日を向いていた。

なるほど、強行する自由人《ねえさま》を止められなかったんだね。

「カミンの分も用意してあるから、着替えていらっしゃい」

「え――⁉」

僕もそれ着るの？

いつ用意したの？

この状況を予想してたの？

……絶望的な気持ちになった。

善意そのものな笑顔の姉様に否と言える訳もない。悪意の欠片も無い純真な笑顔が逃がしてくれない。

着替える前に、笑いを堪えているヘキシルは殴ろう。肩、めちゃくちゃ震えてるからね！

姉様を視界に入れられない僕の側近達は訓練場の入り口を見張る変則的な状態で、強化魔法の練習は始まった。フランを除いた姉様の側近も離れてくれたのがありがたかった。

着替えた後も、訓練場に戻る勇気を奮い立たせるのにしばらくかかったしね。

その見た目の不味さに反して、練習着としての性能は確かだった。

魔力を薄く延ばして全身に纏うイメージが視覚化されて分かりやすい。

さらに、魔力を流すと色の変わる素材で出来ている。巡らせた魔力の濃淡を目視できるので、苦手部分を客観視できる。

不完全な強化で全身まだら模様になった自分を鏡で見た時は泣きそうになったけれども。

あんなに苦手だった強化魔法を、僅か半日で習得できた。

タイツを脱いでも楽に発動できる。

「おめでとう、カミン！」

我が事のように喜び、姉様は何度も祝福してくれた。

恥については——忘れよう。

「本当に習得できるとは思ってなかったっス。凄いっスね、スカーレット様は」

訓練場からの帰り道、青痣作ったままのヘキシルと意見を交わす。

「うん、本当に凄いよ、あの練習着。多分、アレを使って練習すれば、僕以外でも習得できる人は多いと思う」

「そこまでっスか」

「姉様は大した事だと思ってないだろうから、僕から父様に報告しておいた方がいいと思う」

強化魔法習得者の割合が塗り替われば、軍や騎士団の戦力は大きく変わる。万能タイプの者が多く確保できるなら、戦術を大幅に増やし、戦略にまで影響を与えるだろう。

「……恐ろしいですね」

「うん、タイツだけでも、魔力に反応する素材だけでも、ここまで楽に習得できなかったと思う。色が変わる素材で服を作ったとしても、イメージの補完には足りなかっただろうね」

「普通は貴族令嬢が全身タイツで魔法の練習をしようとは思いませんからね」

「貴族令息《ぼく》だって思わないよ」

思い付いても実行しない。

実行しようと思わないから、素材の事を知っても組み合わせを思いつけない。

「今回の事で、あんまり優秀が過ぎると、凡人には理解できない事もあるって思い知ったよ」

「カミン様が凡人とは思いませんけど、今回は強烈でしたからね」

当の姉様がどれほどの事をやらかしたか、自覚していないから周りのフォローが要る。姉様にはフランがいるから、口止めをはじめとした対応に、既にあたっていると思う。

僕の場合は、まだヘキシルにもそこまで全面的に任せられない。だから、自分を顧みて、周囲が戸惑うような行動を避けなきゃいけない。

「姉様が憧れであることは変わらないけれど、姉様みたいになりたいと思うのはやめておくよ」

姉様は鳥じゃなくて、竜だった。空を飛べるからって、一緒にしちゃいけない。


余談であるが、この強化魔法の練習着はノースマーク領で正式採用され、多大な成果を上げて、次第に国中に広がっていく事になる。そして、後に大魔導士と呼ばれるスカーレットの最初の偉業として語られる。

強化魔法の変革として、多くの書物に全身タイツ姿のスカーレットの絵や写真が掲載され、晩年にそれを知ったスカーレットは、全て燃やして！　と泣き叫んだとか。

閑話　私のお嬢様

私、フラン・ソルベントは、かつてスカーレットお嬢様が苦手でした。

奇跡の子。

屋敷の奉公人の間でそう囁かれるくらい、お嬢様は生まれた頃から特別なお子様でした。

未来の専属従者になるべく、見習いながらお嬢様付きになったのは、あの方が一歳になる少し前、私が六歳の頃です。

お仕事である事は理解していましたけれど、当時、まだ寝てばかりのお嬢様のお世話は退屈で、お母さんに話しかけていたら、叱られました。

「お嬢様が聞いていらっしゃるわよ」

そう窘められて、私は不満でいっぱいになったのを覚えています。

一歳にも満たない赤ん坊が話を聞いてるなんてありえない。そう憤慨した私でしたけれど、お嬢様と目が合って息が止まりました。

――どうして、お話、やめたの？

不思議そうな瞳がそう語っていました。

とても気のせいとは思えませんでした。言葉の全てはまだ把握されていないかもしれませんが、少なくとも、理解しようとする理性が、確かにそこに在りました。

この時点で思い知った通り、すぐにお嬢様は私をお姉ちゃんと呼び始めました。教えていないのに、自発的に。否応なく理解しました、奇跡のような才能を持つ御令嬢が私の主なのだと。

お嬢様は特別な子供だから、私はお姉ちゃんだから、守ってあげなくちゃいけない。

それが、最初のモチベーションでした。

その勢いのせいでやらかした数々の失敗については、思い出したくないですけれど。

私の一族は、皆ノースマーク侯爵家に仕えております。物心つく前からそうでしたので、そこに疑問を持つ事はありませんでした。そういうものだと思ってましたので。

ならば、私も同じように仕えたかったかと問われれば、当時の私は首を振ったでしょう。

主が生活の中心で、両親がなかなか帰ってこない幼少期でしたので、従者という職業に良い感情を持っていませんでした。

だから、お嬢様の従者になる話が持ち上がった時、聞いてみました。

「お父さんとお母さんは、どうして侯爵様に仕えているの？」

「実は、お父さんも、お母さんも、お爺ちゃんに言われて今の仕事を始めたんだ。だから、フランの不安は分かるつもりだよ。だけど、ある日気付いたんだ、旦那様の下で働く自分に、幸せを感じている事に」

「私達も、親戚の皆も、一生仕えるように命じられた事はないわ。でも、領地の為に懸命に働くノースマークの方々は、そのお手伝いをしたいと私達に思わせてくれるの」

残念ながら、当時はさっぱり分かりませんでした。

でも、成人する際に別の仕事を探したいと願うなら、それで構わないと言われて、一時的にメイド見習いになる事を引き受けました。

そんな始まりでしたから、苦痛を感じる日もありました。

お嬢様は可愛らしくて、妹ができたみたいで嬉しかったけれど、主なので距離感を間違えると後で叱られました。お嬢様は気にしていないのにどうしてと、不本意に思う事も多くありました。

お嬢様が大きくなられると、その優秀さが端々から滲み出るようになりました。当時は私の方が感情的になる事が多く、お嬢様はそんな私を冷静に観察して、宥める方に回るくらいでした。

三歳にも満たない幼子に慰められて、私は劣等感を募らせていました。

もし、このままお嬢様と距離を取っていたら、あの方の行動を気味悪がったり、空恐ろしく感じてしまうようになっていたかもしれません。

しかし、転機は思わぬ形でやって来ました。

ある夏の日、私は高熱を出して倒れました。原因は体内魔力の異常。私だけでなく、食事を共にする事の多いお嬢様付きのメイド三人も後に続きました。

魔物が多い地域で時々見られる現象なのですが、魔物の魔力に当てられて魔素が変質する事があります。その魔素を吸収したせいで、体内魔力が暴走状態になったのです。薬や回復魔法は効果が薄く、自然治癒に任せるしかありませんでした。高熱、意識低下、身体麻痺と言った状態が長く続きます。体力次第では、命の危険があったかもしれません。

症状の具合は変質魔素の吸収量で決まると言われています。私はまだ子供だった為、少量の吸引で重症化しました。カーマイン様の披露会に向けて多忙を極めており、誰もが疲れを溜めていた事が発症を広げた原因だったのでしょう。

生死の境を彷徨ったとまで言うと大袈裟でしょうけれど、当時、幼心的にはそのくらいのきつい状況が続きました。

当然、お嬢様は私達から遠ざけられていましたが、数日に亘って姿を見せない事にお嬢様が不安を抱き、お見舞いに来てくださいました。

「フラン、大丈夫？」

お嬢様の方が泣きそうだったのを覚えています。

側仕えが四人も突然いなくなった上、漸く会えた私の顔色が土気色だったものですから、心配になられたのでしょう。

「フラン、早く元気になってね」

そう言って握ってくださった手の温かさは忘れられません。

——と言いますか、その温かさを感じた直後、あれほど酷かった体調が全快したのです。

奇跡としか思えませんでした。

その様子を目の当たりにした侯爵家の全員が、その奇跡の名前を知っていました。

回復魔法。

なお、魔法治療医師の手に余った病状を一変させたそれには、桁外れの、と頭に付きます。

私に限らず、お嬢様のお見舞いと同時に起こる回復はあまりに劇的で、まだ属性測定も行っていないお嬢様の魔法を、誰も疑いませんでした。

そのすぐ後の事でした。お嬢様に一生お仕えしたいと、旦那様と両親に宣言したのは。

命を救っていただいたように思えたから。

誰に教えられる事もなく、魔法を使ったお嬢様に畏敬の念を抱いたから。

何より、私を助ける為に奇跡を起こしておいて、フランが元気になって良かったと、ふにゃっと笑ったお嬢様に、私は心服したのです。

お嬢様の力になりたい。

お嬢様を支えたい。

お嬢様をお護りしたい。

自然にそう思えた時、従者見習いになる際に両親から聞かされた話がストンと心に落ちて、私もソルベントの一族なのだと、不思議と納得したのです。

心を決めてから、私の生活は一変しました。

空いた時間のほとんどは、母からの従者教育で埋められました。正直、厳し過ぎるのではないかと泣き言を溢したくなる事もありましたし、教える母は実は嗜虐《しぎゃく》趣味だったのではないかと密かに疑う日々でしたが、お嬢様の前でそんな情けない姿は見せられません。お嬢様の傍では、完璧なメイドであろうと演じるようになりました。

そもそも、私がお嬢様の手本となれるくらいでないと、淑女教育を始められた優秀なあの方にすぐに追いつかれてしまいそうで、気を抜ける日はありませんでした。

私が専属従者を目指してすぐ、時折寂しげなお顔を見せられるお嬢様には気付いていました。

お嬢様が私と友誼を結ぶ事を望んでおられると、知っていました。

けれど、申し訳ありません。

お嬢様が私を隣に望んでくださる事は大変光栄に思いますが、私が望むのは貴女の後ろに控える事なのです。


とある夏の夜、私はノースマーク侯爵ジェイド様の執務室を訪れました。

仕事柄、足を運ぶ事の多い場所ですので今更緊張はしませんが、私の予想が正しいなら、正式にお嬢様の専属侍女へ任命されるでしょう。気分が少し高揚しております。

「王都への出立準備で忙しい中、時間を割いてもらって悪いね」

国中の十二歳から十六歳の貴族子女が集う王立学院への出発まで、既に半月を切っております。もっとも、侍女となる私が直前になって慌てる事態にはなり得ません。お嬢様の予定に沿って予め支度を調える事が職務ですので。

「いえ、強化魔法練習着の手配に忙殺されているお嬢様ほどではありません」

本来であれば、全ての課題を終わらせたお嬢様には、初めて訪れる王都に思いを馳せながら余暇を過ごしていただく予定でした。けれど、カーマイン様との強化魔法の練習で、お嬢様特注練習着を披露してから状況が大きく変わりました。

現在のお嬢様は、練習着を侯爵家で正式採用する為、その手続きに奔走されております。

「うん、考案者のレティには王都へ行く前に目途をつけてもらわないといけなかったからね。とは言え、今日になって、他領からの強化魔法未習得者受け入れによる派閥強化、なんて意見書が出てくるあたり、あの子はまだ余裕があるのかな?」

「……思いついてしまうと、じっとしていられない方ですので」

「こちらは助かるけれどね。支える君達は大変だろうが、助けてやってくれ」

「はい、勿論です」

それこそが、私の本分です。

「それにしても、学院の予習どころか、遥かに高等な教育を終えたところでこれから知るお嬢様は、さぞ驚かれるでしょうね」

「あの子の置かれた状況は危うい。長く王太子が指名されていない為、各派閥がそれぞれ王子を担ぎ上げて次代の影響力強化を求めて争っている。そして、第三王子と身分・年齢が釣り合うレティは、その婚約者になるのではと注目されている。実際はそんな打診すら無いがね」

「その状況でお嬢様の優秀さが知れ渡ると、全ての派閥がお嬢様を引き込もうと動きますね。王子を支えられる優秀な王子妃の存在は、現在の力関係を揺るがしますから」

「その通り。レティは、何も知らない子供でいる事が許される状況にいない。だからこそ、私はレティに最高の教育を施した。これからは、その知識で自らを守れるように」

ご自身の立場の危うさはお嬢様もご存じです。きっと受け入れてくださるでしょう。

「大人の都合で、子供らしくいられる時間をレティから奪ってしまったと、恨まれるかもしれないがね」

「お嬢様はそれが旦那様と奥様の愛情故だと分からないほど、狭量ではございませんよ」

「……そうか」

「私としては、外国語の件は今でもお恨みしておりますけれど」

お嬢様が外国語を学び始めた頃、その習得を助ける為に、日常の会話を外国語で行うよう命じられました。

お嬢様はそれが彼女を想っての厳しさであると理解されていましたが、あの方のお世話をする者の中で、外国語に堪能なのが私だけだった為、全ての不満が向けられたのです。

「……まだそれを言うのかい？」

「ええ。あのお嬢様に一週間も笑いかけていただけなかった日々は、とても忘れられるものではありませんので」

「……それは辛かったろうね」

お嬢様の事が可愛くて仕方のない旦那様なら、きっと分かってくださると信じておりました。

世間話に興じている間に、父はお茶を入れてくれてから、執務室を辞しました。

ここからは父にも全ては話せない話題になるようです。

「これを見てもらえるかい」

そう言って差し出されたのは、鑑定魔法の結果について記した公式の書面でした。

鑑定対象：窓ガラス
付与内容：不壊、永続、自動浄化、反射、断熱、遮音、透度強化、吸光、紫外線軽減、結露防止
状態：安定

一つの対象への付与数が十術式並んで、その物質が安定に保たれている時点であり得ません。付与数の最大記録は八術式ですが、安定状態を保てず崩壊したと聞きます。

さらに、最初の三つの魔法はお伽話で語られるだけで、理論上あり得ないとされていた筈です。その上、後半のいくつかは聞いた事のない新魔法でした。

「お嬢様ですか？」

「……その通りだけれど、君は驚かないのだね。最高位の鑑定師に極秘で視てもらって、私がその結果を聞かされた時は、受け入れるのに随分時間がかかったのだけどね」

「お嬢様のなさる事ですから」

お嬢様以外がこれを為したなら驚くに違いありません。けれど、お嬢様がされる事なら、時を戻しても、死者を甦らせても受け入れる自信があります。

「度量の広さが私の想定以上だったけれど、その様子なら、レティの特殊性を改めて語る必要はないね」

「一歳になられたばかりのお嬢様が、〝魔石〟を作り出された頃から存じてますので」

お嬢様は最近までビー玉と思っておられたようですが。

「あれは衝撃だった。魔石とは魔物の体内で生成されるものという概念がひっくり返ったからね。しかも、全属性を内包して絶妙なバランスで形成された無属性、世界のどこを探しても見つからない代物だ」

魔物も人間同様に魔法属性を有していますので、その魔石はいずれかの属性に偏ります。無属性の魔物も存在しますが、その魔石はお嬢様の作られたものとは異なり、いずれの属性も有しておりません。

なお、魔石が人の手で作り出せると知れ渡ったら、再び産業革命が起こるでしょう。お嬢様が幸せな未来とは思えませんから、許容する気はありませんが。

「無属性と判定されたお嬢様ですが、全属性をお持ち、という事になるのですよね？」

「ああ、レグリット女史にも確認した。こちらが開示した情報と測定結果から総合的に判断すると、間違いないそうだ。もっとも、そんな生命体が確認された例はないらしいが、ね」

「神様にも愛されているのでしょう」

「レティの事なら、清々しいほどなんでも受け入れるね。流石、魔石を作り出すところに立ち会っても動じなかっただけはある」

「……当時は魔石の希少性も、その性質も知らなかったんです。……忘れてください」

「フフフ、漸く年相応の一面が見られて、安心したよ」

我々が知った、お嬢様の最初の奇跡ですが、私がその凄さを理解したのは後になってからでした。

もし知っていたら、お嬢様に忠誠を誓う日が早まったかもしれませんね。

「話がそれてしまったね。……これまで秘密にしてきたが、レティはかつて、暗殺されそうになった事がある」

「――‼」

お嬢様の暗殺を企んだ愚か者への怒りと、お嬢様を護ると誓いながら、暗殺の事実を知りもしなかった自分への不甲斐なさで、視界が真っ赤に染まります。

「あー、落ち着きなさい。暗殺の件は解決済みだ。実行犯も、首謀者も、既にこの世にいない。この件でレティの安全が脅かされる事はないよ」

「――分かり、ました。今は、抑えます」

「娘を護る為に何もできなかったのは、私も同じだ。私が事件を知ったのは、狙撃犯の死体発見が最初だったからね。そして、暗殺を防いだのが、先程の鑑定書の窓ガラスだ」

話が繋がって納得しました。このような伝説級以上の防護があるなら、お嬢様を傷つけられる筈もありません。

それで私の怒りが消える訳ではありませんが。

「前例のない多重付与、魔石の生成、無属性としか判別できない全属性――他にも隠している事があると思う。レティ自身が偉業と認識していない魔法もあるかもしれない」

「人知れず、魔素の変質を解消された事もありましたね」

「ああ、あれも驚いたね」

かつて私が倒れた魔素異常ですが、発症者の共通点から調理場が起点ではないかという疑いがありました。

魔素由来の異常である為、捜索には専門の魔道具が必要となります。しかし、症状名確定後に調査を依頼したところ、何も発見できませんでした。特に調理場は、こんな静謐な空間は見た事がないとの報告でした。原因を探れないまま調査は終了したのです。

それでも、私達に不安は残りませんでした。

聞けば私が寝込んでいた間に、お嬢様が〝お掃除〟に来ていたとの事。屋敷中の人間が、なるほどと納得して事件は片付けられました。

誰にも知られないまま、お嬢様は被害の拡大を防いでくださっていたのです。

「その件からも明らかだが、あの子は底が知れない。何か一つでも世間に知られれば、誰もがあの子を手に入れたいと望み、世界を揺るがすだろう」

「――はい」

一国の王位、派閥抗争とは比較にならない大騒動になるでしょう。

「君にとっては当然の事かもしれないけれど、敢えて言おう。どんな時でもレティの味方でいてあげてほしい。万が一、侯爵家とレティのどちらかを選ばなくてはならない事態に追い込まれたとしても、レティの側に付いてほしい」

「！　……はいっ」

その心算ではいましたが、侯爵様にはっきり告げられるとは思っていませんでした。なるほど、父に席を外させる訳です。

「そうして迷わず肯定してくれる君に、レティを託す。補佐としてベネットを付けるので、王立学院でのレティの生活を支えてやってくれ」

「はい！」

「改めて、フラン・ソルベントを本日付で、娘スカーレットの筆頭侍女に任命する」

「ありがとうございます！　謹んでお受けいたします」

「以後、君への命令権はスカーレットのみにある。君の忠誠と能力を信じている。永く支え、護り、共に在り続けてほしい」

「はい！」

侍女への就任はほぼ確定していた筈でしたが、いざその時になってみると、想像以上に喜びが湧き上がってきます。

これで名実共に、私はお嬢様の侍女となれたのです。

「なに、そう気負い過ぎる必要はない。窓に限らず、レティが屋敷中に付与して回ったようだからね、どんな要塞よりも強固な建造物になっているよ。いざという時は、ここに引き籠ってしまえば、国を敵に回しても持ち堪えられるだろう」

「お嬢様が、何やら新しい魔法を作られていたようですから、もしかしたら撃退までしてしまうかもしれませんよ」

「それは怖いね、詳細は君達が里帰りした時に聞かせてもらおうか」

旦那様は冗談を仰ったつもりかもしれませんが、お嬢様は無自覚に奇跡を作り出す方ですから、いざという時には笑えない可能性が高そうです。

お嬢様が〝お掃除〟に行って以来、農場の作物の発育が異常に良いですし、最近ではご自分以外に強化魔法を施されるようになっています。他者への強化は、属性の差が障害となって行使不可能とされていた筈ですが、全属性のお嬢様には問題とならないのでしょうね。

「そう言えば、先日、王都では危険も多いだろうからと、お嬢様にお守りを頂いたのですが……」

「――専門が異なるので、詳細は分からないかもしれないが、出発までにレグリット女史に鑑定を頼んでおこう」

「お願いいたします」

気安く多重付与を行うお嬢様は、私のお守りにどんな願いを込めてくれたのでしょうか。

どんな鑑定結果となるのか、少し楽しみになってしまいました。

王都到着

王都ー！

叫び出したい気持ちを抑えて橋を渡ります。

ヴァンデル王国の首都ワールスは北方に大河を構え、西南にその支流河川、東を海によって囲まれている。古くは河川を利用した国内の流通拠点として繁栄し、今でも大陸を繋ぐ海の玄関口としての機能を継続している。

かつては雨期の水害に悩まされる地域だったらしいけど、現在は護岸工事と、大規模魔法施設による水流制御の技術で氾濫被害から解放されたらしい。

天然の水堀が魔物被害を防ぐ事から、国内で最も安全な町としても知られている。

陸上の魔物に対しては水堀の防御が有効でも、水棲魔物の被害はあるのではと思っていたのだけれど、実際に見た王都は、聳え立つ堤防が城壁の役割を兼ねた要塞でした。

考えてみれば、増水した河の圧力の方が、散発するだけの魔物被害より深刻だよね。前世、自然災害をニュースで見るだけでポヤッと生きていられた私は、それに備える人々が絞った知恵の凄さを、今頃になって実感しました。

王都の人口は約五十万人。

年々増えているらしいけど、河に護られる構造上、町を広げる事はできない。結果として、マンションのような大型の共同住宅が主な生活の場となっている。

道中、小さな町だと城壁に遮られて、遠巻きには町並みが見えない事も多かったのだけれど、王都の北、河の先に広がる農地からでも高層建築物の立ち並ぶ様が確認できて、テンションが上がったよ。新宿や港区みたいな高層ビル群ほどではないけれど、少し日本を思い出して心が躍るよ。

王都を南北に通した主要街道へ、私を乗せた車が走る。

フランは私と一緒だけれど、もう一人のメイド、ベネットは前の先頭車両に乗って、検問を通る手続きをしてくれている。他にも令嬢が寮生活できるだけの荷物を載せた車が続いてる。貴族の荷物をトラックのような貨物運搬用に載せるのは品が無いとされているらしくて、ステーションワゴンタイプが十台ばかり並ぶ。

ちょっとした大名行列気分です。もし、通行時に道路脇に跪かれたら、くるしゅーない、とか言ってしまいそうだった。

私は引っ越し用トラックの一括運搬で構わないのだけれど、周囲が許してくれません。

王都への移動に先立って、私、新しい魔法を解禁しました。

異世界の定番、アイテムボックス魔法！

付与したい対象に、広がれ、広がれってイメージしながら魔力を込めると、中の空間だけがホントに広がった。無属性魔法って凄いね。

これで荷物の運搬が楽になるよねって魔法の利用をフランに提案したら、絶対に他の人に見せないでくださいと、笑顔で凄まれました。

笑顔の圧がだんだん上がってるよね、あの子。

現行の輸送体制の崩壊、密輸をはじめとした犯罪行為への悪用、またその疑惑で生じる冤罪等々、アイテムボックスを活用する事で生じる問題点を論《あげつら》われたら、黙るしかありませんでした。

あり物だけで作った強化魔法練習着（何故か、誰も全身タイツと呼んでくれない）があれだけ大騒ぎになった。

私としては、イメージするだけでいくらでも可能性を広げられるのが魔法だけれど、その開発は慎重に行った方がいいと思い知ったよ。

でも、私が個人的に使う分には止められなかったので、今回の移動車はくつろぎの空間が広がる特別製だよ。備え付けの座席とは別にソファーとベッドを運び入れて、ゆったり過ごせました。じっとしているのに疲れたら、軽い運動だってできちゃうよ。

元々がリムジンみたいな要人専用車両だから、仕切りがあって許可なく運転席から後部座席は見えないし、窓だって魔法で透過不透過を調整できる。ドアも私達以外が開閉できないように封印したから、不思議空間を見られる心配はありません。

高速道路が整備されてる訳じゃないので、移動だけで五日もかかる。

できる限りの快適空間を用意するのは当然だよね、とフランに同意を求めたら呆れられた。なんで？

実は私、領地の外に出るのは初めてです。

普通は、社交や仕事で他領へ行く両親に連れられて、近隣に暮らす貴族に挨拶をしたり、その子供達と交流するらしい。けれど、私はお父様の方針で、そういった場に顔を出す機会がなかった。

領地の視察には出かけていたし、お父様との面会に来る貴族や、お母様が主催するお茶会やパーティーに出席する奥様達とは挨拶していたけれど、ほとんど箱入り状態だった。

で、私がそうならば、常に一緒にいたフランも外を知らない。

「お嬢様、海！　あれが海ですよ！」

結果として、私と同じくらいフランもはしゃいでる。

こういう彼女、最近では珍しい。

ノースマーク領も一部海に面してはいるけれど、強力な魔物が生息する山を迂回する必要があるので、私は行った事がない。水魔法で保冷できるからお魚はお屋敷まで届くけどね。

ちなみに、車の窓はマジックミラーみたいに一方向からのみ覗けるよう調整できるし、魔法で中の空間を広げてるだけだから、景色を見るのに支障はないよ。快適な旅は風景も満喫してこそだからね。

「泳げるかな？」

「ワールスの東側は港で占められていると聞きます。海水浴となると、河の北か南側ではないでしょうか」

「しばらく滞在するんだから、是非行ってみよう！　……貴族の令嬢って、人前で水着になっていいの？」

「一般の人々に交じって、と言う訳にはまいりませんが、貴族専用の保養所なら構いませんよ。そういった場所なら、殿方の出入りを制限してくれるでしょうから」

「なら、場所を調べておいて。それから、水着も買いに行こう！」

「かしこまりました。そろそろ水が冷たいかもしれませんが、夏が終わる前に一度は機会を作りましょう」

王都に来たのは学院が目的だけど、まだ開校まで少しある。

準備の時間も必要だけれど、観光ついでに海水浴くらいは良いよね。フランも反対しないみたいだし。


私達が海に浮かれている間に、車は橋の先の検問を抜け、本格的に王都に入る。

フランが目を輝かせていた海は堤防に遮られて、感じる空気が変わった。メインストリートの入り口には、商店の数々が所狭しと並んで歓迎してくれていた。

ノースマーク領都だって田舎ではないけれど、王都は規模が違う。領全体の人口と、王都のそれが同じくらいだから仕方がないね。ただし、限られたスペースに、とにかく店を詰め込んでいるみたいで、雑然とした印象があるね。

前世の日本にもこういう場所はあったから、違和感はないけど、整然としたノースマークの方が好きかな。景観を崩さない発展も、領主であるお父様の手腕の一つだしね。

王都の商店街に興味はあるけど、お嬢様が立ち入る場所じゃない。いつかお忍びで来ようと決めて、先へ進む。大名行列状態で寄り道できる筈もないしね。

日本なら、町の中心ほど高層ビルが並ぶ傾向があったけれど、ワールスの中心の高層建築物は王城と魔塔で、その周辺は貴族の屋敷が囲む。貴族の屋敷は三～五階程度の中層建築物、庭もあるので、広さはともかく高さ的に霞んでしまっている。

私が向かうのはそちら側、学院の寮があると聞いている。

しかし、商店街を抜ける前に轟音が響いた。

王都について早々に面倒事ですか？

交通事故

「何が起きたのか、分かりますか？」

音は比較的近くで聞こえた。

だから、フランが情報を求めて飛び出すよりも早く、運転手に問う。

「……事故です。交差点を直進中、左方向から車に衝突されました。音の大きさの割に衝撃はありませんでしたが、お嬢様方はご無事ですか？　お怪我はありませんか？」

流石、令嬢の乗る特別車を侯爵家が託した運転手さん、非常時でも冷静に状況を把握して、こちらの心配までしてくれた。

音の大きさには吃驚したけど、交通事故とは思ってなかったよ。

原因が分かって窓から覗くと、フロントがベコベコになった余所の車が見えた。ウチの車は私を護る為に用意した特別仕様に加えて、私がモヤモヤさんをたっぷり注ぎ込んだので、傷一つ無いね。

音の発生がこんなに近くだったなら、あの轟音も納得かな。

車と衝突して音しか聞こえない無茶苦茶な性能とは思わなかったけども。

ちなみに、この国に信号機の文化は無い。日本人感覚からすると訳の分からない話だけれど、車の普及率が低いので法の整備が遅れている。ある程度の基本ルールはあるのだけれど、街中では貴族、軍事、富豪、運送業者、公共交通車両くらいしか走っていないので、事足りている——事になっている。

原則として、速度超過の禁止。徐行に毛の生えたくらいしか許されていない。

町では歩行者でも反応できる速度しか出せない代わりに、道路は歩行者より車が優先。偉い人が乗ってる場合が多いから仕方ないのかな。

道路交差地点では、必ず一時停止して安全確認後に発進する。進入車両が同時に現れた場合は、身分順。笑ってしまいそうだけど、本気《マジ》なんです。その為に身分や立場を示す、紋章や記号の表示が義務付けられている。

罰則は重くて、違反すると車両を没収されて、再購入の禁止、さらに重度の罰金が科せられる。悪質な場合は財産没収、懲役刑、貴族の場合は爵位剥奪まであるよ。購入時点で身分と立場、魔力を登録しているので、まず逃げられません。

で、町の外はほぼ無法状態だよ。

ノースマークでは法整備を進めてるんだけど、これがなかなか浸透しなくて困ってます。大事な事だから、ローカルルール扱いしないで！

こちらに過失のある状況には見えなかったけれど、一行の責任者としては相手側と話す必要がある。被害はゼロで迷惑を被った気はしないのだけど、侯爵家の紋章を記した車に突っ込まれた訳だから、相手の責任を追及しなきゃだね。

そう思っていたら、相手側のリムジンっぽい高級車から、金の装飾をじゃらじゃら着けた趣味の悪い騎士風の男が、十人ばかり出てきてこちらの車を取り囲んだ。

「出て来い！　ガーベイジ子爵の車にぶつかっておいて、ただで済むと思うな！」

金飾りを多く着けたリーダーらしい男が叫ぶ。

何を言ってるのか分からない。

貴族である事を笠に着ているようだけど、何故こちらの一行も貴族と気付かないのか。

大名行列みたいに車列を組んで移動するのは貴族か運送業者のトラックくらいだし、義務付けられている通り全車両にノースマークの家紋を掲げてある。

貴族の紋章は、紋様が描かれた盾を中心として、その周りを飾りで彩る図柄が基本となる。加えて、侯爵以上には盾に色を入れる事が許されている。伯爵以下の着色は飾りだけ。富豪が紋章を真似る場合は盾が使えず飾りだけ、細かく決められている。

青い盾に聖杯の絵柄を、波模様で彩っている紋章はノースマーク家を示す。

色付きの盾を持つのは、王族、公爵、侯爵家が四つと辺境伯家が三つ。最近侯爵家が一つ減ったらしいけど、現状、たった九色。これほど分かりやすい目印もないと思う。

そもそも、各家の紋章を覚えるのは一般常識だと思ってたのだけれど……違うのかな？

ガーベイジ子爵家は二つ団子の盾に丸模様、うん、間違ってないね。

「憲兵を待てば、助けてもらえるなんて思うなよ。貴様らにぶつかった衝撃で、ご子息アイディオ様は頭にコブができたんだ！　貴族を害した罪は重いぞ！」

ますますヒートアップする隊長さん。

潰れたフロントを見るに、コブで済んだのは相当に強運じゃないかな？

それより運転手さん、大丈夫？

「フラン、皆に決して外に出ないように伝えて。憲兵が来るまで車内に待機します」

男子なら、臆病者と誹《そし》りを受ける可能性があるけど、私はか弱い女の子。立場は最大限に利用するよ。

強化魔法で軽くひねって、ゴリラと呼ばれる趣味はないからね。

私の指示に応じてすぐに伝達してくれたけれど、フランは少し不満そう。風魔法に声を乗せて送れるので、車の窓を開ける必要すらないよ。便利だね。

あの魔法、私も無属性で再現してみたけど、スマホ魔法、難しいんだよね。

「あのような無礼者、私は放置したくありません」

やっぱりフランの不満は、私と侯爵家を侮辱されてる事だった。気持ちは嬉しいけれど、私は皆の安全を優先したい。

水戸黄門に倣って身分差で黙らせる方法も考えた。フランなら格さん役も演じてくれるだろうけれど、紋所は車体にデカデカと張り出してあるんだよね。成功するイメージを持てなかった。

どう見ても短絡的な連中だから、正論を語ったくらいで聞き入れられるとは思えない。

「落ち着いて、フラン。紋章を見てもいないか、見てもその意味を理解できないか、どちらにしても暴力に訴える相手に会話は成立しないよ」

「そう……ですが」

「その代わり、一連の映像を残しておいて。既にこれは家同士の問題、後で責任を追及するお父様の為に、言い逃れできない証拠を揃えておきましょう」

私の魔法以外にも、この車いろんな機能が付いてるからね。対処を憲兵に投げるだけで、彼らを許す気はないよ。意図に気付いてフランも納得してくれた。

この世界にカメラの技術は存在しない。デジタル技術は勿論、アナログ写真もない。感光材を使った基礎知識はあるようだけど、別技術が発達したせいで実用化されなかったみたい。

その技術と言うのが、映写晶。

魔力で稼働する魔道具と呼ばれるものの一種で、鏡や水晶、光沢を持った物体がそのまま映った全てを記憶する。画像や音は勿論、匂いなんかも記憶できて、前世のカメラ技術より優れている面もある。専用の読み取り機械に触れさせると何度でも見返せるし、静止画像を切り取って印刷すれば、ほとんど写真と同じものができあがる。

ファンタジー技術が前世と同じ発展から分岐した例だね。

光沢があるなら、ガラスでも金属でも材質は選ばない。そして、ノースマークの車両はピカピカに磨き上げてある。全面が映写晶として機能する特別製なんだよね。状況記録には困らない。

「かしこまりました。おやおや、寄って集って車を蹴り始めました、弁償費用を計算しておきますね」

笑顔が怖いよ、フラン。魔法で守ってあるから、傷は付かない筈だけど、弁償？

「震えて車に籠っても無駄だ！　出てこな――」

蹴られたくらいではビクともしないけど、うるさいのは嫌だなと思っていたら、急に静かになった。フランが魔法で遮音してくれたみたい。

マジックミラーは解除できないから、見苦しい姿は視界に入ってしまうけど、憲兵の到着に気付かないのは不味いし、仕方ないね。


無駄に車体を蹴り続ける事十分。剣も抜いたけど、こちらはすぐに諦めた。多分、返ってきた衝撃が痛かったんだと思う。

こちらがあまりに反応しないので、業を煮やしたのか、もっさり髭の鶏ガラみたいなおじさんが出てきた。髭はボリュームいっぱいなのに、頭頂部は寂しい。年齢からすると、子爵本人かな？

はじめは怒りが騎士隊長らしき人に向けられてたけど、怒鳴るだけ怒鳴りつけると、こちらを睨みつけてきた。

ガーベイジ子爵の指示の下、騎士達が銃を抜く。声は聞こえてないけど、その必要もないくらいの明らかな敵対行為。

「いくら見境なくても、憲兵が来るくらいは持つと思ったんだけど……」

これ以上は私も黙っていられない――と思って腰を浮かせたら、騎士達の間を風が駆け抜けていった。何事⁉

私から見えたのはそれだけだけど、ガーベイジ子爵と騎士の半分は、何らかの衝撃を受けて飛び散ってゆく。この事態を引き起こした当人は、勢いがつき過ぎたらしくて、交差点の向こうから歩いて戻って来た。少し締まらないね。

騎士と車両の間に、私達を守るように立った影は小さい。

でも、頼りなさは感じない。頼れる援軍が来てくれたみたいです。

破天荒令嬢　二人目

当たり屋みたいな貴族の車とぶつかって、取り囲まれていたら、颯爽《さっそう》と現れた人が守ってくれました。待ってました、テンプレ展開！

助けられたヒロインとヒーローの出会い！　王道だよね。

奇襲で圧倒しても、油断せず警戒を続けてくれている。

いつでもレイピアを抜ける体勢をとっているけれど、子爵達を薙ぎ倒した状況から、おそらく主武装は魔法。ノースマーク騎士団の練度を知っている私から見ても、かなりレベルが高い。

飾り気のない服から素性の推測は難しく、制服じゃないので憲兵である可能性は低い。通りかかった非番の騎士かとも思ったけれど、格好が平民により過ぎている。それに、私服時は武装の携帯もしない筈、使い慣れた感じの刺突剣が不自然に映る。

ショート丈のジャケットにボーダー柄のシャツ、動きやすさを重視したらしいレギンスのような

「あれ？　……女の子？」

スレンダーではあるけれど、その体つきは確かに女性らしい丸みを帯びていた。改めて見れば、両側になびく白銀を束ねた長い髪も、後ろ姿からでも覗く白い素肌も、凛々しく端整な容貌も、勇ましさとは対照的な小さな体躯《たいく》も、全てが女性の特徴を示している。

ヒーロー登場じゃなかったよ。どうして間違えた、私。

「事故を起こしておいて、相手側を大人数で囲んで恫喝《どうかつ》を行う有様は目に余ります！　憲兵の到着を待たず暴力を振るうなら、私が介入させていただきます！」

わー、カッコいい！

姫騎士みたいだよ。正義感溢れる姫騎士様！　これはこれでアリだね。

「黙れ、小娘！　貴様もその無礼な車の仲間か!?　貴族に逆らった者は死刑だ、せいぜい後悔しな

がら死ぬといい!!」

ガーベイジ子爵がひっくり返ったまま寝言を叫ぶ。

いつからそんな法律ができたんだろね。今回の件には当て嵌まらないけど、不敬罪は最大でも懲役刑。悪法の捏造《ねつぞう》は自分の領地だけでしてほしい。

ちなみに不敬罪の適用は、平民が王侯貴族に無礼を働いた場合と、貴族が王族に無礼を働いた場合のみ。貴族同士の場合は、上位貴族への侮辱罪が適用される。量刑は家同士の話し合いで決めるから、力関係差が大きいと、いくらでも責任を追及できるよ。覚悟してね。

ところで私、女の子に守られながら車に引き籠っていていいのかな?

そんな疑問は一瞬で消えた。

踏み込みと同時にレイピアを抜くと、一呼吸の間に騎士へ肉薄する。踏み出しからの加速が一瞬過ぎて、騎士はとても反応できていない。次の一瞬で三人が倒れた。

刺突は利き手と足への二回ずつ。最短の手順で無力化された。

仲間を倒された騎士は危機感を持ったものの、立て直す時間は与えてくれない。後ずさる一歩より速く距離を詰められて、また一人が倒された。

わー、強い!

それに綺麗だね。

強化魔法が得意な私でもあんなふうに動ける気がしない。お嬢様の嗜みなんて領域に無い鍛錬と、武術の習得による動きの最適化、状況を一瞬で見切れる勘の鋭さがあって漸く辿り着ける領域だと思う。

普通の貴族令嬢を目指す私には、全く縁のない技能だけど、ちょっと憧れるね。

「……な、何をしている、お前たち！　それでもガーベイジの騎士かっ！　銃だ、どれほど強かろうが銃を防げる人間などおるまい。銃でハチの巣にしてしまえ！」

喚くガーベイジ子爵。

残念だけど、あれだけ速く動ける相手に銃の射線は合わせられないよ。前世ならともかく、ここは魔法がある世界だからね。

騎士達もそれを分かっているらしく、子爵の命令に従う様子はない。そもそもほとんど戦意を失ってるしね。貴族の紋章は知らなくても、相手との絶望的な力量差が分かるくらいには訓練を積んでいるらしい。

いや、一人だけ抵抗心を失っていない騎士がいた！

彼女の登場時、子爵と一緒に弾き飛ばされた一人。打ち所が悪かったのか、子爵と彼だけが立ち上がっていなかった。

倒れたままいたので状況を把握してなくて、子爵の命令に反応して火魔法を発動している。その顔は禍々しく歪んで女性を睨む。無様に転がされた事で、ヘイトを溜めていたみたい。

ここに至るまで誰一人として剣と銃以外を使う者がいなかったので、術師タイプが混じっている可能性を見落としていた。

しかも、子爵が喚いたせいで、女性の警戒は立っている騎士の銃に向いてしまって、術師に気付いてもいない。

「クソがっ、死ねっ!!」

放たれる火球。死角からの魔法に、遅れて気付いた女性は動けない。

「――――!　させない！」

魔法が女性を襲う直前、私は小さな箒を火球に向けた。

それで終わり。

最悪のタイミングで放たれた火球は、露と消えた。

「え――――?」

呆然とする騎士と、無力化に動いた女性。判断の如何が勝敗を決めた。剣の柄を後頭部に思い切り落とされて、騎士の意識は刈り取られた。


「終わりましたね」

全てを見届けたフランに私も頷く。

危ないところもあったけれど、こちらは被害を出さずに済んだ。

最後に火球を消したのは、私の魔法。

お掃除魔法を強化した私は、他者の魔法を分解してモヤモヤさんを取り込めるようになった。モヤモヤさんが消えれば、魔法は残らない。

無効化してる訳じゃないから、幻想を○したりしないよ。

ちなみに、魔法の発動に使ったのは、最初に貰った箒。掃除道具はいっぱい貰ったし、きちんと大事にして王都まで全部持ってきているけれど、最初の三つが一番慣れててお気に入り。〝アーリー〟、〝ウィッチ〟、〝リュクス〟と名前を付けて、いつも携帯している。

一歳の誕生日に貰ったおもちゃなので、今の私が振り回すにはちょっと大きさが足りていない。だからって特注品を新調するのも私的に勿体ない。そこで、拡張してみることにした。

この世界の物体は全て魔力を含む。ある程度の量を保持しているだけじゃなくて、分子間の結合や状態の維持にも関与している。そこへ魔力を無理矢理足せば、形状や大きさに干渉できる。

逆に魔力を抜いて外から魔力圧をかけると、縮小も可能だった。

普段はポケットに入れておいて、取り出した瞬間に魔力を注げば、片手に丁度収まるサイズの箒が現れる。

レグリット先生に報告してみたところ、国軍の一部で活用されてるのと同じ技術だったらしい。大型の兵器を移動させる際に少し縮小して持ち運びやすくしたり、弾切れの時に別口径の弾丸を合わせることもできるんだとか。

際限なく大きさが変えられる訳でもないし、形状変化にも限界がある。しかも消費魔力が大きいので、気軽に扱える魔法ではない筈なのですが……と、レグリットさんが頭を抱えていた。

彼女やフランの魔力をコップ程度と喩えるなら金ダライ分くらいは必要だから、確かに多いかも。

私にとっては些末な違いだけど。

術師《ダム》は一般的に魔法の補助として杖を装備するらしい。でも私は、箒の方がイメージしやすい。

三つの箒の使い勝手も違うんだよ。

子爵側の騎士が戦意喪失して、安全が確保できたみたいなので、私も外に出る。

「初めまして、オーレリア・カロネイア様。助けていただきまして、ありがとうございます」

精一杯優雅に見えるようにお礼を言うと、目を丸くして私を見つめていた。

「私をご存じだったのですか？」

「勿論。貴女のご活躍は、戦征伯と呼ばれるお父上のご勇名と共に、ノースマーク領まで届いておりました」

引き籠り令嬢でも、情報収集くらいはするよ。

十五年前の戦争の英雄、アルケイオス・カロネイア伯爵。

劣勢であった戦況をその知力でもってひっくり返し、兵士を鼓舞しながら前線で戦い勝利をもたらした功績から、戦征伯とも呼ばれている。現在も将軍として辣腕《らつわん》を振るい続けていると聞いた。

陞爵《しょうしゃく》して空いた侯爵位に充てる話も上がっているとか。

前大戦に出兵して、その活躍を目の当たりにした騎士がウチにもいたから、その英雄譚は飽きるほど聞かされたよ。

で、その娘が父の下で武芸を学んで、最近では盗賊団の討伐や、犯罪組織の壊滅に協力しているというのも有名な話。戦いの際には風のように舞うとも聞いていたから、風魔法を使うのだろうと予想していた。

容姿については何も知らなかったけど、こんな強い女性、他に何人もいる訳ない。次々強キャラが出てくる少年漫画の世界じゃないんだからね。

歳は確か、私と同じ。十二歳で軍や騎士団に混じって活躍してるんだから、トンデモお嬢様だよね。嫌いじゃないけど。

さて、ガーベイジ子爵なんて放っておいてオーレリアさんと親交を深めたいところだけれど、漸く憲兵隊がやって来た。そうなると、事情の説明をしなきゃだね。

私達も、ガーベイジ子爵側も、事故を起こした当人達が誰も通報していないので、憲兵隊は十分に早い到着と言える。もしかすると、オーレリアさんの介入で大きくなった騒ぎに気付いてくれたのかも。

「憲兵隊のフルカスです。貴族同士の衝突が起きていると通報を受けて参上したのですが……事情をお聞かせいただけますか?」

憲兵隊の隊長さんは、状況を確認すると、困惑しながらも負傷者の救助と騎士の武装解除を指示して、この場の最上位であろう私へ状況説明を求めてきた。治安維持に協力してるのか、オーレリアさんとは顔見知りみたいだけど、ここで彼女に話を持って行かないあたり、この隊長さんは貴族を知ってる。そのくらいでないと、王都の憲兵隊長は務まらないんだろうね。

憲兵さん達が戸惑うのも無理はない。

貴族所有の車同士が衝突してて、なのに片方は無傷。子爵側の騎士は武装していて、半分は地面に転がり、私達が抵抗した様子がない代わりにオーレリア様がいる。

なかなかカオスな状況だよね。

「職務の遂行、ご苦労様です。御覧の通り、事故を起こされて困っておりましたので、助かりました。私はスカーレット――家名の名乗りは必要ですか？」

私が自己紹介すると、この場の全員の視線が波模様と聖杯の紋章に集中した。

オーレリアさんも、隊長さんも、必要ないと首を振ってくれたけど、一人だけひっくり返った声で悲鳴を上げた。

「こ、侯爵家!?」

今頃気付いたの？　遅いよ。

示談？

「ご挨拶が遅れまして申し訳ございません、ティクセド・ガーベイジ子爵。か弱い女の身故、騎士達の勢いに驚き、対応が遅くなってしまいました。ジェイド・ノースマークの子、スカーレットです」

漸く現状を理解したようなので、未だ立ち上がる様子のないガーベイジ子爵に一礼する。

ヴァンデル王国の身分制度の面倒なところなのだけど、私はガーベイジ子爵に礼儀を尽くさなくてはいけない。

立場的には侯爵令嬢《わたし》の方が上でも、私は爵位を持っていない。だから、子爵であるガーベイジ卿の方が身分的には上位者となる。

侯爵家と伯爵家の令嬢と事を起こしたと知って、へたり込んだまま立ち上がれなくなったらしい子爵は、そのあたりを理解していないみたいで、最敬礼する私に委縮してしまっているけれど。

ちなみに、この国は日本同様に拝礼が基本。ただし、付帯する作法や要求される姿勢、腰の角度は非常に厳しい。例えば、最敬礼は六十度、日本のそれより少し深い。右手を胸に当てると謝罪の意味が加わるし、さらに深く九十度まで折ると、土下座に近い意味となる。上位者への挨拶でも、初対面でないなら四十五度、下位者や身内なら三十度、ただし王族が対象の場合は常に最敬礼と、作法が細かい。

日本で親しみがあるから覚えやすそう…と思っていられたのは最初だけ。腹筋と背筋が鍛えられるくらい反復させられたよ。お母様の目には、角度測定魔法が備わっているんじゃないかと、ホンキで疑ったね。


事の経緯を聞き終わった隊長さんは、一部オーレリア様に確認を取っただけで納得してくれた。

追加で質問されたのは一点だけ。

「ところで、侯爵家の車には傷一つありませんが……」

「当家の特別仕様ですので」

にっこり微笑んであげたら、それ以上の追及はなかったよ。脅迫じゃないからね。

子爵側への聴取は運転手さんに行われた。体を強くぶつけて意識を失ってたけど、憲兵隊の回復魔法で助けられていた。無事で良かった。

子爵親子に急かされて、制限を超えた速度を出した結果、確認なしに交差点へ侵入したんだって。彼に責任がない訳じゃないけど、泣きながら頭を下げられたら、私からは何も言えなかったよ。

子爵本人への聴き取りはなし。信用できそうにないから、仕方ないね。

「ご協力ありがとうございます。ノースマーク様に過失は認められませんでした。ガーベイジ様は交通法の違反を確認しましたので、このまま車を回収させていただきます。後日、別の担当者が伺いますので、手続きをお願いいたします」

この場合の手続きというのは、罰則を受け入れる旨を記した契約書作成の事。憲兵の報告書から、国の役人が量刑を決定して通告に来る。この時の役人は法務大臣の代理人扱いなので、拒否はできない。異議申し立てくらいはできるらしいけど、交通事故でそれが通った話は聞かない。

憲兵さんのお仕事はこれで終わり。

私への恫喝やオーレリアさんとの戦闘は、家同士の問題なので、彼らはノータッチ。報告書を上げて、後で問い合わせがあった場合に対応するくらいかな。

貴族相手でも、現行犯なら取り押さえるくらいの権限は持っているけど、基本的に貴族同士の諍いに関わりたくないだろうしね。

「待ってくれ！　息子が怪我をして、心配のあまりに冷静な判断ができなかったんだ。ご両親への報告は控えてくれないか？」

やっとオーレリア様との時間だと思っていたら、ガーベイジ子爵がそんな理屈をのたまい始めた。

こちらに被害は無かったし、家同士の問題だから、私が報告しなければ問題は表面化しないけど、それ、本気で言ってる？

大体、息子さんの怪我ってコブだよね。コブで冷静さが欠けてしまったって、私は短絡的でカッとなりやすいです…と貴族としての欠点を喧伝しているのと同じだよ？

それに、挨拶に現れない息子さんが、私とオーレリア様からの評価を落とし続けてるって気付いてる？　私が視線を向けると車窓の下に隠れたけど、騒ぎの間中窓から観察してたの、見えてたからね。

「それは無理です、ガーベイジ子爵。私の連れている使用人達は、皆、侯爵家に仕えています。彼らには全てをお父様に報告する義務があります。私が命令したとしても、止められませんし、私にもそのつもりはありません」

「私も同じです、ガーベイジ卿。それに、憲兵隊が動いた時点で、将軍である父の耳には入ります。隠蔽は無理ですよ」

私とオーレリア様の二人に拒否されて、子爵の顔はみっともなく歪んだ。泣く一歩手前とも言う。

「子爵は事態を軽く捉えてらっしゃるようですけれど、最悪、私の暗殺の可能性を疑っているのですが、ご理解されてますか？」

「――――え？」

子爵の顔が青を通り越して白くなった。

驚いてるの、貴方達だけだよ。

「規定を遥かに超える速度で私の乗る車を襲い、失敗すると見るや騎士で囲んで銃剣を抜いたのですから、当然の疑惑でしょう?」

「い、いや、そん、そんな……ち、違う! 銃を抜いたのは、騎士隊長の判断だ。私は知らん!」

へー、そんな事言うの。

「こういった場合に備えて、私の車には複数の映写晶が設置してあります」

「……へ?」

交通トラブルにドライブレコーダー機能は必須だよね。

もしもの時に責任の所在を明らかにして私を守る目的で、お父様はこの特別車両を用意してくれた。銃の使用を指示したところも、私達に隠蔽を頼んだところも、しっかり映ってる筈だよ。

「事故の瞬間から一連の騒動を記録しておりますが、若輩の私には扱いかねますから、ここからは全てお父様に委ねます。子爵にもご言い分がお有りのようですから、直訴されてみては如何でしょう。私のお父様は、誠意には誠意で応えてくださる方ですので」

「あ、そ……そん、な、つもりじゃ……」

「今の子爵様のご様子も記録してありますので、お父様もご覧になるでしょうけど、とても暗殺を企てていたようには見えなかったと、私からは申し伝えておきますね」

最後のは慈悲のつもりだったんだけど、子爵はがっくり項垂れて動かなくなった。

法的な裁きはないし、最終的には分かりやすい謝辞として、金銭の支払いで決着するだろうから、これも示談というのかな?

子爵の車を回収するための牽引車も来たし、子爵は反応しなくなったし、未だに姿を見せない子爵子息を相手にするつもりもないから帰っていいよね？

オーレリア

助けてもらった事を口実に、オーレリア様を車で送ってお話しする時間を作りたい！

そう思ったけれど、その目論見には致命的に欠陥があった。

空間魔法で広げた車内は見せられない！

ああ、何で私はこんなタイミングで空間魔法を使ったの⁉

と、懊悩《おうのう》してたら、フランが先頭車両に乗れるように手配してくれていた。

そっちに荷物は積んでいないし、私の搭乗車両と車種も同じで、ベネットは助手席にいるから後部座席は空いている。事故車両に人を乗せられないと、乗り換える言い訳も立つしね。

さっすが、私のフラン！

「オーレリア様、助けていただいたお礼に、当家の車で送らせていただけませんか？」

「スカーレット様の特別な車なら、私が何かしなくても問題は起きなかったように思えますけど……お言葉には甘えておきますね」

やった。走った方が速いので、とか言われなくて良かった。街中の速度制限だと、普通にあり得るからね。

「失礼します……あら、見た目よりずっと広いんですね」

オーレリア様の感想に、びくりと反応してしまう。

いや、こっちの車両は広げてないよ。ただ、私が少しでも快適に移動できるように、できる限り内部空間を広げた車両を、お父様が用意してくれた。

なのに、空間魔法でさらに拡張してくつろいでた私って……。ごめんね、お父様。

「オーレリア様も学院の学生寮で宜しいですか？」

「ええ、私もちょうど戻るところでしたので」

学院は貴族子女が学習を通じて交流する事を目的としているので、基本的に全寮制。王都住まいの貴族は当然居るし、領地持ち貴族も皆、王都に別邸を構えている。だから、そちらから通う者も一定数いる。王族は必ず城から通うみたいだしね。

「偶然通りかかっていただいて、私は助かりましたけど、オーレリア様は何か用があって町に出られたのではないですか？　私、お邪魔になっていませんか？」

「いえ、町を回るのは日課なのです。警邏《けいら》と言うと大袈裟ですけれど、町で何か起こっていないか見て回っていたのです。平時にこそ警戒を怠らないという、父の教えでして」

「流石、カロネイア伯爵、ご立派です。それで、その装いなのですね」

「……お恥ずかしいです。でも、普段の服では動きにくいですし、貴族が分かりやすい形で町を歩くと人々を刺激してしまいますから。令嬢らしくないと分かっていますけど、その、お忍びの間だけですので……」

わー、可愛い。

瞬く間に五人倒してたのと、ホントに同じ人？　実際に戦う姿を見てなかったら、噂のオーレリア様とは、絶対に気付けなかったね。

だって、私より頭半分も小さなオーレリア様は小動物みたいで、庇護欲を刺激するんだよ。まとめてある銀髪はサラサラで、瞳が大きくて、顔つきは少し丸みを帯びてて、小首を傾げる仕草が最高に愛らしい。昔大事にしてた、リ○ちゃん人形にこんな子、いたよ。

その上、いざとなったら勇ましいとか、イケメンヒーローに助けられるより、私的にクリティカルヒットだったかも。

「とってもお似合いですよ。濃紺のレギンスが淡い装いに映えますし、助けていただいた時、デニム地のショートジャケットが鳥の翼のようにはためいて、とても綺麗でしたもの」

「そんな……でも、嬉しいです」

気が付くと、勢い余ってオーレリア様の右手を握りしめてた。落ち着け、私。

オーレリア様、真っ赤になって、消え入りそうに縮こまってしまいました。このままお持ち帰りしたいな。駄目？

いじめてるんじゃないよ。舞うみたいに戦う彼女を見た感動が溢れてるだけ。

「私も強化魔法はそれなりに心得があるのですけど、風魔法も使い方次第であんなに素早く動けるものなのですね。勉強になりました」

「――え⁉」

私、何か変なこと言いました？　変なテンションになってる自覚はありますけども。

「いえ、失礼しました。初見で風魔法と指摘された事がなかったもので、つい驚いてしまって」

あー、それは私の変な眼のせいだ。

強化魔法は魔力を己の内に留める技術。使っている間、モヤモヤさんは漏れないけれど、オーレリア様はモヤモヤさんを薄く纏いながら戦っているのが見えた。モヤモヤさんの濃淡で、推力や空気抵抗の軽減、衝撃の分散と、複数の魔法に細かく強弱をつけているのも分かったよ。

「噂で、風のように舞う方と聞いてましたので、その先入観のせいかもしれませんね」

勿論しらばっくれさせてもらうけどね。

「実は、そのように噂になってしまうのは恥ずかしいのです。父が有名ですから、私にまで注目が集まってしまうのも仕方ない事と、諦めてはいるのですが」

今日の戦いぶりを見る限り、理由はそれだけじゃないと思うけどね。

「カロネイア卿は特に強化魔法を高い水準で使いこなして、戦場では鬼神のようなご活躍だったと有名ですものね。つい、オーレリア様にも重ねてしまうのでしょう」

「幼い頃より鍛えられていますが、私は父に一太刀入れるのがやっとですもの、人々の期待に応えられる日は遠そうです」

謙遜してるみたいだけど、戦征伯に一太刀入れられる人間は、国に何人もいないと思う。それに、遠いだけで、できないとも諦めるとも言わないんですね。

オーレリアさん、意外と天然体育会系みたい。

「スカーレット様に綺麗と仰っていただいた事は嬉しいのですが、風魔法はあくまで代用で、身体が小さい事もあって、剣筋が軽いと良く言われてしまいます」

「もしかして、強化魔法は苦手なのですか」

「全く使えない訳ではないのですが、強化割合が低く、実戦に用いられる習熟とはなりませんでした。強化魔法が得意と仰ったスカーレット様が羨ましいです」

「私は無属性で使える魔法の幅が狭いので、強化に偏ってしまうのですよ」

公開できる魔法が少ないとも言うけどさ。

オーレリア様が強化を使えないというのは意外だったけれど、これは私にとって都合がいい。何しろ、私考案の強化魔法練習着がある。

強化魔法を教える事を口実にすれば、彼女と友達になる切っ掛けができる。

練習着の存在を彼女に伝える為にはお父様の許可を得ないといけないけれど、カロネイア伯爵との繋がりを強化できるなら領地への利点も大きい。きっと、否はないと思う。オーレリア様が強化魔法を習得できるなら、練習着の宣伝効果に多大な期待が持てる。それに、今後練習着を広げていこうと思えば、戦征伯は避けて通れない。

うん、公開のタイミングを詰める必要はあるけれど、お父様の説得は問題なさそう。

思い立ったらすぐ行動。

練習着を使わなくても、モヤモヤさんが見える私は、強化魔法の指導ができるからね。モヤモヤさん漏れの有無を見るだけの簡単な指導です。

家の騎士相手に実績はあるし、練習着と違ってこちらの実行は一任されている。誰にも真似できないからね。

「本当ですか⁉　是非、お願い致します！」

早速、騎士や弟カミンの件を例に挙げて練習に誘ってみると、食い気味の答えが返って来たよ。

検討時間、ゼロでした。

今度は私の手が、がっしり握り締められてます。ちょっと痛いよ、オーレリア様。強化魔法が苦手でも、普通に鍛えられてるからね。

ひょっとすると、凶悪な戦闘マシンを育ててしまうかもだけど、私は戦わない人。問題？　何処にもないです。その暴力が私に向く事はないからね。

温泉大好き

王都ワールスの西、ソーヤ山脈へ太陽が消えてゆく。

未だ空気は生温く、秋の声はまだ早いけれど、日の落ちる時間は確実に早くなっている。残念ながら月は未だ昇らない代わりに、星の瞬きがその数を徐々に増やしていく。

「あ〜〜〜」

そんな夏の夕方。乙女にあるまじき声が空に響く。

貴族令嬢らしさも、今は忘れさせてほしい。

何故なら、今、私は温泉に浸かっている。

幼少期からずっと、お屋敷の広いお風呂を楽しんでいたから、自分が温泉好きだと忘れていたよ。

この世界に転生して十二年、初めての温泉を心行くまで堪能すると決めた。

今日だけは、フランにだって止められないよ。

場所は王都の南、川を渡った先にある宿泊施設。

海のほど近くに湧いたお湯は塩をはじめとしたミネラルがたっぷりと溶け込んでいる。塩分濃度の高いお湯は、殺菌作用が高くて、切り傷や火傷といった軽い外傷から、神経痛、皮膚炎まで回復促進が望める。他にも、胃腸機能の低下、便秘、冷え性、末梢循環障害、軽症高血圧、耐糖能異常、軽い喘息、自律神経失調症なんかにも効果があるんだって。

これはもう、薬と言っていいよね。苦い思いをしたり、カプセルや錠剤を無理して飲まなくても、気持ちよく浸かってるだけで効く薬！

塩分が乾燥を防いでくれるから、保湿効果でお肌もしっとり。

海水温泉は保温力も高いから、身体の芯まで温まるよ。のぼせる手前で冷水風呂に移動して、冷やした体を再び温めると、何とも言えない気持ち良さだよね。

…と、温泉の良さを語っていたら、オーレリアとフランに引かれていたよ。

「お嬢様が温泉を気に入られた事は、理解しました」

フラン、感想はそれだけ？

私は温泉の素晴らしさを知ってほしいんだよ？

「ここまで喜ばれると知っていれば、視察の宿泊場所も温泉のある場所を選べば良かったですね。次の機会の為に、下調べはしておきます」

「偉い、フラン！　今度帰ったら温泉巡りしよう！」

「……屋敷に帰らないと、旦那様が泣きますよ？」

それは少し不味いかな。温泉地に寄り道しながら帰るくらいにしておこうか。二つの世界をまたいだ温泉巡り、最高じゃない？

「レティは詳しいですね。おかげで少し温泉の凄さが分かりました」

うん、オーレリアは良い子。ちゃんと聞いてくれてたよ。熱く語った甲斐がありました。

ちなみに、練習着の許可はあっさり下りた。

領地の利益は大事だけれど、有事を考えれば、軍の強化は外せないと判断したみたい。戦征伯を巻き込んで、実験部隊を創設する方向で話を進めるらしい。オーレリアはその検証の一歩目となる。

王都到着から十日。私は片道に五日かけたのに、既にお父様からの返事が届いているあたり、カロネイア伯爵との関係が如何に大事か、嫌でも伝わるよ。

領地の機密ではあるので、オーレリア用の練習着はノースマークで作って、お父様が上都する際に一緒に運んで来ると決まった。その際は、私とオーレリアを含めた領主会談になる予定。何かと忙しいと聞く、オーレリアのお父さんにご挨拶する機会ができました。

カミンに良いところを見せたくて思い付いた服が、随分大きな話になってきたよね。

私がオーレリアと知り合った事で、予定はかなり繰り上がった。

後を引き継いだ文官さん、忙し過ぎて死んでない？

でも、そんな事とは関係なく、私と彼女はすっかり仲良くなりました。

知り合った翌日、いつも見回っていて詳しいからと王都案内を買って出てくれたし、入学手続きにも一緒に行った。美味しいお菓子のお店やセンスのいいカフェも教えてもらって、お忍び用の服や水着も買いに行った。この十日間はほとんど一緒だったね。

私はこうして遊びに行って、仲良くなれたら友達だと思ってたんだけどね。

「スカーレット様。私とお友達になってもらえませんか？」

…って、告白するみたいに可愛くお願いされた時は、理性が崩壊するかと思ったよ。よく耐えた、私。

幼い頃から勉強と鍛錬ばかりで、同世代の子女と交流する機会はなかったんだって。知り合いは訓練場で会う兵士くらいだとか。

境遇は似ていて、私の場合は仕事を手伝う文官さんが増えるくらいだね。女性比率は私の方が少しマシかも。私はフランがいるからそれを寂しく思わずに済んだ。

で、改めてお友達になれたから、王都に着いた時から計画していた海に誘った。

波打ち際でキャッキャウフフのつもりが、ガチ水泳になりました。水中で風魔法が使えない筈なのに、ついて行くのに強化魔法が要ったからね。

楽しかったけれど、オーレリアの小さな身体には、無限のバイタリティーが詰め込まれていると学習しました。

一日遊び倒して、疲れたから一泊する事にしたのがこの温泉宿…という流れ。

「ところで、レティ」

「……何?」

「どうして、ずっと私の胸を触っているのでしょうか?」

友達宣言の時に負けないくらい、真っ赤に染まったオーレリアが訊く。顔どころか、耳も、首も、胸まで赤い。

のぼせたなら、身体冷やさないと危ないよ?

確かに、温泉について語る間も、私の手は抱きつく形でオーレリアの胸にあった。

やわやわすべすべで、手におさまりもいいものだから、この至高のふにふにから離れられなくなっている。

「いっぱい触ったら、私の胸も成長してくれるかな…と思って」

私、未だに性徴の気配がありません。遺伝子、仕事しろ!

「触るなら、フランさんの方が効き目も大きいのでは?」

「……あれはもう別次元だからね。目標にするには遠過ぎて、逆に効き目が無さそうな気がしてます」

私の狙いをフランに押し付けたかったんだろうけど、残念ながら、散々試して効果が無い事、確認済みなんです。

「最近、入浴中に触ってこなくなったと思っていましたが、そういう理由でしたか」

そうですよ。

前世含めて、胸がお湯に浮いた経験なんてない私には、フランは遠過ぎたんだ。胸が重くて肩が凝るなんて話は、私には縁が無いんだ。

高望みは止めますから、もう少し何とかなりませんか？

フランの胸も触っていたと聞いて、オーレリアの体が強張った。ちなみに、お母様の胸も触ってたよ。やっぱり効果は無かったけどさ。

「もしかして、なんですけれど――レティは女の子がお好きなんですか？」

「うん、可愛い子も、綺麗な子も、皆大好きだよ」

胸張って答えたら、オーレリアが腕の中から離れて行った。なんで？

「可愛いも、綺麗も、愛でたくなるのは当然でしょう？」

オーレリア様との距離がさらに開いた。フランは眉間を押さえて、不可解なものを見る目を向けてくる。

あれ？　何か答えを間違えた？

「お嬢様、その、男性に興味は……無いの、ですか」

何故だろう、フランが深刻そうだ。顔、白いよ？　温もった方が良くないかな？

――あれ？

もしかして、何か勘違いされてない？

私、まさか、同性愛者と思われてる？

なんで？

前世では、禰〇子ちゃんや、あず〇ゃんだけじゃなくて、三〇月宗近様とか、〇栖翔きゅんにも、ちゃんと萌えてたよ？

いや、ほんと、これは不味いヤツかも。

私、貴族に嫁いで、家同士を繋ぐのが、将来のお仕事です。同性愛者だなんて事になったら、お嫁に行く先、無くなります。いや、噂になるだけでかなりヤバイです。お父様に顔向けできなくなっちゃうよ。

フランはまだいい。いや、放っておける訳じゃないけど、説明の時間はいつでも作れる。でも、オーレリア様は駄目。間違ってても、このまま帰しちゃいけない。友達の秘密を吹聴して回るとは思ってないけど、友情にひびが入る可能性がある。実際、既に開いた距離が辛いんです。

「いやいやいや、待って。ちょっと待って。違うから、ほんとに違うから。お願いだから説明させて！　信じて！」

全力で言い訳しました。

九十度の謝罪礼、初めて使ったよ。

スキンシップ、スキンシップだから！　性的な意味で触ってないから!!　友情。そう、友情だから。友愛はあっても、ラヴじゃない！　ちょっと萌えただけなの、興奮とかしてないから！

後生だから、そんな涙目でこっち見ないで！

今世、初恋はまだだけど、男性に魅力を感じない訳じゃないんです。スーツメガネ男子とか、ハスキーボイスとか、可愛い系の男の子とか大好物です。

出会い。そう、出会いがまだ無いだけだから！

これでもかってくらいに言葉を重ねて、漸く分かってもらえました。いくつか失言もあったかもだけど、忘れてください。

「可愛いものなら何でも尊くて、愛でたくなるだけなんです」

「――」

「――」

沈黙が返ってきた。

ほんとに分かってくれたんだよね？　それ、理解できないものを見る目じゃないよね？

「誤解だと仰るなら、今後、無遠慮な接触は控えてくださいね」

「……はい」

返す言葉もなかったよ。

閑話　お友達

鏡に映る自分と向き合う。

小さな体躯に華奢な体つき、見慣れた私。

母譲りの銀髪だけがカロネイアの子の証明で、あとは何一つ似ていない。

熊のようだと、よく評される、英雄に相応しい巨躯《きょく》が代名詞の父。その隣で支え続ける、細身でも筋肉質で、背も高い母。どちらの特徴も受け継がない身体が嫌い。

血のつながりが無いんじゃないか、そう言われていた事も知っている。両親の耳に入って、苛烈な処分が行われたけれど、陰口は後を絶たなかった。

強くなるのは好き。

鍛えている間は頭を空っぽにできるから。実力を示せれば、周囲の雑音を黙らせられるから。

でも、強化魔法を使えない現実が、また私を苛む。

父は騎士タイプ、母は万能タイプ。風魔法で代用しても、その背は遠く、代替技術では非力さを覆すことができなくて、壁を突き崩す未来は未だ見えてこない。

強化魔法が欲しかった。

血統による属性継承についての理論は証明されていない。だから私が風魔法に特化したのは運命。

でも、父と母の子なのにどうしてと、ふとした瞬間に考えてしまう。

そんなふうに後ろ向きにしか考えられない私が嫌い。

でも――

「鳥の翼のようにはためいて、とても綺麗でしたもの」

それだけの言葉が、頭を離れてくれない。

風のように戦うと、人々の口に上っているのは知っていた。それが私の速さを称賛する言葉だって事も。それがどこで、舞うなんて詩的な表現に変わったのか、領地と王都しか世界を知らない私には、まるで分からないけれども。

歌の一節みたいな噂を聞いた彼女は、戦う私と結び付けて称えてくれた。

真に受けちゃいけない。

戦征伯に擦り寄りたくて、適当な言葉を並べただけだと、後ろ向きな《いつもの》私が言う。

でも――昨日から高鳴りっぱなしの心臓が、私の言う事を聞いてくれない。

だって、彼女は、私達の世代で唯一の侯爵令嬢。たった一人、私に媚びる必要のない子だから。

私の手を取ったあの人の、瞳の輝きを信じたい。

今日、スカーレット様との約束があります。

王都を案内するという口実で、習慣の見回りで町に詳しいからなんて、適当な事を言ってしまいました。

学院が始まってしまえば、多くの子女が彼女の家とのつながりを求めて動くでしょう。スカーレット様ほどではないにしろ、おそらく私も似た状態になります。きっと彼女の周りは人でいっぱい。そんな中、あの方に話しかけるなんて、私にはとても難しい。

そんなふうに考えていたら、思い切って誘っていました。

私の知ってる場所なんて、ちょっと町が見渡せるだけの商館の屋上だとか、私はお気に入りでも見た目が素朴なお菓子のお店とか、可愛い子犬を三匹も飼っているお家の前とか、とても侯爵令嬢を案内できないと、後になって気付きました。どうしましょう。

「お嬢様、朝食の準備が整いました。旦那様もご一緒できるそうです」

メイドに声を掛けられて我に返ります。

思考に沈んでいたのでまだ半裸のままです。急がないといけません。

カロネイアの家には、従者を連れて歩く習慣がありません。

いざという時、鍛えた私達でも、守れない可能性が高いからです。もしもの場合に大切な使用人を犠牲にしてはいけないと、それを当然と思ってきました。でも今日は、スカーレット様達のような仲の良い主従を、うらやましく思ってしまいます。

ここはカロネイア家の王都邸。

多忙なお父様と話す時間を作る為、早朝鍛錬の後で帰ってきました。昨日のうちに先触れは出しましたが、先日寮に移ったばかりの私が戻って、準備する使用人達に負担をかけてしまいましたね。

でも、私も急ぐのです。

話題はスカーレット様の事。

私も貴族令嬢なので、誰とでも友誼を交わす訳にはいきません。

現在の王位争いに対して、カロネイアは中立の立場にあります。軍のほとんどを掌握し、近衛を含めた騎士団にも強過ぎる影響力を持つお父様は権力争いから距離を置いています。

軍を預かる者として、一勢力のみに与する事はできないと、宣言しました。

一方、父とは異なる形で中立を保っているのが、ノースマーク侯爵です。

いずれの王子支持も表明しないまま、全ての派閥と付き合いつつ、絶妙なバランス感覚で渡り歩いておられます。

下級貴族は王位争いに参加して得られる利益よりも、上級貴族に睨まれる不利益の方が大きいと、距離を取る家が多いのですが、侯爵は彼らのほとんどとつながりを作っているそうです。必要とあれば、すぐに傘下貴族をまとめ上げて、新しい派閥となる筈です。その影響力は父にも劣りません。

実際、ノースマークと対立した侯爵家は、すぐにその格を落とす結果となりました。

そんな方の御令嬢ですから、スカーレット様の行動にも注目が集まっています。彼女を通じて侯爵を動かせる可能性がありますから。第三王子との婚約の噂も、そんな暗闘の一環でしょう。

しかし、彼女は引き籠り令嬢などと一部で呼ばれてしまうくらい、公に姿を見せていません。伯爵家の調査でも、夫人に似て容姿が整っている、くらいしか情報が集まりませんでした。

確かに、可愛らしくて、とても綺麗な方でした。

カロネイアが侯爵家とのつながりを望むなら、私とスカーレット様の交流は大切ですし、昨日の出会いは大きな強みになります。

だから、お父様に今後の方針を確認するのです。

忙しいお父様は、食後のお茶の時間もゆっくり作れません。ですから、席に座ると私は早速話を切り出しました。

「憲兵隊からの報告で、既にご存じかもしれませんが、昨日、ノースマーク家の御令嬢、スカーレット様にお会いしました。お父様は侯爵家との関係をどう考えているのでしょう？　私はこのままスカーレット様と交流を続けて構いませんか？」

「ふむ、オーレリアから御令嬢はどう見えた？」

「所作は綺麗で、しっかり教育されているようでした。甘やかされて、入学まで家から出せなくなった、なんて噂はすぐに消えますね。お姿は噂通り、とても綺麗な方でした」

「うん、それから？」

「長く話した訳ではありませんが、頭の回転が速くて目端も利くみたいです。本人は噂で先入観を得たと仰っていましたが、私の戦いを少し見て、強化ではなく風魔法と見抜かれました」

もっとも、私はその言い分を信じていません。嘘は無くても、言えない事くらいはありそうです。

「近くで風を感じたのではないの？」

少し興味が湧いたのか、お母様も話に入ってきました。

「それはありません。スカーレット様は車の中にいらっしゃいましたから」

「それは少し面白いな。彼女は余程魔法の適性があるのかな?」

「そうかもしれません。一緒に強化魔法の練習をしようと誘われましたから」

「うん?」

怪訝《けげん》な顔になりました。

無理もありません。それだけ、習得できなかった魔法を、後の研鑽で身に付ける例は稀なのです。

だからこそ、お父様の気を引けると思っていました。

今日の約束より前に、スカーレット様との交流許可が欲しいですから。

「スカーレット様は、強化魔法を指導した経験があるそうです」

「……それは弟妹に、と言う事か?」

「いえ、一度は習得できなかった弟さんと、侯爵家の騎士に、と」

「――」

「――」

「何か特別な技能か? いや、固定観念を覆すような新情報?」

「それほどの情報なら、領で秘匿《ひとく》されるのではないかしら?」

悩み始めましたが、勿論答えなんて出ません。

だから、私に情報を集めるように、早く言ってください。

これは私の我儘じゃありません、伯爵家の為だと名分をください。

「そう言えば、憲兵隊の報告によると、侯爵家の車は事故に遭っても無傷だったとか。オーレリア、本当かしら？」

「ええ、潰れた子爵の車がなければ、そこが事故現場とは分からないくらいでした」

「そうなると、侯爵家は複数の技術を手にしている訳ね。娘の王都入りに合わせて、新技術を仄《ほの》めかす事にしたのでしょうか？」

「……無視はできんな。オーレリア、令嬢からどれだけの情報が得られるか分からんが、できるだけ密に交流しろ。カロネイアと侯爵家の結び付きを噂されても構わん」

「はい！　分かりました、お父様」

最良の結果が得られたみたいです。

「オーレリア、スカーレット様についてもっと聞かせて」

「はい！　とても明るい方です。それから、気丈な方でもあると思います。事故に遭った上、子爵家の騎士に取り囲まれても動じておられませんでしたもの。でも、少し口がお上手かもしれません。見回り中の地味な私を可愛いと言ってくれましたし、戦う私を綺麗とも……。強化魔法がお得意だそうですから、私と競い合えるかもしれません」

「あらあら、オーレリアはすっかりご執心みたいね」

「これだけの情報で十分と、昨日の今日で交渉に来たのだ、譲るつもりはないのであろう。家の都合で止めはしないから、友達として仲良くするといい」

――最後に反応を間違えました。思惑がバレバレで、恥ずかしいです。

でも、どうしてもスカーレット様とお近づきになりたいのです！

スカーレット様との交際許可もおりましたし、朝食の後は午後の準備をしないといけません。

そうだ、スカーレット様を案内する場所を、お母様にも考えてもらいましょう。私には無理でも、きっとスカーレット様に喜んでいただける案内計画を作ってくれる筈です。

私が本当に案内できる場所へ連れて行って、スカーレット様に呆れられてしまっては、情報収集が早速暗礁《あんしょう》に乗り上げてしまいますから。

実は、一つだけお父様に話せなかった事があります。

スカーレット様を囲んだ不届きな騎士達を懲らしめた時、私は致命的な失敗を犯しました。立ち向かう騎士だけを警戒して、倒れた騎士から目を離してしまった事。そのせいで、魔法を使う騎士を完全に見落としました。

主に暗殺対策として、貴族は防御魔法を込めたお守りを携帯しています。正面から向かってくるなら返り討ちにすればいいだけですが、遠方から銃で狙われると、私も対処できないでしょうから。

勿論、回数制限等もありますから、万能にはなり得ませんが。

そういう訳ですから、あの時火球魔法を受けてしまっても、大事にはならなかったと思います。

だからと言って、私の未熟が許される訳ではありません。本当に情けないです。

けれど、あの魔法は消えてしまいました。

発動に失敗して、途中まで形成した魔法が霧散してしまう事はありますが、発動した後の魔法が消えたという話は聞きません。

全く訳の分からない状況でしたが、私は魔法を使った騎士の無力化を優先しました。その時、車の中で何故か箒のようなものを構えるスカーレット様を、確かに捉えました。

状況からすると、スカーレット様が何かしたのだろうと思っています。

でも、お父様には伝えられませんでした。

スカーレット様は無属性だと仰っていましたが、無属性だから魔法を無くせる…なんて理屈はお伽話にも出てきません。

魔法を消す魔法。

強化魔法習得の件以上に荒唐無稽《こうとうむけい》過ぎます。

話したところで相手にされないのが普通でしょう。それに万が一、スカーレット様がそんな奇跡を引き起こせるなら、不確かなまま情報を拡散してはいけないと思ったのです。

あくまでも可能性の話ですが、そんな魔法が存在していたなら——銃でも車の激突でも傷つかない車内に籠って憲兵隊を待っていたところに、身勝手な正義感を振りかざした私が乱入し、自滅しかけたところを、スカーレット様に救われた…という事になります。

私、スカーレット様にお礼を言っていただくような事を、何一つしていません。

情けなさ過ぎて泣きそうです。

午後、スカーレット様と合流した私は、まず王城へ向かう大通りへ彼女を案内しました。

川と海に囲まれた水の都の象徴、魔法装置によって造られた〝空中球池〟は外せません。直径十メートルを超える巨大水球の中には色鮮やかな鯉が泳ぎ、その先に王城が透けて見える様子に、スカーレット様も圧倒されていました。

その後は空中球池の東側、学院の寮とは反対方向にある公園を、散歩ついでに移動します。その南方向には軍関係の施設が多くあり、入り口付近にある見張り塔へ登れるよう、お父様の伝手で手配しました。

私も初めてでしたが、南に聳える王城や魔塔、西側に広がる貴族街、その反対側は住宅街で、さらに先には海まで見渡せます。

軍施設なので内部には入れてもらえず、外階段で移動したので、ちょっとした鍛錬にもなりました。

お母様には、この後、北にある文化施設群で観劇や音楽鑑賞を勧められたのですが、もう少し北へ移動して、遊覧船に乗りました。スカーレット様は劇や音楽もお好きでしょうけれど、隣で私が寝てしまったら呆れられてしまいます。

私が王都に詳しい、なんて嘘がばれてしまうかもしれません。

王都の南北に架かるいくつもの橋の下側には、有名画家の作品を陶板で再現したものが飾られていて、船の美術館とも呼ばれています。こちらなら、眠くなる前に身体を動かせますから、私も楽しく鑑賞できたのです。

誘った後で不安になった観光案内でしたが、お母様のおかげもあって、何とかこなせそう——なんて思った矢先、船から降りたスカーレット様が、お腹が空いたと仰いました。

もう少し早く言ってくだされば、船で軽食を頼めたのですけれど？

いいえ、泣き言は口にできません。

しかし、私はこの辺りでいいお店を知りません。貴族向けの喫茶店ならいくつか視界に入りますが、見た目が豪華で甘くあれば良いといった店が多いので、知らない店に入るのは気が乗りません。

困った私が選択したのは、結局、商店街にある私のお気に入りの菓子店でした。

昨日、スカーレット様とお会いした近くです。実は、昨日立ち寄る予定でした。買い食いのつもりだったなんて、スカーレット様には言えませんでしたけど。

シロップ煮の苺に、練乳をかけて食べるスコーン。素朴ですけど、小さい頃から好きなのです。

もっと洒落たお菓子がお似合いなのに、美味しいですねと、笑ってくださったスカーレット様は、お優しいです。

でも、こんな筈じゃなかったのです。どうして私はいつもこうなのでしょう。


翌日は二人で入学の手続きに行きました。

入学式まではもう十日ほどありますが、これで学院の設備は使えるようになります。既に図書館や訓練場を使っている者もいるみたいです。

手続きの後、時間が余ったので、私達も訓練場を借りて、早速強化魔法の指導をしていただきました。

強化の伝わりが弱いところを、的確に指摘してくださるので、少しですけど私の強化割合が上がりました。

四年、停滞していた事が、たった一日の訓練で……。

本当に驚きました。

「オーレリア様は複数の魔法を使い分ける事に慣れているせいで、魔法を一定に保つ技術は苦手みたいですね」

それ、私より私の魔法に詳しくありませんか？


さらに別の日、お忍び用に服を買いに行くと言われて驚きました。

本気でしょうか？　思わずフランさんを窺ってしまいます。

「言って止まる方ではありませんから」

一応、止めてはみたのですね。

この数日で、スカーレット様の人柄が、私にも少しずつ見えてきました。

お忍び用の平民服、つまりは既製品です。貴族は特別な糸や布をふんだんに使ったオーダーメードを求めますから、シャツ一つ、下着一つ例にとっても、着心地に差があります。

一度袖を通した服は二度と着ない、などといった一部の貴族を除いて、高価な服を汚さないよう着こなすのも、嗜みなのです。気疲れを感じてしまう事もありますが。

なのに、スカーレット様は部屋着に既製品を使っているそうです。

理由を訊けば、楽だから、と。

そのくらい奔放な方だと、漸く分かってきました。

服を並べる大型店舗の中を、スカーレット様は縫うようにスルスル進んでいきます。まるで、自分に合う服を知っているみたいに迷いがありません。

一々立ち止まって悩まないと買い物ができない私とは大違いです。

「お嬢様、また赤ばかりを選んでいますよ」

「あ」

スカーレット様は赤い服が特に好きみたいです。フランさんの持つ籠が、赤で一杯です。とてもお似合いの服ばかりですが、単色では着こなしが難しそうですね。

「うー……、……！　オーレリア、どっちが似合うと思う？」

惨い質問をしないでください！

首元の開いたサテンスリーブは落ち着いた雰囲気で素敵ですし、鮮やかな赤のカーディガンもお似合いです。スカーレット様が選んだ時点でセンスがいいと感じていた私に、順番を付けるのは難しいです。

「……どちらかといえば、カーディガンを着た可愛らしいスカーレット様が見たいです」

苦渋の決断です。

スカーレット様は私の意見であっさり決めてしまいましたが、良かったのでしょうか？

結局、スカーレット様はアウターを赤系にして、インナーとスカートやパンツで着こなしに変化を付ける事にしたようです。時々、赤いスカートにも手が伸びていますが。

スカーレット様はさらに、フランさんの服も選んでいました。自分の趣味を押し付ける事はせず、相談している様子をみると侍女の好みも把握しているみたいです。しかも、彼女を着飾らせる事を楽しんでいるご様子。変な主従ですね。

私も秋物のコートを買いました。自分で選ぶと落ち着いた色に行き着くのですが、赤に近いオレンジを、スカーレット様が選んでくれました。まだ暑い日が続いていますので、着るのはもう少し先でしょう。けれど、着て出かけられる日が楽しみです。

「さあ！　次は水着を買いに行きましょう！」

そうでした、スカーレット様は学院が始まる前に海へ遊びに行くそうです。

受注生産では夏に間に合いませんから、必然的に既製品を買う事になります。保養所を貸し切るなら、他の貴族に見られて、変に思われる事もないでしょう。

そんな事を思えていたのは彼女が選んだ水着を知るまででした。

本気でそれを着るおつもりですか⁉

貴族令嬢の水着は、ドレスのようにレースやフリルで飾ったものです。泳ぐとき以外は、パレオで脚も隠します。ストールを巻く事もあるくらいです。たとえ異性がいなくても、身体のラインが見える水着なんてあり得ません。

水の抵抗は多少増えるでしょうが、そのくらいは鍛え方次第で何とでもなります。スカーレット様も強化魔法が扱えますから、何でもないでしょう。

なのに、スカーレット様が試着したのは、チューブトップタイプで、色はやはり赤。それと、ハイウェストタイプの黒のパンツです。よりによって、セパレートですよ！

お似合いですけど！

確かに似合っていますけど！

露出したお肌も健康的でお綺麗ですけど！

試着されると、色合いが思ったより素敵で可愛らしいですけど！

そうではないのです!!

型に嵌まらないにしても、程があります！

保養所を貸し切って他の方に見られなくても、それで外に出るんですよね？

身体のラインはくっきりで、ほとんど裸じゃないですか!?

何でしょう？　この伝わらないもどかしさは。

フランさんも何とか言ってあげてください。ああ、もう嫌と言うほど言い聞かせた後ですか。止められなかったんですね。既に諦めたのですね。

ああ、あの自信はどこから来るのでしょう？

「オーレリアなら、あれが似合うんじゃない？」

分かっています。

スカーレット様は百パーセント善意で仰っています。

秋物のコートを選んでくれた時と同じです。心から似合うと思って薦めてくれています。色合いも落ち着いていて、私の好みも押さえてくれています。

でもそれ、ハイレグタイプの競泳水着じゃないですか!!

ごめんなさい、無理です!

絶対無理です!

私、それを着て、お母様の前にだって出られません!!

私は高速で首を振って断りました。

スカーレット様は残念そうですけど、無理なものは無理なんです。試着だってしませんからね!

「絶対かっこいいと思ったのに……」

だから、その、似合っているなら大丈夫、という自信はどこから来るのですか?

「スカーレット様が身内になら……私にまで、その水着姿を見せられるのは、ご自分に自信があるからですよね。残念ですが、私には無理です。そんなふうに自分を見せるなんて恥ずかしいです。

——だって、私は、私が嫌いですから」

あ。

思った以上に混乱していたのだと、口を滑らせてから気付きました。

「嫌い、なの? 自分自身が?」

これまで誰にも漏らした事の無い私の弱音に、スカーレット様はきょとんと首を傾げます。

失敗しました。

こんな筈じゃありませんでした。

でも、やっぱりと納得している自分もいます。

この数日で思い知りました。スカーレット様は愛らしくて、気が利いて、気丈で、奔放で、そんな彼女が私は大好きで――眩し過ぎます。

「ああ、だから、オーレリアが強く見えたんだ」

え？

得心がいったと笑うスカーレット様が理解できません。

今、何と言いました？

文脈、おかしくないですか？　自分を好きになれない私が、強い？

「普通は自分が可愛いから、つい甘やかしがちになっちゃうけど、オーレリアにはそれができないんだね。理想が高かったり、自分はもっとできる筈だって思ったり、考えている事に行動が伴わなかったり。私や他の人なら、そこで仕方ないって自分を慰めるかもしれない。でも、オーレリアは仕方ないなんて思えなくて、自分の未熟や失敗を許せない。だから、そんな自分を好きになれない。違う？」

そう、なの、かな？

どうして、私は自分について教えられているのでしょう？

自分で自分が分からない。

「もしかして気付いてない？　だってオーレリア、諦めるって、しないでしょう？」

そう、でしたか？

「戦征伯夫妻の存在が大き過ぎたからかな？　ご両親みたいな立派な方を目標にするのは普通の事

で、オーレリアは理想の自分に手が届くかもなんて、簡単に思えないんじゃない？」

それは、……確かにそう、かも。

「その達成はまだまだ叶わなくて、そんな自分が嫌いかもだけど、〝まだ〟、〝難しい〟、〝頑張らなきゃ〟ってよく言ってるよ。立ち止まるなんて、考えた事もないみたいに。だからだろうけど、〝できない〟、〝やめる〟、〝諦める〟って、私、オーレリアの口から聞いてないよ？」

そうなのですか？

そんな自覚無かったです。

「目標は高く設定するのが基本で、妥協も、逃避もしない。今は無理でも、いつか絶対にって。多分、オーレリアは意識してないだろうけど、それが当たり前だって思ってる。常に自分を律してるって事だから、そんなの強いに決まってるって！」

強化魔法の訓練の時と同じです。どうしてこの人は、私より私を知っているのでしょう。

違った？　と、ご本人は首を傾げています。

そんな顔されても、私は答えられませんよ。私は、今、初めて知ったのですから。

私は、私が嫌いなままで、いいんですか？　こんな事、肯定する日が来るなんて、肯定してもいいなんて、思ってもみませんでした。

「オーレリアは、自分が嫌いなままでいいんじゃない？　その分、私が……ううん、ご両親やお兄さん、伯爵家の皆も、貴女の事を大好きだから、きっとバランスが取れてるよ！」

いや、その理論は無茶苦茶ですよ？

でも、そうですね……両親は勿論、私を好きでいてくれる人は確かにいて、その人達は、私が認められない部分も含めて、私を好きだと言ってくれてるのですよね。

私が自分を嫌いだからといって、その人達からの好意まで否定しては、いけませんよね。

「ありがとう、ございます。おかげで少し、気持ちの整理がつきました」

「……そう?」

小首を傾げる仕草は可愛らしいですけれど、貴女の言葉が、今の私にどれほど衝撃を与えたか、分かってませんよね。

私にとって、スカーレット様は、やっぱり眩し過ぎます――けれど、私は、そんな貴女と一緒にいたいです!

私は理想を追う事を諦めない……らしいですから、貴女との友誼も、諦めなくていいですよね?

「あ、あの! スカーレット様!! わ、私、と……お友達に、なって、もらえませんか!?」

折角勇気を振り絞ったのに、顔は熱くてきっと真っ赤でしょうし、台詞は噛み噛みでカッコ悪いったらありません。やっぱり私は情けないままです。当分、好きになんて、なれそうにありません。

でも、今、勇気を出せた事だけは、誇ってもいいかもしれません。

「ええ、喜んで!」

スカーレット様が満面の笑顔でくれた返事を、忘れる事はきっと無いでしょうから。

――でも、そのビキニも絶対に着ませんからね、レティ!

入学

オーレリアと王都を観光して、海水浴に行って、今世初の温泉を堪能して——王都に遊びに来た訳じゃないからね。

この国の始業は秋からになる。昔、夏前の雨期になると、王都が水害に遭うため、各地の貴族が支援物資を持って王都に集まり、復興がひと段落した時点から学院を再開していた名残らしい。

欧米みたいだな、なんて暢気《のんき》な感想は早々に粉々になったよ。勿論、夏季長期休暇の由来も同じだからね。旧名、復興休暇。休めたのは授業だけだと思うけど。

私、その時代に転生しなくて良かったよ。

貴族は既製服なんて着ないから、制服はない。

だからって規制なしだと、奇想天外な格好の人が湧いてくるから、白系のシャツとブレザーだけは規定されている。ブレザーは華美が過ぎないもの、とあるだけだから、色の指定もされてない。

装飾以外の金と銀は王族の専用色だけど、他は何でも許される。

袖や裾、ポケット口に刺繍や装飾品を付けるくらいで、他は生地の質や柄で差別化するのが普通。

胸に紋章を入れてる人も多いね。

あくまで原則だから、背中に大きな竜の刺繍を入れている男の子とか、フリルをいっぱい付けてドレスみたいにしている子とか、宝石を大量に縫い付けたビーズアートみたいな子もいるけどね。貴族の判断に、いちいち文句付ける人もいないしね。

インフルエンサーのつもりかもしれないけど、奇抜が過ぎて、評判を落とすだけだよ。

私は、赤いブレザーとチェック柄のスカートを用意した。派手なのは好きじゃないけど、袖に芙蓉の花を刺繍してもらった。地味過ぎると貴族らしくないと言われるからね。でも、胸の紋章だけで十分派手な気がするよ。お貴族様的にこれを柄とは見做《みな》さないらしいけど。

おとなしめが好きなオーレリアは紺色のブレザーに灰青色のスカート。前世の制服的な組み合わせだけど、籠手を描いた盾を雲模様で飾った紋章があるだけで、随分印象が違う。

丸襟のブラウスが可愛いね。

もっと動きやすい格好だと思ってたから、ちょっと意外。風魔法なら、スカートが捲れる心配しなくていいのかな？

私とオーレリアだけでこんなに違う訳だから、講堂に集まると目がチカチカしたよ。色とりどりの子女五百人以上がアーチ形の講堂に詰めかけてる訳だから、無理もないけどさ。

入学式なんて、世界を跨いでも違いはあんまりなかったよ。

お偉いさんのお話は、何処の世界も長いって再確認したくらいかな。隣のオーレリア含めて、船漕いでる人はいっぱいいたよ。私はオーレリアの頬っぺつついて起《あそん》きてました。

国王様から始まって、宰相、各種大臣、魔塔と軍の責任者、都長、学院長。耐久長話レースは半日続いたよ。国の有力者全員来る必要あったかな？　暇なの？　責任者出て来い！　って叫ぼうと思ったけど、一番最初に出てきてました。ここ、王立だからね。


学院は日本の大学の単位制に近いから、式の後は教室に集合…なんてない。

次の予定は学院生の交流パーティー。

憂鬱な予定が続くよね。

パーティーは夜だから、一旦解散。

時間の余裕はあるけど、公式のパーティーだから、次はドレスを着なくちゃいけない。制服が正装扱いだった日本の学校は楽だったとしみじみ思う。

「レティ、受ける講義を相談しましょう」

「あー、うん」

オーレリアには悪いけど、私は生返事。

学院の講義内容は、必修科目と選択科目に分かれてる。

必修科目は基礎を中心とした初等教育。選択科目は将来の専門に応じた内容を選べる高等教育。

単位の修得はテストの合否で行われて、テスト自体は何時でも受けられる。つまり、初日に合格してしまえば残りの授業は免除されて、単位が手に入る。何なら、講義開始前に受けても問題ない。

必修でも選択でも同様に。

卒業の条件は、必修の単位を揃えるだけ。ただし、貴族子女の交流が、学院の第一目的なので、中途卒業はない。

必修内容は入学前に予習して、多くの者がテストだけで終わらせる。五年かけて選択科目を履修するのが一般的と聞いていた。

オーレリアのお誘いは、この選択科目を合わせましょうって話。

仲のいい友達と、授業をできる限り揃えようと思うのは当然だよね。分からないところは教え合って、テスト前は一緒に対策。

オーレリアがそれを望んでくれてる事は、理解できるんだけどね。


十日ほど前、入学手続きの後、講義内容を見た私は吃驚したよ。

選択科目含めて、未修内容がありません。

むしろ、ハバーボス大陸語とか、ルミテット教国の歴史とか、南部遊牧部族の文化とか、寒冷生息魔物の生態とか、講義予定にない知識もいっぱい履修済みですけど!?

私、王都に何しに来たの?

五年間、卒業はできないんだよ!?

考えてみれば、幼少期からとはいえ、六年間あれだけ勉強したんだから、学院の履修範囲で収まる筈もなかったけども。

いや、お父様達がどうして私に勉強させたのか、フランが説明してくれたから理解はできる。

国が今、王位を争って割れている事も知っている。

そこに来て、私の立場が微妙なのも分かる。

追加で学んだ内容も、無駄にならないものばかりだと思う。

でも、立ち直るのに少し時間をちょうだい。

次に帰ったら、私同様に頑張ってるカミンをいっぱい褒めてあげよう。


「学院講師資格試験、ですか」

私としても、オーレリアと一緒に勉強したいのはやまやまだけど、どう考えても叶いそうにない。テストを受けずに、内容を知ってる講義に出るのが許されるほど、侯爵令嬢の立場は甘くないしね。隠しても仕方ないので事情を説明して、これからどうする予定かも伝える。

まあ、驚くよね。

ちなみに、オーレリアも三割くらいは選択科目も学習済みで、空いた時間は騎士の訓練に混ざるんだって。

「まずは学院のテストを終わらせなきゃだけど、選択科目の単位を全て取り終わったら、特例の試験が受けられるんだって」

前例のない試験ではないらしい。何年かに一度は受験する者がいると聞いた。例えば、第二王子とか、お父様とか。

「家の方針でいろいろあるとは知ってましたけど、改めて聞くと驚きますね。じゃあ、レティは先生になるのですか？」

「ううん、講師になると学院施設に専用学習室が割り当てられるから、しばらくはそこで領の仕事

「ああ、家の仕事を持ち込むには、寮は機密性が乏しいですからね」

王都邸はあるけれど、そこに籠ると子女との交流が果たせない。だから、学院の一角に籠る、と。

宛がわれる仕事は、強化魔法練習着関連の諸々。領地で仕事を引き継いだ文官を心配してたら、私に降ってきました。

知らなかっただけで、元々その予定だったんだろうね。

「余裕ができるなら、魔法の研究はしたいかな」

主にモヤモヤさんの、とも言うけど。

「将来的に魔塔へ入るつもりですか？」

「そこまで本格的に始めるかは分からないけど、講師になったら閲覧できる専門資料が増えるらしいからね」

「講義する気になったら、教えてくださいね。絶対、受けに行きますから」

知ってたけど、ぐいぐい来るよね、オーレリア。絶対、の圧が強いよ。

学院生活始まりました。

思っていた学生生活は無かったけども。

婚約拒否

大きなシャンデリア輝くダンスホール。ピアノを中心とした楽団の演奏が奏でられ、純白のレースカーテンと赤絨毯で彩られるこの場所は、王城。

入学歓迎パーティーと卒業記念パーティーの二回だけ、学生の為に開放される。

王城自体、初めて入ったよ。

歓迎パーティーと言っても、目的はやっぱり他貴族子女との交流、つまりは挨拶回りです。祝われるだけの立場じゃいられないんだよ。

オーレリアと一緒にホールへ入ると、それまで聞こえてきた談笑の声が止まった。侯爵令嬢と戦征伯令嬢が並び立つのだから、注目されるとは思っていたけど、想定以上だったよ。

入学式は式典の場だったから、声をかけられたりは無かったけど、皆機会を窺っていたんだね。

あっと言う間に囲まれて、お父様達の影響力を再確認したよ。

笑顔を張り付けて、ひたすら似通った挨拶の言葉を繰り返す。

貴族の家名と当主の名前は何とか覚えている私だけれど、幾ら何でも子息令嬢までは無理です。

だからこの機会に、今後の付き合いがありそうな家の子を中心に、顔と名前を頭に叩き込んでいく。

知識の超詰め込み作業、再びです。

前世の教室で覚えのある形だけの自己紹介と違って、家の将来がかかっている子も多いから、聞き流す訳にもいかないし。

中には、滑るように名前が抜け落ちてしまう子もいたけど、顔になんか出さないよ。

大変なのは置いといて、挨拶に来る子を観察してたら、割と面白かった。

家の方針で、私とつながりを作るよう言われている子がほとんどだろうけど、仕方なくやってる感丸出しの人、嫌々なのが隠せていない人、対抗意識が見え見えの人、嫌らしい目で見ているのがバレバレの人等々、いろんな人がいる。貴族と言っても未成年、思惑を見せない術まで習得してる子は少ないんだね。

勿論、本心から言ってくれてそうな子や、内心をしっかり覆い隠して笑ってる人もいたよ。そういう将来有望そうな人は、案外すぐに覚えられたね。

顔合わせを続けて一時間と少々、とても全部終わったりはしないけど、一旦人波が離れていった。前もって知らされていた王族の入場時間が迫ってきたから。

つまり、今度は私が挨拶に向かう番。

第三王子アロガント・ハーディ・ヴァンデル殿下のところへ、挨拶に向かう私を妨げない為に距離をおいてくれた訳だね。

身分的に、王子に挨拶する順番が遠い下級貴族は、今のうちにお互いの紹介を続けている。

「お疲れ様です」

すぐに王子が入ってくる様子はなかったので、オーレリアが話しかけてきた。

「オーレリアもね。国中の貴族子女に囲まれると、気疲れが凄いよ」

「初対面の方へ挨拶するのは当然の事と分かっていても、こう一度に来られても覚えきれませんし、あまり有用な時間とは思えませんね。いっその事、魔物を狩りに行った方が有意義に思えてしまいます」

貴族でも、内心そんなふうに考えたりするんだね。

時々魔物を倒しに行ってるオーレリアが生粋の貴族と言えるのか、判断に迷うところだけれど。

「レティは初めてアロガント殿下とお会いする訳ですが、もし婚約を望まれたら、どうするのですか？」

「正直に言うと、迷ってる。お父様は好きにしろって言ってくれるけど、家の不利益は避けたいしね」

前世の感覚からすると政略結婚なんて受け入れ難い。でも、侯爵令嬢として教育を受けているから、仕方ない場合もあるのだと理解してしまってる。

「王位争いに関わるつもりはないから、王子殿下が望むだけなら実家の名前で撥ねつけられるよ。だけど、王家の意向として申し込まれたら、受け入れるしかないかな」

「恋してみたいとか、思わないのですか？」

そこは、私的に微妙なところなんだよね。

スカーレットとして生きて十二年、前世を含めると二十年以上、恋愛から遠ざかってる。恋するときめきも記憶が薄い。

「そこは初恋もまだだから、としか今は言えないかな」

恋への憧れがなくなった訳じゃない。それでも、切実さみたいなものは欠けてしまってるよね。

そんな雑談をしていたところへ、王子の来場が告げられた。

最初に目に入ったのは、ヴァンデル王族の象徴である赤い髪。

よっぽど顕性が強いのか、世代を跨いで赤髪が多く生まれるらしい。遺伝のメカニズムが知られている現在でも、王の証として王位争いにまで影響を与えてしまうくらいに。

白いシャツ、クラバットの上に、黒のベスト、コートを重ねた一般的な正装だけど、コートの裏地、カフスは王族の色である金。さらにベスト、コートの表も金糸でこれでもかってくらいに刺繍してある。金を映えさせる為に黒地を選んだのかもね。

本来、次代を継ぐはずだった第一王子は軍拡・侵略思想が過ぎていて、前大戦から十五年、厭戦感が残る現状では不安意見が強いらしい。年長者を中心に長子相続を望む声はあるものの、事態を鑑みた現国王は後継指名を見送っている。

現陛下も、かつて兄を戦争で失って王位が繰り上がった経験から、第一王子に後を継がせる決断ができないのではないかと言われてる。

第二王子は実力主義を推し進め、当人も天才との呼び声が高いらしい。若手を要職に就けて改革を進める彼を次王に推す声もあるけれど、革新的なあり方を認められない勢力からの反発も強い。

加えて第二王子は黒髪で、王族らしくない行動も多いと言うから、特に中央貴族から反対されているのだと聞いた。

第三王子に瑕疵があるって噂は聞かない。赤髪で、瞳は金。容姿から、彼が王位に最も相応しいと言う声もある。けれど、彼はまだ未成年で実績がない。さらに、上の二人と十以上の歳の差があるものだから、国内の有力貴族のほとんどが第一王子派か第二王子派、どちらかに加わっていて、支持地盤が最も脆い。

だから、私との結婚の噂が消えない訳だね。

「お初にお目にかかります、アロガント殿下。ノースマーク侯爵の子、スカーレットでございます」

今後の話は分からないけれど、今求められているのは挨拶だけ。

私はできる限り優雅に見えるように気を張りながら、頭を下げた。

「ノースマーク令嬢、一つ訊きたい」

礼をしたら、質問が返ってきた。少しイラっとするけど、王子はまだ十六歳の子供。礼儀を知らないくらいは流してあげるよ。

「はい、何なりと」

「其方は無属性と聞いた。間違いないか？」

「はい。魔塔の測定師に確認してもらいました。間違いございません」

「……そうか」

挨拶の場で何を訊くかと思ったら、魔法について？　それ、そんなに重要かな。

アロガント殿下の属性は光で、魔力量も多くて強力な魔法が使えると聞いた事がある。魔力量の違いなんて、私からすると誤差だけどさ。それよりイメージの方が大事だよ？

「ならば、言っておくことがある」

たったこれだけのやり取りと、王子の顔見て分かったけれど、この人、自分以外の全てを見下している。王族の特徴を強く映して生まれたものだから、さぞかし甘やかされてきたんだろうね。そういう貴族子女はいっぱいいるから、珍しくもないけれど。

「王家が其方との婚姻を望んでいるなどと言った噂があるようだが、ここではっきり言っておく。俺にそのつもりは一切ない！」

はい？

今、何と仰いました？

それ、ここで言わなきゃいけませんか？

「其方のような才能の乏しい女が、俺の隣に立てるなどと思うな！」

さらに重ねられた強い否定に、ホール中が騒めいてるよ。

侯爵家との結び付きを拒むって事は、王子が次の王位を望まないって宣言したのに等しいから、当然だけどさ。

分かってない…なんて事、流石にないよね？

「かしこまりました。ノースマークは王族の意向を受け入れます」

婚約話がないなら、必要以上に王子と交流する理由もない。

綺麗に礼をしてから下がらせてもらう。

意外そうな顔してるの、何でだろうね？

こっちに不都合なんて、何一つないよ。

非公式の場で告げられたなら、私に何か瑕疵があったのではと噂になって、後始末に苦労したかもしれないね。だけど、無属性で才能がないからだって、拒否理由をこうもはっきりと宣言してくれた。大勢の学院生が聞いてたから、憶測が先行する心配も要らない。

面倒事が一つ減りました。

意趣返し

「婚約拒否、おめでとうございます、レティ」

王子へ挨拶して戻ったオーレリアは、とても綺麗な笑顔でした。

私に対するあんまりな態度に怒ってくれてるんだろうけど、貴女の圧に皆引いてたよ？　魔物を屠れるオーレリアの迫力は、一般人にはきついと思う。

第三王子？

オーレリアから二歩くらい後ずさって震えてたけど、私には関係のない人らしいから、知らないよ。

上位者に敵意を向けてはいけません、なんて法律はないしね。オーレリアの礼は、一部の隙も無いくらい綺麗だったから、不敬を指摘される余地もありません。

偏見から婚約拒否された私を気遣って、機嫌を損ねたオーレリアを恐れて、誰も近寄って来なくなったよ。ソーシャルディスタンス！

まあ、ここで無理に挨拶しなくても、五年は同じ敷地内にいるんだから、必要なら向こうから機会を作るでしょう。

腹の虫がおさまらないのか、行き場のないオーレリアの憤りは、端に並べられた料理へ向いた。

その山盛りのお皿は何？

伯爵家の御令嬢がそんなに食べて大丈夫？

健啖家《けんたんか》の割に太ってないけど、摂取したカロリーどこ行くの？

まさか、普段の鍛錬で全部消費してる？

「レティは魔法が得意だと言うのに、それを知ろうともしないで属性だけで否定するなんて、酷いです！」

オーレリアには私のオリジナル魔弾魔法も見せている。

普通の魔弾だと着弾の後、その場にモヤモヤさんがベッタリ残って不快だから、使用後にモヤモヤさんが視界に入らないよう、貫通力を上げた魔力レーザー魔法だけどさ。

魔弾魔法は、私的に掃除魔法の対極で〝汚す魔法〟だから、使用時に箒も使いません。その分、発動も早いよ。イメージは空〇ピストルだからね。

ちなみにモヤモヤさんが魔素だと知ってから、モヤモヤさんへの認識にも変化がありました。世界に満ちて、様々な事象に影響を与える根源元素。物質や体内に留められない分が漏れ出るだけだから、汚い訳じゃない。

見た目からの不快感は消えないけれど、排泄物から老廃物くらいに見解を改めた。

「大体、魔法属性を必要以上に重視する姿勢は、強化魔法を軽く扱うと言う事です。騎士タイプの方々や、強化を極めて英雄になったお父様に失礼です！」

ああ、怒りが長く続くと思ったら、そういう理由もあったんだね。

英雄を否定して、ここにも二〜三割はいる筈の騎士タイプの気分を害した。あの王子、国外に出ること考えた方がいいんじゃない？

「魔塔でも、強化魔法の研究は続けられているらしいからね」

「そうです！　強化も、属性魔法も、魔法を扱いやすいように分類した結果でしかありません。私はレティの魔法を見て、そんな事よりイメージが大事なのだと学びました！」

私が教えなくても、オーレリアはオリジナル風魔法を生み出していた子だけどね。

「折角の貴族の学校だというのに、貧乏くさい平民の臭いがするな」

「見てよ。あの紋章もどき、盾が入ってないじゃない」

「貴族の真似事で仲間入りできると思っているのか？」

「いくら憧れたって、高貴な血が手に入る訳じゃないのにね」

「卑しい育ちだから、そんな事も理解できないのではありませんか？」

「きっと、碌な教育を受けていないのでしょう」

漸くオーレリアの機嫌が上向いてきたのに、不快なやり取りが聞こえてきた。

やめてくれるかな？

下位者に何を言っても構わないって姿勢は王子に触発されたのかもしれないけど、兵士と交流の多いオーレリアは、その手の選民思想が嫌いなんだよ。

腹立たしいのは確かだけれど、ここで止めてもそれで終わる訳じゃない。思想って言うのは幼少から常識と一緒に刷り込まれているものだから、時と場所を変えるだけでまた繰り返す。

私にできるのは、晴れの場が台無しになっている事にも気付かないアホな貴族を止めるくらいかな――と、囲まれている男の子を見て驚いた。

薔薇《ばら》と門扉の商会紋、魔道具を中心とした家庭用工業製品において国内市場の一、二を争うビーゲール商会。

海の向こうの国々にも影響力は大きくて、薔薇をモチーフにしたロゴ入りの商品が多く並ぶと聞いている。日本で言うなら、ソ〇ーやパナソ〇ックだよ。

よりによって、誰を標的にしてるの？

その子が内向的みたいだから耐えてくれているけど、貴方達が勝っているのは身分だけ。貧乏人どころか、この場で有数の資産家です。その気になったら、貴方達の家、あっという間に干上がるからね。

国外との取引に障るからと爵位の授与を断って、代わりにこの国の経済を支え続けると先代国王様に約束した逸話、知らないの？

「平民が混じったところで勉強するなんて、嫌だわ」

「その通りだね。だから、お前、さっさと退学してくれないか？」

「第一、誰の許可を得てここにいるんだ？」

「それは当然、国王陛下でしょう」

しまった。

あんまり馬鹿な事を言ってるから、思わず口を挟んでしまった。

「どういう事でしょう、スカーレット様。陛下が平民を学院に呼んだと仰るのですか？　いくら侯爵令嬢でも、不敬ですよ？」

どう言う事、はこっちだよ。本気で……言ってるんだろうね。

「決まっているでしょう。ここは王立学院です。運営も受け入れも、陛下の裁可の下に行われています。勿論、実際の運用は先生方をはじめとした代理を任じられた方達が行っていますが、私や、そちらのチオルディ伯爵令息も、ビーゲールさんも、国王陛下の承認を得て入学した事に違いはありません」

「平民が、教師に金を握らせたかもしれないだろう！」

「それは、陛下が代理を任じた先生方への侮辱ですか？　それとも、先生方を信じて任せられた国王陛下の批判ですか？」

「ぐ……いや、それは……」

家に雇われた教師しか知らないから、権力を振りかざせば何とでもなると思ってるんだろうね。ここが王立なのは、そういう横暴を抑える為でもあるんだよ。

「そもそも、学院に平民を受け入れると決められたのは、先王陛下です」

戦争で失った人材を補う意味もあったらしい。

「それを否定するなら、陛下に奏上するか、体制の変更を望む書類を整えて議会に提出してください」

叶うかどうかの保証はしないけど。

「正式な手続き無しに不満を口にしていると、王族批判になりますよ。そうですよね、アロガント殿下」

「――――！」

関わるつもりの無さそうな第三王子に話を振ってあげたら、すっごい嫌な顔をしたよ。ポーカーフェースは苦手みたい。王家が決めた事についてなんだから、他人事じゃないでしょう？

他の侯爵令息達みたいに、様子見だけでは居させてあげないよ。

「ふむ、確かにノースマーク令嬢の言ったことは、間違っていない」

そうでしょうとも。

貴族含めて下に見てる王子は、心情的には向こう側かもしれないけれど、五百人以上の貴族子女が集ったこの場で、それを口にはできないよね。そのくらいの分別はあるらしい。

「私、貴族は人々の規範となる姿を示さなくてはならないと、学びました。下位者に身分を振りかざすようでは、とても規範となれるように思えません。先程、アロガント様もおっしゃったでしょう？　才能のない、血筋だけの貴族では駄目だ、と」

「――!!」

「王子はとても大切な事を教えてくださいました。人の上に立つ者として、この学院で多くを学び、たくさんの知己を得、上位者として相応しい〝格〟を身に付けましょう」

面白くなさそうに顔を歪めているのを見て、少し溜飲が下がりました。

これで、表向きにくらいは下位者への横暴が収まってくれるといいのだけど。

「それから、ビーゲールさん」

私が彼に近付くと、囲みがさっと割れる。第三王子を引き合いに出すような女に意見しようなんて気概があったなら、こんないじめみたいな真似はしてないよね。

「貴方は、学院の入学が許された事をもっと誇ってください。それがどれほど困難であったかは、貴方が一番ご存じでしょう？」

先王陛下の代から学院に平民枠が創設されたと言っても、その道程は当然優しくない。

枠は最大で十名。

狭き門に加えて、入学者がゼロになる年も珍しくない。それだけ過酷な試験が課せられる。彼が大商会の後継候補だからといって、考慮される筈もない。

「ここにいる時点で、貴方が文武共に高い水準にあるという証明です。国の礎になれると、試験官となった先生方が保証してくれているのです」

実力主義の第二王子派閥なんかは、手薬練《てぐすね》引いて待ってると思うよ。

「貴方も、実力で身分差を覆すくらいになってください。後に続く方々の指針になってください。貴方は商会の後継候補であっても、優秀さを証明し続けなければ外される。そんなふうに鎬を削る大商会の教育を乗り越えてきたのでしょう？　ですから、そのくらいはできると信じています。それができたなら——お友達になりましょう」

差し出した手を握り返すこともできず、ビーゲールさんは面白いくらいにきょとんとしてました。

でも、お友達になって、商会へ融通を利かしてくれるって、信じてるよ。

「レティって、いろいろ狡いですよね」

それ、どういう意味かな、オーレリア？

研究室

学院に入って、しばらくの時が流れました。

この間、何もなかったと言うか、何をする余裕もなかったと言うか、ひたすらテストを受けていたら時間が流れていった。

いやいや、甘く考えてたよ。

テストを受けるだけって、その数を忘れてました。二百を超えるものだから、拷問にしか思えなかった。緊張したのなんて最初だけで、後は解答欄を埋めるだけの作業が延々と続いたね。

普通は時間をかけて計画的に受けるんだけど。

講師試験を受けようと思ったら、とにかくテストの群れを終わらせないと先へ進めない。途中まではオーレリアが付き合ってくれて、お互いに励まし合いながら立ち向かえたけれど、一月も過ぎると孤立無援。

黙々と作業をこなしていたら、いつの間にやら秋が深まっていました。

後に続くカミンの為にと、入学前から必修科目のテストくらいは外部で受けられるよう制度改正の意見書を、テストと並行して書いてた私はバカなんじゃないかと真剣に思ったね。

苦難の時間もいつかは終わる。

何とか学院講師試験も乗り越えて、自分のスペースを手に入れました。学舎のフロア、丸々一つ分。前世感覚からすると広過ぎる気がするね。でも、学舎は団地みたいに似た建物がいくつも並んでいるから、これでもほんの一部だよ。

私がテストに追われている間に、フランが準備を進めてくれていた。おかげで生活用品や書籍、仕事道具はその日のうちに運び込まれました。従者が優秀だと楽でいいね。

講師と言っても、求められるのは二～三単位分の授業を受け持つか、独自学習成果を年一回提出するかの二択。教師のアルバイトか、研究室の開設かってところかな。立場的には学生のままなので、課せられる最低限は緩めだね。

私が選んだのは後者、〝素材活用研究室〟始めました。

学院に正式に登録してあって、学生や教師が興味を持ったら訪ねて来られる。話が合うなら、共同研究者として受け入れもできるんだって。

未成年の研究なんて夏休みの自由研究レベルだろうと、参考にお父様の成果物を探してみたら、辞書みたいに分厚い行動経済学の本が出てきて、ビビったよ。

ちょっと気合い入れて取り組まないと、ヤバいみたい。

最初は魔法の研究がしたかったんだけど、フランに止められました。

「お嬢様の魔法は公開できるのですか？」

うん、無理だよね。

ビー玉の作り方、とか提出したら世界のエネルギー事情を揺るがします。で、内容は、手に魔力を集めてギュッとしたら固まります…とかだからね。何の参考にもなりません。

これまで通り、オリジナル魔法開発は裏でこっそり頑張ろう。

素材活用——要するに、魔力を通すと色が変わるだけの糸から強化魔法練習着を作ったみたいに、何か面白い使い方を考えようって試み。

ファンタジーな不思議素材はいっぱいあるからね。

うまくいかなかったら、素材の性質を適当にまとめてでっち上げればいい。

「一般流通している素材なら、学院の出入り業者に発注できます。少し特殊なものを扱うなら、魔物素材を専門とする商会のいずれかと契約した方がいいでしょうね」

今日は、オーレリアを招待して意見を訊いてみた。

不思議素材は魔物に多い。彼女は素材の原形、魔物を狩る側でもあるからね。最近では魔物間伐部隊なんてものに出入りしてるらしいから、倒した後の処理についても詳しいかな、と。

「確か、郊外に解体工房を所有してるんだっけ？」

魔物専門の屠畜場みたいなものかな。基本的に食べないけど。

解体後、残りの部位や血は焼却処分するらしい。魔物は毒性部位を持っていたり、特殊な臭気を放ったりするので、人家の近くには建てられない。そこで、魔物のいる森や山の近くに建設して、回収の手間を省くんだって。

「ええ、私達は魔物討伐で精一杯ですから解体の余裕はありませんし、病原菌や感染症も怖いので専門の商会に任せます。冒険者でも、討伐量が多いパーティーは予め契約しておく場合が多いそうですよ」

「どこかお薦めってある？」

「……すみません。解体するところを見る訳ではありませんし、素材や売却費用が部隊に支払われるだけですから、違いまでは分かりません。」

そりゃ、そうかな。

オーレリアも貴族令嬢。血腥《ちなまぐさ》い解体現場までは立ち入らないよね。

「でも、納品される素材の品質に特別違いがあるなんて話は聞きませんよ」

「それなら、何処を選んでも大きな差はないかな」

「特殊な素材が必要なら、冒険者に採取を依頼した方がいいと思います。間伐部隊が魔物生息地の奥まで立ち入る事は稀ですから」

今のところ、そこまでの予定はないかな。

量産前提で考えないと、ただのお嬢様の道楽になっちゃうしね。

「言っておきますが、お嬢様。ご自分で獲りに行こう、なんて考えないでくださいね」

でっかい釘を刺された。私、まだ何も言ってないよ？

「レティなら強力な上位種でも倒してしまいそうですけど、それらの生息域まで行くのは、専門家でも大変ですよ？」

二人共、私を何だと思ってるの？

ファンタジーの定番、冒険者に憧れなくはないけど、それは倒した魔物がファンファーレと共に素材を残して消える場合だけだよ。

獣道を延々歩く元気はないし、血塗れになりながら魔物をばらす気力も湧いてこない。

お肉と同じ。

私のところに届くのは、専門家が綺麗に処理してくれた後でいいかな。

そもそも、モヤモヤさん濃度が濃くて、私には黒くしか映らない森なんて近付きたくもないんだよ。

「でも、冒険者ギルドには情報収集に行ってみたいかな。オーレリアは行った事ある？」

「王都では、ないですね。領地にいた頃は、何度か足を運びました」

「これから行ってみない？」

「ごめんなさい。私、この後、カラム共和国語の講義なんです」

ああ、あの発音が大変なやつか。

「そう言う事なら、冒険者ギルドへ行くのはお嬢様も後日にしましょう」

冒険者ギルドに行くならオーレリアも一緒と、何故かフランが主張するので日を改める事にした。

あれ？　私、フランに信用されてない？

冒険者登録するつもりとか思われてそう。

もしそのつもりだったとしても、この場合、オーレリアは抑止力になるのかな？


お茶を飲んだら、オーレリアは行ってしまった。

まあ、私もできる事から始めよう。

「フラン、魔物素材の取扱業者に、面会依頼を出しておいて。念のため、商会二つはあたってみましょう」

「かしこまりました」

「それから、アルドール先生の予定の確認をお願い。研究を始める前に、改めて挨拶をしておきましょう」

アーキル・アルドール先生は、魔物素材の同定を主な研究テーマとしている。

今後、相談に乗ってもらう事もあると思う。魔物性質学のテストで一度挨拶はしているけれど、同じように素材を扱うのだと、報告は入れておこう。

都合良く、この時間の講義はなくて空いているそうなので、早速フランと向かう。

「――お嬢様」

途中、フランが低く告げた。

探知魔法がない私も、すぐに異常に気が付いた。

学院が開始したばかりで講義が盛んに行われるこの時期、廊下を歩く気配はひどく目立つ。

「前から五人、後ろに六人、少し離れた場所にも二人、いずれも男性です」

「偶々通りかかった可能性は？」

「ありません。明らかに時機を計る気配があります」

やっぱり。

私やオーレリアのように、多くの選択科目を学習済みの生徒は意外に少なかった。なら、講義中の時間に手空きな人が集まったにしては多過ぎる。

「じゃあ、思惑に乗ってあげましょう」

「宜しいのですか？」

「ええ、今後似た事が起きても面倒だから、しっかり対処しておかないと」

私達が待つ事しばらく、十一人の男達がいやらしい笑みを隠しもせずにやって来た。いや、隠してないのは汚い顔だけじゃない、胸の紋章もそのままだった。
良からぬ事を考えた連中が名札付きで現れるとか、何の冗談？

撃退

「何か御用ですか、ラミナ様」

前方組の中心らしい男性に、一応、用向きを聞いてあげると、何人かが明らかに狼狽《うろた》え始めた。

話が違うと顔に書いてある。

もしかして、紋章を堂々と晒しながら素性を隠してるつもりでいた？　胸に紋章を入れるのを、ただのファッションとでも思ってるのかな？　容姿や身体的特徴以上に証拠能力高いんだよ？

彼等と挨拶した覚えはないから、白を切れば逃げ果せるとでも考えてたのかもしれない。だけど、伯爵家二人、子爵家五人、男爵家四人、もう全員覚えたよ。

「侯爵令嬢様に家名を知られているなんて光栄だね。流石、博識でいらっしゃる」

「入学早々、講師試験まで受けるくらいだ、出来の悪い我々なんて視界に入ってないと思ってましたよ」

後方の中心はツウォルト子爵令息。長男とは先日挨拶したから、次男か三男かな。朴訥そうだったお兄さんとはまるで似てないね。

現在進行形で、視界に入れたくないとは思ってるよ。

「私が誰か知らないという訳ではないようですけれど、こうして大人数で囲むだけで、こちらは恫喝されたと見做せるのはご存じですか？」

恫喝罪に当たる例として、きちんと規定されている。

「アンタが侯爵様や学院に報告すれば、そうなるかもしれませんが、ね」

「そんなふうに口先はご立派な御令嬢でも、ちょっと痛い目に遭ってもらうと大人しく口を閉ざしてくれるんですよ」

ニタニタ笑いながら暴力を仄めかす。

全員がそこまで覚悟を決めてる訳じゃないだろうけど、少なくとも中心の二人は素性を知られても被害者の口を封じて凌ぐ気らしい。

まあ、丸太のような太い腕、見上げるような体躯でもって、獰猛《どうもう》な獣っぽい顔で睨まれたら、普通の女性なら何も言えなくなってしまうかもしれないね。

「淑女としてはこういう時、悲鳴くらい上げた方がいいのかな？」

「向こうを付け上がらせるだけかと。それに、お嬢様にか弱い振る舞いは似合いません」

それもそうかな。

さっきのラミナ伯爵令息の口振りからすると、こうして令嬢を脅すのも初めてじゃないみたい。

そんな奴に弱さを見せるなんて、無いよね。

大体さっきから視線が気に入らない。

嗜虐的な目で私を見下しているのに、フランの胸を見る時はだらしなく緩んでる。イラッとするよね。

フランが汚れるから、見ないでよ。

「いやいやご立派、強がるね。それとも、助けが来るとでも思ってます？」

「カロネイア嬢が講義に出ていて、来られないのは確認済みですよ」

「折角の護衛と離れて行動するなんて、危機感なさ過ぎでしょう。学院なら大丈夫とでも？」

え？

今、何と言いました？

護衛？

もしかして、オーレリアが？

友達と行動してたら、私の護衛だと思われてたの？

吃驚だよ。

思わず後方のフランを確認したら、彼女もきょとんとしてた。普通に友人付き合いしてたつもりだからね。

この件は、後で状況を確認した方が良さそう。

侯爵令嬢《わたし》が伯爵令嬢を護衛として使っているなんて誤解が広まったら、どんな弱みを握られたのかとカロネイアの名前に傷がつく。私としても、友人を護衛だなんて思われたくないしね。

意外にも、盲点に気付かせてもらった訳だけど、もういいかな。

いい加減、不快だし。

知らない男十一人に囲まれる。

前世だったら、こんなに怖い事もなかったと思う。男達に悪意がなかったとしても、震えて顔も上げられなかったかもしれない。

従者にお世話されるのが当たり前で、ペンより重い物を持つ事が少ない私の腕は前世より細いくらい。

でも、この細腕を頼りなく思った事なんて一度もないんだよ。

「死なないように、気を付けてくださいね。手加減とか、考えた事ないので」

警告だけしてあげて、前へグッと踏み込んだ。

不意を突いたつもりはなかったけれど、フラン以外は誰も反応していない。構わず伯爵令息の二重顎を突き上げた。

——ところで、実は私、強化魔法を習得していない。

私のラバースーツ魔法は、あくまでもモヤモヤさんを漏らさない為の独自の工夫。魔力を体の内に留めて活性化させる強化魔法とは、似ているだけで実際のところ細かい点が違う。

ラバースーツ魔法でも身体機能が強化されるのは、使う私のイメージに影響を受けた副次的な作用なのだと最近知った。

魔法の事を何も知らないまま作ったオリジナルなので、イメージはＳＦに登場するパイロットスーツやヒーロースーツ。体を覆うだけで良かったのに、余分な要素が追加されている。

だからこの魔法、本気で使うと私を超人に変える。

打ち上げられたラミナ氏は天井に激突、逆V字軌道を描いて廊下に墜落した。

「へ⁉」

驚いてる暇、ないよ。

続けてツウォルト氏を攻撃するべく、距離を詰めたつもりの私だったのだけれど、目測を誤って体当たりになった。カッコ悪……。

私とぶつかった子爵令息は、周囲にいた二人を巻き込んで廊下の端まですっ飛んで行ったよ。知恵の輪みたいに縺れ合ってて、ちょっと引く。

オーレリアみたいに華麗に舞うのは難しいね。

どうしても、イメージと実際の動きが乖離してしまう。彼女みたいに、毎日鍛錬積んでる訳じゃないから仕方ない。私の場合、最低限の自衛で十分だからね。

「ば、化け物⁉」

失礼な事言って二人ほど逃げた。

逃がすと思う?

フワリと跳躍して回りこむ。

ラバースーツ魔法発動中なので、周りからは矢のように跳んで見えたかもだけど。

「お嬢様、あまり無防備に跳び上がられると、スカートの中が見えますよ」

あ、しまった。

私は少年漫画の主人公じゃない。貴族令嬢は気品が大事。

でも、まあ、記憶が無くなるくらい殴れば、問題ないよね。

尋問

制圧には三分もかかった。

記憶を削除する工程は余計だったかもしれないね。思わずカッとなってしまったよ。

彼等と会う事は二度とないだろうから、そこまで気にする必要もなかったかもね。

暴力をにおわせたのは致命的。

貴族の世界に未遂はない。侯爵令嬢《わたし》が証言した時点で、暴行犯として処理される。余罪もあるみたいだし、学院警備隊も容赦はしないだろうね。何人かは今回が初犯かもしれないけど、聞き届けてくれるかどうかは怪しいね。上位者へ悪意を持って行う犯罪はそれだけ重い。被害者側の過剰防衛なんて、一切問われないくらいに。

だから、普通はこんなアホな企てに関わらない。

退学は確定。

この国、犯罪に未成年である事は考慮されないから、確実に実刑。

その後は家の対応次第かな。高確率で放り出されるだろうけど、甘やかす親もいるからね。

だからこそ、気になる事がある。

「どうして私を襲う計画に加担したのでしょう、イジュリーン・アートテンプ様」

アートテンプ男爵家と、ツウォルト子爵家、この二家はノースマークの傘下貴族。私への敵対行動なんて、あり得ない筈だった。

後者は当主候補じゃないみたいだし、侯爵家との関係を聞かされていないか、聞いても理解できる頭を持っていなかった可能性がある。

だから今は放っておいて、イジュリーン様に問いかける。

「ヒッ⁉」

短い悲鳴を上げて後退ろうとしてるけど、足、折れてるよ？

ちなみに、五年前、傘下貴族を集めた会合に連れて来られていたから、彼とは面識がある。なのにここにいるなんて、私が幼くて覚えていないだろうとでも思ったのかな。彼も紋章付きだから、逃げられる余地は初めから無かったけど。

尋問の為に、顔が二倍くらいに腫れるだけで済ませたんだから、答えてよ。

何なら、続きはフランに代わろうか？

見た目からは分かりにくいけど、私を害そうとしたあなた達に、完全に切れてるから命の保証はできないよ？

「だ、第三王子に婚約拒否されて、立場を無くしたから、何かあっても侯爵様は助けないだろうし、傷物になっても捨てられるだけだろうって……」

何、それ。

お父様が私を見捨てるなんて、ある訳ないじゃない。

そんないい加減な事、誰が言ったの？

「……アルバロ……、ツウォルトが……」

廊下の向こうで縺れてる物体を見ながら答える。あれ、アルバロっていうんだ。

つまり、ソースの信用ゼロって事ね。

「そんな不確かな情報で、侯爵家を敵に回す可能性を考えなかったのですか？」

「普通の方法なら無理でも、傷物になったと噂が立てば、ぼ、僕でも手に入るかもって……」

は⁉

私に恋慕《れんぼ》してたの？

妄想拗《こじ》らせて、こんな事仕出かしたの？

五年前、私七歳だよ？

普通に気持ち悪い。

後で慰める側に回るならまだしも、それで暴行側に回るとかアホでしょ。知らない人に弱みを見せるなんてしないから、どっちにしてもあり得ないけど。

「その不愉快な方法は、貴方が考えたのですか？」

「い、いや違う！　トリスの奴が、そうアドバイスしてくれて……」

それってアドバイスなの？

トリス？　伯爵子息のトリス・ドライアかな？

入学歓迎会で挨拶した覚えはあるけど、ここにはいない。

「そのトリス？　さんが、貴方の為にこうして人員を集めたのですか？」

「いえ、話を聞いていたアイディオ……ガーベイジ子爵の長子が、知り合いに声を掛けてくれたんです」

ガーベイジ。意外な名前が出て来たよ。

あの時、車から姿を現さなかった息子だよね。車窓越しの顔しか知らなかったけど、ここに姿はない。

「念の為に確認しますが、父君、アートテンプ男爵はこの件をご存じで？」

「いや、父は何も知らない。僕が勝手に動いたんだ。どうしても君が欲しかったから。父は今後の為に侯爵家との関係を築けと言っていたけど、君と一緒になれるなら、きっと家の為にもなると思って……」

計画では、私はお父様に見捨てられている筈なのでは？　万が一、そんな私が手に入ったとして、どうして家への貢献になると？

この人の夢世界、随分都合良くできてるみたいです。

父親の方はまともそうで少し安心した。ツウォルト子爵の長男も普通に見えた。身内にバカがいただけで、傘下の振りして裏で企みがあった可能性は低いかな。

それなら、お父様の心労が少し減る。裏切りじゃないなら、他の貴族まで疑う事態は避けられそうだからね。きっと、でっかい釘は刺すだろうけど。

「僕はただ、貴女の隣に並びたかっただけなんです。アロガント殿下が望まないなら、僕が願います。どうか、僕の手を取ってください。きっと父も喜んでくれます。領民も祝福してくれるでしょう。僕達の幸せな姿を見せれば、侯爵だって、きっと分かってくれる筈です」

はぁ？

何？　この独りよがり劇場。

尋問したかっただけなのに、なんで妄想垂れ流されてるの？

この期に及んで、望みが成就する可能性があるとでも？

いや、これ以上付き合っていられない。

尋問対象を完全に間違えたよ。向こうで絡まってるツウォルトを叩き起こせば良かったかな。言葉が通じる様子じゃなかったけど、恐怖で心を折ったら案外素直に喋ってくれたかもだしね。

これ、叩き過ぎておかしくなった——訳じゃないよね、どう見ても。

いや、私だって、誠意をもって告白してくれたなら、誠意で返すよ？

前世があるから、身分差もあまり気にしていない。お父様達にあんまり迷惑はかけたくないから無茶はできないけれど、いよいよとなったら取れる手段もいくつかはある。

政略結婚を受け入れるつもりもあるけど、恋愛に対する憧れだって人並みに残ってる。

だけど、これは論外。

普通の十二歳の女の子だったら、トラウマものだよ。

「それ以上は結構です！　貴方はただの犯罪者。二度とお会いする事もないでしょう」

「そんな、助けていただけないのですか⁉」

逆にどうして助けてもらえると思ったの？

「貴方の妄言に付き合うつもりはありません。暴行を企む複数人に囲まれて、その中に傘下貴族の子息が紛れていた。ここで在った事象はそれだけです」

「待ってください！　僕にそんなつもりは――」

「――それ以上囀《さえず》るなら、強制的に黙らせましょうか？」

「ヒッ⁉」

拳を突きつけたら静かになりました。

散々殴られた恐怖は忘れてなかったみたい。

どっと疲れたから、さっさと警備隊に引き渡して終わりにしよう。

残った疑惑

結局、警備隊の尋問でも、新しい事実は出てこなかったらしい。

強いて挙げるなら、学院の一角に連中が確保したフロアがあって、そこに私を監禁するつもりだったってくらいかな。学院には施設管理者がいるんだけど、お金と権力で黙らせていたらしい。

アートテンプ男爵令息がきっかけとなって、ラミナ伯爵令息とツウォルト子爵令息が人手を集め、私を襲撃しようと目論んだ。そう結論付けて、法に則って処罰すると聞いた。

私としても、彼等には二度と関わりたくないので、そこに否はない——んだけど……。

「お嬢様、お茶が冷えますよ」

オーレリアを招待したお茶の時間でも、先日の事件について考えてしまっていた私を見かねて、フランが口を挟んできた。

おっと、もったいない。

私の好みは甘く香るフレーバーティー。あんまりゆっくりしてると、折角の香りが飛んでしまう。

「まだ先日の件が気になりますか？」

「まあ、ね」

「レティが気にするだけの理由があるんですね」

オーレリアも気にかけてくれてたみたい。

「過去の監禁事件についても白状したらしいけど、被害者は男爵令嬢が何人かと、子爵令嬢が一人だけ。万が一の場合でも、権力で黙らせられる相手を選んでたと思う。夢見がちなボンボンはともかく、チンピラ達はそのくらいの警戒心を持っていた訳でしょう？」

少なくとも、数年に亘って明るみに出ないだけの工作はしてあった。

「なのに私を狙ったのは、リスクが高過ぎると思って」

先生方が上位貴族子女の動向には常に気を配っているし、日中出歩けば声をかけてくる生徒に事欠かないくらいに、私は注目されている。私が姿を消せば、その日のうちに大騒ぎになる。変な噂があったとしても、お父様の意向に関係なく、教師も周囲も侯爵令嬢が事件に巻き込まれた可能性を放っておけない。

過去には王家の血も入った、国に四家しかない侯爵位はそれだけ重い。

「結局、彼らがリスクを踏み越えたのは、ある噂を聞いたから」

「第三王子に婚約拒否されたお嬢様を旦那様が見捨てたという、あれですか」

「そう。いろいろと突っ込みどころがあるのに、連中がこれを真に受けたのはバカだったからって事は間違いないよ。でもこの噂、結局出所がはっきりしないでしょう？」

十一人全員に詰問してみたけど、お互いの名前を挙げるばかりで、他に広がっている様子はない。

追加で名前が出たのは二人だけ。

トリス・ドライア伯爵令息とアイディオ・ガーベイジ子爵令息。

後者は連中の顔つなぎをしたらしいので、警備隊がかなりきつめに問い質したと聞いた。碌な情報はなかったみたいだけど、車に隠れて出ても来られなかった性根で警備隊の聴取に耐えられるとは思えない。だから証言に嘘はないと思う。

問題はもう一人の方。

「ドライア伯爵……第三王子派閥ですよね」

オーレリアも、私と同じ懸念に至ったらしい。

「イジュリーンとは元々友人で、相談されて意見しただけ。共犯と呼べるほど関わってないから警備隊も強く出られなかった」

警備隊も、薄い根拠で貴族を相手にして強気には出られない。彼等の多くは爵位を持たない貴族籍の三男、四男。せいぜいが騎士爵くらいまでなので、職責を超えてこの件を捜査するには身分が足りない。

それに、今回程度の関わりではお父様が出張ったとしても、ドライア伯爵家の責任追及は難しい。

「唆したのは間違いないのでしょうけれど、白を切られると、どうにもなりませんね」

「うん。ドライア令息とは一面識しかないから恨まれる覚えはないし、家同士も接点は少ない。正直、動機に見当が付かなかった――けど、第三王子の意向があるなら話が変わるよね」

この間、虚仮にしたところだからね。

「その仕返しとしてお嬢様を襲うように仕向けるだなんて、行き過ぎではありませんか？」

「面目を潰した訳じゃないけど、周りに頷くばかりの人だけ置いてるなら、さぞかし衝撃だったんじゃない？」

「実は、あれから周囲の反応が変わってきているんです」

オーレリアが言うには、私が最短で講師試験を受けた噂が広がって、第三王子には見る目がないとさらに立場を無くしてしまっているらしい。それに、私がやり込めてしまったものだから、第三王子を軽視するような発言まであるんだとか。

で、そのヘイトは私に向かう訳だね。

いなくなってしまえばいい、と。

行き過ぎだろうと、突き通せてしまう立場の人だからね。

今のところ接触はないけれど、第一、第二王子側にノースマークが付くのは不味いから、今のうちに私を排除したい…なんて思惑もあるかもね。

「それに、騎士教練の試験も受けましたよね？」

「もう、一か月くらい前になるのかな」

「その時に強化魔法を使いこなしていた様子が知られて、文武共にレティの実績を疑う者はいません。私と自主訓練しているところも隠していませんから尚更です」

あー、試験の連続で頭が沸いてて、オーレリアの誘いに飛びついたヤツね。息抜きが嬉しくて、ラバースーツ魔法の加減を間違えた時だ。

「それも噂になってきていますから、まだ私がレティの護衛だと思っている人は減ってきています」

誤解でオーレリアに迷惑が掛かってないなら良かったよ。

「その噂を先日の輩は知らなかった訳ですから、情報操作されていたのでしょうか？　元々素行が悪くて浮いていたそうですから、お嬢様の噂から隔離するのは難しくなさそうですよね」

男尊女卑がまかり通る世界だし、私が強化魔法を使うと知っても、女性に負ける筈は無いって思い込みで襲撃は起きたのかもね。特に主犯の二人とか。

「それができるのは比較的身近にいた者、だよね」

つまり、第三王子の息がかかった可能性が高いトリス・ドライア伯爵令息。

「明確な証拠がある訳じゃないけど、そんなに間違っていないと思う。フランは覚えているでしょう？　襲撃に加わった十一人以外に、近くにもう二人いた事」

「……そう、でした」

フランの索敵に間違いはない。

はじめは見張りだろうと思っていたけど、捕まった連中からそんな話は出ていない。警備隊にも確認したけど、駆け付けた際には見当たらなかったと聞いた。

「逃げただけなら事情聴取で名前が挙がった筈だよね。それがないなら、連中は離れていた二人を知らなかった」

「前後に分かれていた襲撃犯の、それぞれ一定の後方に控えていましたから、偶然居合わせた可能性は低いと思います」

残念ながら視界に入ってこなかったから、後に回して他を片付けている間に消えていた。捕まえて尋問しておけば、今こうして悩まずに済んだのにね。

「あの二人が何の為にって考えたら……、まあ、襲撃を見届ける為だよね」

「唆した本人か、顛末を報告する人間、ですよね。暴れるお嬢様をどこまで確認できたかは分かりませんが」

まあ、ラバースーツ魔法解放状態の私を見たら、普通はすぐ逃げるよね。

王子本人が確認に来るとは思えないから、代わりに人を遣ったとかあり得そう。

結局、私一人であっさり解決してしまったから、これも噂になって王子の肩身はまた狭まるんだろうけど。

これで諦めてくれたらいいけど、力尽くが駄目なら別の方法を考えるとかしそう。

物理的に私をどうにかできるとは思えない。それでも後ろに王子がいるなら、権力的には向こうが有利なんだよね。思い通りにならなかった事が少ないだろうから、その分諦めも悪いのかな。

あんまり面倒な事にならないといいな。

掃除機を作りたい

第三王子の動向は気になるけれど、今のところできる事はない。

基本的には専守防衛。場合によってはやり返すかもだけど、私から事を大きくするつもりはないよ。

何もないなら、研究室生活が私の日常。

午前中は領から送られてきた書類に目を通す。

テストを受けている間に強化魔法練習着関係は随分進んでる。試作タイプの生産体制は整って、もうすぐ侯爵領騎士団での試験運用が始まるらしい。今回はそれに先立って、練習着の運用マニュアルが届いているので目を通してゆく。

全身タイツを着て、誰かに監督してもらうか、鏡見ながらタイツの色が均一になるように魔力を通していくだけだから簡単だよね――なんて訳にはいかない。使用上の注意点が嫌になるくらい羅列されてたよ。侯爵領《ウチ》の文官、優秀過ぎだよね。ノリだけで作って、タイツが伝線した時に生じる魔力混線による発熱の可能性とか、気付かない愚かなお姉ちゃんでごめんね、カミン。

昼はオーレリアと一緒に取ることが多いけど、今は王国軍の演習でカロネイア伯に付き添って王都を離れている。

仕方がないのでフランと昼食――とはいかなくて、接触してくる子息令嬢と同席して適当に話を受け流します。お貴族様的に、従者《フラン》は同伴者として見做されないからね。でも、ドレスの流行とか、綺麗な宝飾品の話題って興味ないんだよね。

午後は素材関係の専門書を読み込んでいく。

王立図書館や王城資料館、魔塔資料室、学院図書室、アルドール先生の個人資料と、読むべきものには事欠かない。

テストが終わったのにまた勉強。頭を休ませる予定はどこにも見当たらないけど、自発的に見識を増やしていると思うと精神的には余裕ができるよね。

この世界の文明は、電気の代わりに魔力で支えられている。

きっかけは三百年前に発明された魔導変換炉。それまでは自前の魔力か、魔物を倒して採取する魔石からしか得られず、供給が不安定だった状況を一変させた。

この発明の画期的な点は、魔力を取り出す対象でしかなかった魔石を、周囲の魔素を取り込む触媒として活用した点。魔物の体内に魔石があるのは、魔素を収集して魔力で体組織を変質させる為。

人はその魔石を回収して電池みたいに使っていたのだけれど、天才ロブファン・エッケンシュタインは魔道具によって魔物の持つ魔素収集機能を再現した。

で、どうして私がこの世界の基幹技術について調べているのかって――これを利用したら、モヤモヤさん掃除機が作れるんじゃない？

魔導変換炉は残念ながら小型化ができなかったらしい。加えて、触媒としての機能を持たせられるのは、竜種や幻想種といった高位魔物からのみ採れる最高品質の魔石に限られる。その為、どうしても設置できる数に限界があった。

現在の魔導変換炉は国内に七施設だけ。

行き渡らせられない場所には、魔石より許容量の大きい魔力充填装置に貯蔵して配送しているらしい。

私が求めているのはインフラを満たす大規模エネルギー供給じゃなくて、生活圏にあるモヤモヤさんの消失だから、魔石の質を落として似た魔道具を作れば目的を満たせるんじゃないかな。

魔導変換炉が移動できれば、王都のモヤモヤさんを一掃できてただろうにね。

行く先々で広範囲掃除箒〝ウィッチ〟を抜いて、こっそりモヤモヤさんを掃除するのは大変なんだよ。ル〇バみたいな全自動ロボットタイプとはいかなくても、持っているだけで視界を綺麗にしてくれる便利道具を作りたい。

ちなみに私の箒、〝アーリー〟は対象指定型、〝ウィッチ〟は近距離広範囲型、〝リュクス〟は遠距離対応及び高出力型、それぞれ特徴が違います。使い道を混同するより、別けた方がイメージを補強できるみたい。

「お嬢様は、また影響の大きい事を考え始めましたね」

フランに相談したら呆れられた。

何でさ、掃除機を作りたいだけだよ?

「魔導変換炉以外に魔素の利用は例がありませんから、成功した場合には間違いなく国家規模の事業になります。流石に、侯爵家に留めておける技術では終わりません」

おおぅ……。

「もっともエッケンシュタイン博士以来、多くの研究者が取り組みながら成功に至ってはいませんから、極めて困難な課題になると思います」

うーん、魔力を電気に置き換えて考えたからか、何となく見方を変えれば何とかなるような気がしてる。

電気だって、タービンを回して機械エネルギーを変換するもの、化学反応エネルギーを抽出したもの、光起電力効果による太陽電池、さらには静電気なんてのもあった。前世の知識をそのまま利用はできないけれど、参考としては頼りにできる。

まして私はモヤモヤさんが見える。人の知らない魔素の性質を調べれば、新しい事も始められるしね。

うまくいかなくて詰まったら、その時また改めて考えればいい。時間も予算も潤沢だしね。

「それほど大袈裟に考えなくても、可能性の提起や実証実験だけでも研究室の成果にはなるんじゃゃない？　思い付きや失敗から別の切っ掛けが生まれる事もあるし、とにかく動いてみよう」

「では、過去の似た研究テーマの資料を集めますか？」

「それもいいけど、まずは魔導変換炉の見学に行きましょう！」

「……変換炉の構造や設備概要は、今ある資料でも情報は十分ありませんか？」

うん、それはさっきも読んだ。

でも私が見たいのは、モヤモヤさんの挙動。それから、ファンタジーなエネルギーシステムをこの目で見たい。

ノースマークの領都近くにもあるのだけれど、残念ながら訪ねる機会に恵まれなかった。自発的に行動しないと、インフラ施設なんて見た事なくても生活できてしまうからね。

「言ったでしょう。思い付きから得られるものもあるって。本はたくさんの事を教えてくれるけど、経験に勝る財産はない。たとえ何も得られなかったとしても、得るものがなかったって情報は、きっと無駄にはならないからね」

「……かしこまりました。手続きをしておきます」

「うん。それから、見学当日はお弁当の準備をお願いね」

「……はい？」

そこで、何で？　って顔しないでよ。

遠足にお弁当は付き物だよね。お出かけ先でいつもと少し気分を変えて、フランのサンドイッチ、食べたいしね。

ファンタジー施設見学会

魔導変換炉見学の許可はあっさり下りた。

普通は管理担当以外の人間、ましてや貴族が立ち入る場所じゃないけれど、侯爵令嬢が望めば、周りが勝手に忖度《そんたく》してくれる。いい顔しない人もいるだろうけど、ここは気遣いと思って乗らせてもらうよ。

変換炉は王都の東、海側にある。

原子炉みたいに危険をはらむ訳じゃないから、住宅街からそれほど離れていない。学院寮からでも、王都邸で手配した車を使えば一時間もあれば行ける。近いので、空間魔法で座席を広げなくてものんびりできた。

「少し気になっているのですが、お嬢様。魔素変換の魔道具を、変換炉がある王都にいる間に作っても活用する機会がないのではありませんか？　王都の外に実験施設を造りますか？」

道中、フランが疑問を口にした。

私にとっては掃除機、表向きは魔素変換装置。用途から考えると魔素のないところでは使い道がない——その当たり前の認識に、私はぎょっとした。

そうか、魔導変換炉はそこまで高性能なものだと思われてるんだ。

モヤモヤさんが見えるせいで効果範囲がはっきり分かる私には、決して無い誤解。フランに限らず、これが一般的な認識なんだと思う。天才が造ったものだから、世界の在り方を一変させたものだから。思い込みで事実から引き離されてる。専門機関が行う魔素量の測定も街中では行われていないから、情報の更新が無いんだね。

これは私にしかできない事、割とあるかもしれない。

ゆっくり走る車内から流れる景色を眺めていると、町の様子がふっと変わった。

線を引いたみたいに一定の場所からモヤモヤさんが無くなった。気のせいだろうけど、空気がおいしいとさえ思ってしまう。

わー、凄い。

気分が上がる。

侯爵邸《わたしんち》以外でこんなにモヤモヤさんが無いところ、初めて見た。

王都にいる間、ここに住みたい。

海側を見ると、巨大な建造物が視界に入る。

沿岸部から海へはみ出すように造られたドーム状。それが四つ、団子みたいに連なっている。光を取り込む為か、東側はガラス張りでキラキラ輝いて、エネルギー機関と言うよりレジャー施設みたい。

建物と一緒に目に入ったのは、ズラッと並ぶ管理職員。車のスピードは遅くて、到着まではもうしばらくかかるけど、きちっと整列して迎えてくれている。忖度効果、凄いね。

「ようこそいらっしゃいました、スカーレット・ノースマーク様」

代表して挨拶してくれた髭のおじさん、シドニー・エジーディオ子爵がここの管理責任者となる。お偉いさんだけど、身分的に私の対応を任せられる人がいなかったんだろうね。彼の上司、魔力供給省大臣は現場には来ないだろうし。

エジーディオ所長の案内で施設に入る。

最初に入ったのは綺麗に整えられた応接室。まあ、お嬢様をいきなり施設内には連れて行かないよね。

「学院に入学されたばかりの御令嬢をご案内するとは思っておりませんでした。学院の課題、と言う訳ではないのですよね？」

「急な依頼を引き受けていただいて、感謝しております。申し訳ないのですが、個人的な興味です。魔道具について学ぶのにあたって、世界で最も偉大な発明の現物を見ておきたいと思いまして」

「おお、それは素晴らしいお考えです。私もここで働かせていただいて、エッケンシュタイン卿の凄さを日々感じさせてもらっております」

それからしばらく、魔導変換炉がどう優れているのか、滔々《とうとう》と聞かせてもらった。資料を読んで知っていることも多かったけれど、実地体験も交えた話は楽しい。

この人、法的な条件を満たす為だけの責任者じゃなくて、所長さん自身がこういう大規模魔道具が好きなんだね。現場の仕事を見てるだけじゃなくて、参加もしてるっぽいよ。

「魔素変換自体に熱の発生はありませんが、中核部分はかなりの勢いで回転しているため、どうしても高温になるのです。この事がきっかけとなって、魔道具ではなく、炉と呼ばれるようになったと聞いております」

「冷却の術式は付与されていないのですか?」

「魔素変換に必要な術式が七つ刻まれております。それ以上の付与はできなかったのでしょう。その代わり、高温に耐えられるよう、芯の部分は竜の骨と鱗で造られています。残念ながら、変換炉の中枢部分ですので、本日はご覧いただけませんが」

「それほど希少な素材を用いたという事は、当時の金属工技術では炉の条件を満たせなかったのでしょうか?」

「それもあるかもしれませんが、魔素変換技術自体、竜から得た最高級の魔石からエッケンシュタイン卿が発想を膨らませたそうです。その流れから、素材として竜を扱うのは当然の認識だったのではないでしょうか」

「なるほど、竜を模して魔素変換を試みたのが始まりだった、と」

竜、か。

私でも簡単に手に入る素材じゃないね。

掃除機作りでも素材の選定は苦労するかもしれない。

「ご存じだと思いますが、ここではドーム毎に四つの魔石による変換を行っております」

「はい、それは学びました。地、水、火、風の四属性で、条件を満たす魔石が手に入る度に拡張されたのですよね」

「そうです。竜や幻想級の魔物はそうそう姿を現すものではありませんから、四属性が揃った変換炉はここと、エルグランデ侯爵領のものだけとなります。触媒の魔石も永遠に使い続けられる訳ではありませんから、簡単に拡張はできません」

そう言えば、昔私が作ったビー玉は新しい魔導変換炉を造る目的で王家が引き取ったらしい。ご先祖様が竜を倒した歴史を捏造して、古くから保管されていた事になってるとか。

随分大事になっているけど、何も知らない一歳児がやった事だから、許してね。

建造が始まった話は聞かないから、例のない無属性の魔石でも変換炉が造れるのか、魔塔あたりで現在検証中ってところかな。

「さて、長々と語ってしまいましたが、そろそろ実際の魔導変換炉へ参りましょう」

私も楽しんでいたからいいけど、ほんとに長かったよ。

案内されていくらも経たないうちに、轟々と水音が聞こえ始めた。

魔力変換炉は水中から魔素を抽出する。

空中では攪拌効率が激減してしまう。実験はしたものの、広範囲の空気を集めるには風魔法の補助が必要になるけれど、変換器にこれ以上の付与が足せない事から断念したと先程聞いた。

見学用の部屋はないから制御室へ入る。

で、がっかりした。

「……何も、見えませんね」

「ええ、中心部分が高温になるものですから、蒸気で常にこの状態です。少々お待ちください、風属性の術師が準備しておりますので」

うん、風魔法で水蒸気を払わないと、設備の監視もできないよね。風魔法術師は必須でしょう。

「ここの魔石は地属性だそうですけど、近くで他の魔法を使っても大丈夫なのですか？」

「はい。膨大な魔素を扱っておりますので、多少の魔法行使で影響はありません」

話している間に準備は整って、十人がかりの風魔法で蒸気を払ってくれた。これだけの規模だから、相当優秀な魔法使いなんだろうね。

「おおぉ――」

感嘆が漏れた。

ドームを逆さまにしたような巨大な受け皿が回転して、海をかき混ぜている。構造も調べたから、連なったドームが丸ごと魔道具なのは知っていたけど、迫力が凄過ぎて吃驚だよ。人工渦潮発生器ですか？

そして、見えた。

水中を漂うモヤモヤさんが中心へ集まっていく。すり鉢状の巨大回転容器の下に、変換炉の中核、魔石を備えた部分があるんだろうね。

試しに手から少しだけモヤモヤさんを漏らしてみると、瞬間的に渦の中心部へ消えて行った。障害物もすり抜けたよ。施設周辺にモヤモヤさんが見えない訳だね、範囲内の魔素を呑み込み続けているんだ。海や川みたいに、常に魔素が供給できる環境じゃないと、あっという間に枯渇する。

十人の術師が湯気を晴らせたのは二十秒ほどでしかなかったけれど、とっても満足です。

あの吸引力を、私も目指そう。

所長さんにお礼を言おうと思ったら、突然警報が鳴り響いた。

「何事だ⁉　担当個所の状況をすぐに確認して、異常の有無を報告しろ！」

巨大魔道具大好きおじさんの気配はすっかり消えて、エジーディオ所長が叫ぶ。私とフラン以外が慌ただしく動き始めた。

術師さん達なんて、魔法を行使したばかりなのに再び内部確認を行ってるから、顔色、青白いよ。タイミングが悪くて申し訳ないです。

「異常個所、判明しました！　魔素の変換効率が不安定になっています！」

「炉の中核の異常だと⁉　原因は何だ？」

内部確認中の巨大攪拌容器を見ると、中心に集まったモヤモヤさんが底へ消えずに溜まり始めている。うん、あそこの異常で間違いない。

「……運用マニュアルに、触媒の魔石と同程度か、それ以上の魔力体が近付くと反発して変換反応が乱れる、との記述があったと記憶していますが……残念ながら、前例はありません」

うん？

「そんな事が？　だが、どこにそんな高品質の魔石が……？　すぐにマニュアルを再確認しろ！別の可能性か、対応策があるかもしれん。それから、他の炉の状況も確認。魔塔に連絡して、緊急で魔力測定装置の準備を依頼しろ！　魔力供給省へも緊急連絡だ！」

もしかして原因、私？

さっき漏らしたモヤモヤさんに魔力が混じった？

下手すると、テロだよ？

――うん、逃げよう。

「エジーディオ所長、私はお邪魔のようですから、ここで失礼しますね」

「申し訳ありません、スカーレット様。私は原因究明の指揮をとらねばなりません。折角勉強に来ていただいたのに、このような事になってしまい、残念です」

いえ、本当にお気になさらず。

私《げんきょう》がいると、異常は収まりそうにありませんから、さっさと失礼しますね。

ごめんなさい。

試作中

魔導変換炉見学から逃げ帰って、早速掃除機を試作してみた。

失敗しました。

全く動かない訳ではないんだけどね。基板の上にモヤモヤさんを垂らすと、じわじわ吸収されて消えてゆく。遅過ぎるし、少し離れたモヤモヤさんは吸ってくれない。魔力を目視する事は私にもできないから、見えなくなるなら変換自体はできているんだと思う。

でも、これなら手で払った方が早いよね。手で触れるとモヤモヤさんは吸収できるし、体内で魔力に変換されるんだから。

これだけゆっくりなら、私以外には全く成功していないと思われても仕方がない。

いきなりうまくいくなんて思ってなかったけど、あまりのショボさにがっかりだよ。

魔道具の動作は、核となる部分への付与魔法で決定する。

ただ回るだけとかなら、回転の魔法を付与すれば済む。動力として魔石に接続して、ギアで回転を制御すれば様々な製品に利用できる。ギアや回転羽根の構造についての工夫は前世と同じだと思う。

ドライヤーのように熱と風、二種類の機能が必要な場合には火と風の二属性の魔石に接続するか、火属性に接続して基板に発熱と回転の二重付与を行うか。後者の方が装置を簡略化させられるけれど、多重付与にはより高い素材精度が求められる。

私にとって付与魔法は、付与する魔法を想像しながら魔力を押し込むだけ。一歳の頃から無自覚に屋敷への付与を行っていたから、今では二十一くらいは詰め込める。複雑な機械部分は無理だけど、魔道具の基板作りは得意分野だよ。

魔導変換炉は、吸収、変換、平衡抑制、強度変化、安定、放出、回転の七重付与を行った巨大魔道具ではあったけれど、基板に七つもの機能を待たせた分、構造自体はシンプルだった。

それに、魔素変換に必須の付与は回転を除く六つだけ。基板の作製さえ成功すれば何とかなると思ってたんだけどね。

「成功例のない三百年の壁は厚そうですね」

「うーん、やっぱり素材の差かな？」

今回使用した魔石はオーク。

竜と比べればずっと劣るけれど、猿以上の知恵と熊並みの巨体を持つそれなりに強力な魔物なんだよね。虫型とか、小動物型とか、もっと下位の魔物はいっぱいいる。

基板の素材には金を用意した。六重付与を行えるだけの素材としては手頃だからね。

資料を紐解いても、基板の製作まで行った研究者はいっぱいいる。成功者はゼロ。エッケンシュタイン基板との差は誰も埋められていないし、取っ掛かりも見つからない。

構造がシンプルだからこそ、改善案の提起も難しい。

「魔導変換炉の魔石は竜、素材も同じ。……魔石と素材を揃える必要があるとか？」

「……オーク肉なら売ってますけど？」

「肉製の基板は作りたくないなぁ……」

オークは珍しい可食魔物だからね。

肉屋に問い合わせれば骨も手に入るかな？

「そう言えばお嬢様、ノースマークの変換炉の一基は鷲獅子《グリフォン》の魔石ですが、基板素材は竜ですよ」

「あー！　そうだった。隣の変換炉素材の余剰分を使いまわしてるんだった」

「竜素材が必須と言う事でしょうか？　試作用に手配をしてみますか？」

私用に一つ作れるだけでは意味がないんだけどな。

私が目指すのは、魔素掃除機をいくつか設置して、学院中から、贅沢を言うなら王都中からモヤモヤさんを消し去る事だからね。

「永続と不壊を付与したら、素材の格を上げられないかな？」

「どこにも公表できない付与はお止めください。それに、高位魔法の付与は魔素変換の魔法に悪影響が出るかもしれませんよ」

まあ、私が近くにいるだけで魔導変換炉の不具合が起きたくらいだしね。試作基板はそもそも、真っ当に動作するところまで辿り着けていないんだけど。

ちなみに、永続と不壊の性質を持つ金属をオリハルコンと呼ぶらしい。実物は見つかっていなくて、聖書や御伽噺に出てくる神様の剣がこれでできているとか。量産できるどころか、紙にだって付与できますけど何か？

この二属性を付与すると、追加でいくら魔法を足しても対象が崩壊しないから便利なんだよね。フランに怒られるから、自分の持ち物以外への付与は自重しているけども。

「多重付与は言ってみれば〝直列つなぎ〟、出力は魔石の魔力密度と、付与時の魔法圧力で決まる。圧力が高過ぎると物質の崩壊を招くから、素材の質を上げている訳で……〝直列〟に六つをつなげた時点で十分に圧力は高まってるから、どうしても素材の質は高くなって……」

「お嬢様、〝ちょくれつ……？〟とは何でしょう？」

ああ、しまった。

考えが口から洩れてるだけだったから仕方ないけど、日本語でつぶやいていた。電池のないこの世界では直列、並列の概念が無くて伝わらない――うん？

「〝並列〟でつなげば、素材の質を抑えられる？」

勿論、誰も答えなんかくれない。

すぐに金板六枚に、それぞれ六属性を付与してみる。単体ではあまり意味をなさない付与魔法。でもこれをつなぎ合わせれば――

「ああっ！　魔導線の準備なんてしてない！」

基板作るだけの予定だったからね。

「お嬢様、魔道具製作の専門家にお願いしてはどうでしょうか？　私達では道具の準備もままなりませんし、我々にない知見を聞けるかもしれません」

そうだね。

「お嬢様の付与魔法を外部の者に見せるのは不安ですから、しっかり話し合いを行った上で、作業を分担しましょう」

「はい」

その方が私の暴走癖を抑えられるかもだしね。

折角の思い付きが早々に転んで、今日は気分が折れたよ。

面倒な工房

魔道具の工房は、アルドール先生に紹介してもらった。

先生は素材の専門家だから、その活用業者ともつながりが強い。幅広く素材を扱っていて、職人のレベルが高いところを見繕ってくれた。

私の掃除機開発はまだ模索段階なので、多くの経験を積んだ人の協力が欲しい。

資料を大量に読み込んだだけの私ではできない事が多いと学んだからね。

紹介先は近かったので、今回は散歩ついでに歩いて向かう。

オーレリアがいなくて運動が滞りがちだしね。

公園を通って軍関係の施設群を抜けた先、貴族街と商店街の境界の辺りに目的地はあった。作業場は三階までなのか、どっしり広い空間が取られて、その上に居住空間らしい部分が塔のように十階くらいまで伸びている。

看板にはペイスロウ工房の文字。思ったより大きい建物だね。

受注製作専門の工房と聞いていたけど、立地的に貴族の直接注文が多いのかもしれない。機能に違いが無くても、貴族はオーダーメードを好むからね。

「すみません、お約束していたノースマークの者です。オーナーへ取次ぎをお願いします」

「あー、すみませんが、少々お待ちください」

フランが紹介状を見せて声をかけたけれど、受付の人は走り去ってしまった。どうも素材の受け入れと重なったらしい。

普通は貴族への対応が優先だけど、今の私達はお忍び服なんだよね。

ノースマークの名前を出したのにとか、約束通りの時間なのにとか、突っ込みどころはあるけど、少しくらいは待とうか。

私は気にしないから、刺しそうな視線で受付の去った先を睨むのは止めようね、フラン。

「お待たせして申し訳ございません。私がオーナーのフィリップ・ペイスロウです」

しばらく待っても受付さんは戻って来なかったけれど、責任者が気付いて飛んできた。慌てながらも、私に対してきちんと謝罪礼ができる人で良かったよ。これ以上はフランを止められそうになかったからね。

貴族と約束がある場合の正解は、約束の時間に当人が入り口前で待機している事だよ。貴族相手に商売してる筈なのに、あんまり態度が良くないね。

案内された応接室で、概要をまとめた資料を渡す。フランが。

普段はあんまり前に出る子じゃないんだけど、すっかり怒って、私に対応させる気が無くなったみたい。

私が気にしていなくても、主が等閑《なおざり》にされた訳だから、ちょっと止められそうにない。

資料を流し読みしたペイスロウさんは、困った顔でもう一度じっくり読み返し始めた。

まあ、思った通りだね。

成功例のない魔素変換装置の試作依頼。無茶を言ってるつもりはあるから、アルドール先生に相談したんだよね。

私としてはアイディアを形にしてくれる技術者が欲しいだけ。きちんと協力してくれるなら成功の有無で責任を押し付けるつもりはないんだけど、この人に通じてるかな？

「申し訳ありませんが、このご依頼をお引き受けするのは難しいです」

たっぷり時間を取って、運ばれて来たお茶も冷めた頃に答えをくれた。そんなに読み込むほど、資料のボリュームあったかな？

お茶？　これだけ失態続きの場所で口にはできないよ。信用できないからね。

「アルドール様から、技術的な問題はないと聞いておりますが、どういった理由で断られるのでしょう？」

「……実は、第三王子、アロガント殿下から急ぎの製作依頼を受けまして、現在追加で受け入れられる状況にないのです」

断っても角が立たないように考えたつもりかもしれないけど、それも悪手だよ。予定が詰まっているなら、面会の打診をフランがいれた時点で、最悪でも入り口で頭を下げた時点で断らなきゃいけない。

このタイミングになると、依頼内容次第で対応を変えられるくらい侯爵令嬢を軽んじてますって告白してるのと同じだよ。

しかし、意外なところで王子の名前が出て来たね。

私の研究を妨害するために依頼を被せてきたとかじゃないよね？　嫌がらせにしてもセコ過ぎるから、偶々だろうと思いたいけど。

「そうですか――ところで、アルドール様から伺いましたが、こちらの工房ではグラント、リオン、トリムのお三方が特に腕のいい職人だそうですね」

「……はい、当工房でも自慢の者達ですが……」

「では、そのうちの二人を侯爵家の専属職人としていただきます。ここに連れてきてください」

「え⁉」

おっと、そこまで言っちゃうか。オーナーさん、いい加減顔色ないよ？

でも、貴族にはそれくらいできるし、フランには私に代わってそれを言える権限を与えている。

ここに来てからの仕打ちに対する返礼としては、随分甘い方だと思う。

私の方をチラチラ窺ってるけど、私からは何もないよ。私が否定しない限り、彼女の言葉は私のものだからね。

「い、いえ、彼らがいなければ、アロガント殿下のご依頼に応える事が出来ませんので……」

それは私達には関係のない事情だよ。

「それが何か？　早く職人を連れてきてください」

「え？」

第三王子がどの時点で依頼に来たのか知らないけど、私達より先なら面会の打診を断らなきゃだし、後なら今日より前に状況が変わった旨の報告が要る。今に至らなければ、第三王子の依頼は私達の方を断れるだけの理由になった。

前もって断りがなかった以上、第三王子と私達の両方を受ける予定だったと受け取れる。私達に無茶を言われたくらいで第三王子の依頼を満たせなかったとしても、それはそちら側だけの責任だよね。

実際のところは私達の依頼を受けたくないだけなんだろうけど。

「フラン、もういいわ。第三王子の名前を出せば私達が引くと思われて不愉快ですし、ここの職人の能力では、私達の研究には不足しているみたいよ。もう失礼しましょう」

オーナーさん、不服そうな顔してるけど、助けてあげたんだよ？

フランの提案通り職人さん引き抜いて帰っても、私達の目的は果たせるんだからね。

引いてあげる義理はないけど、この人の相手してる時間がもったいないよ。

それに、ここで依頼を断ると、この工房の評判は地に墜ちる。

この人は分かってないみたいだけど、アルドール先生の紹介って事は、この工房なら私を満足させられるという先生の信頼。それを裏切った訳だからね。

あの人、伯爵家の長男なのに家を弟に任せて身軽な立場のままでいる。だけど、いろんな方面に影響力は残ってる。そんな人の信用に泥を塗ったから、放っておいても干上がるよ。

ちなみに、私の依頼を断る為に第三王子の名前を使ってたけど、身分差を振りかざして無理を言ったように貴族の間で受け取られて、貴方のせいで王子の株が下がるからね。そういうの、許せない人だろうから後で知ったら怒ると思う。

もし、私達の邪魔がしたかったなら自業自得だけど。

利に聡《さと》く、機を見るに敏《びん》

「ノースマーク侯爵令嬢！　このようなところでお会いできるなんて、光栄です！」

嫌そうな顔したオーナーに見送られてペイスロウ工房を出ると、知らない声で名前を呼ばれた。しかも勢い結構強めで。

前世ならともかく、今の私は記憶力に自信があるのにどういう事だろうと確認すると、確かに声も名前も知らないけど見覚えはあって、私の中ではあだ名も決まっている人が駆け寄ってきた。

あ、ソ〇ーさん。

「先日はありがとうございました。改めてご挨拶させていただきます、ウォージス・ビーゲールです。普段は父が経営する商会で手伝いをしております」

大商会の息子の登場にギョッとするオーナーさんと私の間にサッと入ると、両手を重ねて胸に、最上級の感謝を示す深い礼をした。

貴族間でもここまで丁寧な謝礼は見ないのだけれど、そこまで私の下心入りの手助けを気にしてくれてたのかな？

ソ〇ーさん改め、ウォージスさん。

うん、覚えた。

私、自分に有用そうな人、忘れない。

「……申し訳ありません。思わぬところで再会できて、つい興奮してしまいました。もしかして立場を隠しておられましたか？」

さっきまで喜びを全身で表していたのに、私がお忍び服である事に気付いて慌てて声を落とした。失敗してしゅんとした大型犬みたいで、この人、少し可愛い。

短く揃えられた灰髪色が、昔飼ってた犬に似てる。あの子も勇ましいより、柔らかい表情をよくしてたっけ。

背は高いのに線が細くてなよっとした雰囲気を先日は感じたのだけど、三つ揃いをピシッと着こなした今日は凛々しくすら思えて、印象が随分違う。こっちが地で、あの日は貴族に囲まれて緊張してたのかな？

「気にしないでください。皆さんを刺激しない為にこのような格好ですが、立場を知られて不都合はありません」

現在進行形で注目を集めてるけど、侯爵令嬢に生まれて十二年、このくらいは慣れたよ。

「こんなところにいらっしゃったのは、スカーレット様の研究についてご依頼ですか？」

オーナーさんを一瞥してから、こんなを強調しましたけど、貴方もこの工房お嫌いですか？　さつき、オーナーさんから私を隠しましたよね。

「そのつもりだったのですが、残念ながら断られてしまったところです」

「なんと！　では、私にお話しくださいませんか？　私の父は少々魔道具を取り扱う商売をしておりますので、何かお力になれるかもしれません」

え、いいの？

少々なんて謙遜だって知ってるから、しっかり頼りにさせてもらうよ？

話を聞いてもらう為に、近くの菓子店に移動した。以前にオーレリアに教えてもらったところで、喫茶スペースが併設してある。

苺はシーズンじゃないので、シロップ煮で代用した苺練乳は少し甘過ぎるけれど、濃いめのお茶と合わせると美味しい。お忍び服でお出掛けしたのはここに寄る為で、散歩して来たのはカロリー消費の為なのです。

うん？　ウォージスさん、不思議そうな顔してない？　甘いの嫌いだった？

「い、いえ。このような庶民向けの店に入ると思っておりませんでしたので、少し驚いてしまいました」

「意外でしたか？」

「あ、すみません。内装も菓子も、もっと飾りの多いところを好まれるとばかり……」

「きらびやかなところばかりに通っていては、私のように肩が凝ってしまう者もいるのです。逆に、このような行為は貴族らしからぬと眉を顰める者もいますから、あまり公然とは来られませんけれど」

だから内緒ですよ、と口に人差し指を当てて微笑んだら、顔を赤くして視線をそらしちゃったよ。

女性に免疫、あんまりないのかな？

いつまで経っても成長する気配のない私でも女の子扱いしてくれるみたいで、ちょっと嬉しい。

お茶を飲みながら状況を共有する。

魔素変換装置に興味を持った事、魔導変換炉の見学に行った事、試作してみたけど失敗だった事、試してみたいアイディアはあるけれど実行するだけの技術が無い事。

大まかに説明してから資料を見せる。

資料を流し読みしたウォージスさんは、もう一度、じっくり読み込み始めた。さっきまでとは目の色が違う。人当たりの良さそうな笑みはどこかに消えたよ。

「スカーレット様、この資料、一日お借りできませんか？」

うん？

「私だけでは判断できかねますので、一旦持ち帰って相談したいのですが、宜しいでしょうか？」

専門の人に相談して意見をもらえるのかな？

それは私もありがたい。

ちょっと期待して許可を出すと、ウォージスさんはまだ熱そうなお茶を一気に飲み干して、渡した資料を鍵付きのカバンに丁寧にしまった。

「ゆっくりできなくて申し訳ございません。その代わり、明日は良いお返事を届けられるように尽くしますので、少しだけお待ちください」

それだけ告げると再び丁寧に礼をしてから、あっという間に歩き去った。それだけ急いでいるのに、支払いも済ませる気遣い付きだよ。

自信に満ちた顔をしてたから、少し高望みしてもいいのかな？


――なんて、暢気な事を考えてたら、朝一番で研究室にやって来た。

入室の許可を出したら、ウォージスさんを先頭に十人ばかりがぞろぞろ続く。何事？

「朝早くから申し訳ございません、スカーレット様。驚かれたと思いますので、説明させていただきます。まずはこちらをご確認ください」

と、渡されたのは……誓約書？

内容を簡単にまとめると、ウォージスさん及びビーゲール商会は私から得た情報を許可なく外部に漏らさない、と書いてある。

署名の日付は何故か昨日だよ。私、絡んでないけど、然るべきところへ提出すればきちんと効力を発揮する正式なものだね。

「本来であれば、魔導契約を締結して行動を縛るべきですが、昨日の時点では叶わなかった為、そちらの誓約書で代用させていただきました。それはスカーレット様がお持ちください」

魔導契約は署名する人間が揃ってないといけないからね。

前世で言う秘密保持契約書みたいなものだね。会社を跨いで仕事をするなら必須だって知っていた筈なのに、貴族生活に慣れたせいで忘れていたよ。

私が契約関係を適当にしたまま資料を渡してしまったものだから、あとで困る事が無いようにと誓約書を作ってくれた訳だね。

でもこの誓約書、もしも書かれてる違反金を支払ったら、いくらビーゲール商会でも傾くよ？本気？

「我々側に、情報漏洩の意思は無いとご理解いただいた上で、次にこちらをご覧ください」

続いて渡されたのは……分厚いよ？

びっしり書かれていたのは、昨日の資料に簡単に付け足してあった並列回路の提案を基に、実際に試作して実験を行った報告書だった。

話したの昨日だよ？

何やってんの？

単付与した基板を並列につないだら、望む機能が得られた事。想定通り基板への負荷が減る為、素材の質を変えられる事。数は少ないものの、虐待試験を行った結果と、多重付与との比較。いくつかの魔導線を試して見えてきた、並列接続による抵抗増加への考察。

これ、ほんとに一日でやったの？

いきなり新しい仕事捻じ込んで、通常業務が滞ったりしてない？

ビーゲール商会、意外とブラックだったりするの？

「我々ビーゲール商会は、スカーレット様の研究に全面的に協力する事を幹部会で正式決定いたしました。勿論、魔素変換装置についても最大限連携させていただきます」

まだ朝早いんだけど、大商会の幹部って集まるものなの？

いや、ありがたい事には違いないんだけどね？

展開が早過ぎてついて行けてないと言うか、いきなり話が大きくなって引いてると言うか……。

普段は私が考え無しに動いてこうなる前にフランが止めてくれるんだけど、今回は私と一緒に並列回路の反響を甘く見てたよ。

いや、甘く見てたのは商機を捉える目と、商人の本気かな？

「私がノースマーク侯爵家の担当となりましたので、何でもご相談ください。そして、こちらの十名を研究室に出向させますので、魔道具の組み立てでも、動作確認でも、設計図の清書でも、測定結果のまとめでも、ご自由にお使いください。新しい魔道具の基礎技術に可能性を感じている者たちばかりですので、ご指示が無ければ自主的に研究を進めて、成果を提出いたします」

あ、はい、お世話になります。

どの人も目が生き生きしてるから、左遷じゃないみたい。なら、私から言える事なんてないです。

私、ちょっとお手伝いが欲しかっただけだからね。

うん？

紹介された十人の中に、グラントさん、リオンさん、トリムさんって居るけど、その名前、聞き覚えがあるよ？

「はい。特定の貴族とだけ取引を行うペイスロウ工房にはもったいない職人達でしたので、スカーレット様の為に引き抜いてまいりました」

微笑むウォージスさんが、頑張ったから誉めてとしっぽを振ってた愛犬に見えるよ。可愛かったけど、当時、私より大きかったから喜びで飛びつかれたら潰されてたんだよね。

貴族の権力を使ってフランが引き抜こうとしたのとは訳が違うよね。しかも、昨日の今日だよ？

そんなに待遇悪かったの？

資金力で殴ったの？

誰よ？　こんな凄い人いじめてたの。

私、絶対敵に回したくないよ？

そもそも、何で言われるままになっていたの？　いつでも捻り潰せたでしょう？

味方でいてくれるならこの上なく頼もしいけど、本気になった商人は行動が早過ぎて、私、付いていけないかもしれません。

でも、おかげで掃除機作りは進められそうです。

まずは一歩目

ビーゲール商会との提携で、当然ながら私の研究室の状況は大きく変わった。

成績優秀な侯爵家のお嬢様が趣味で始めた研究室の筈が、国を代表する商会と手を組んだ。注目されない訳がない。

侯爵家のコネや、領地の成果を搾取しているだけだと思っている者も多いけれど、情報を得ようと私に接触してくる人がぐっと増えた。これまでは登下校や昼食時を狙って話しかけられていたけれど、最近は研究室にまでやって来る。一部を除いて出入りは制限してないからね。

研究室での面会を望む人達は世間話だけじゃなくて、私と議論するだけの話題を用意してあるから、私も聞き流さずにきちんとお相手するよ。流石に最高学年の人が多いね。

そうやって私を訪ねてくる人達の中から、共同研究者も受け入れた。

完全閉鎖された環境は視野を狭めるし、良からぬ噂も生むからね。私もできる限りで他の研究室を訪ねる事にしている。おかげで研究に費やせる時間は減ったけど。

新しい仲間は、キャスリーン・ウォルフ男爵令嬢と、マーシャリィ・キッシュナー伯爵令嬢。

二人は従妹同士らしいけれど、双子みたいによく似ている。遺伝子の不思議だね。

淡い桜色の髪を左側で結んでいるのがキャシー、赤みの強いツツジ色を右側でまとめているのがマーシャ。まだ、顔だけで見分ける自信はないよ。

「レティ様、ゴブリン魔石での虐待試験、終わりました。オークの場合と比較すると、魔石の出力で抵抗値が上昇するのは間違いないですね」

「念の為、ソーンラットの魔石も調べてみようか。うまくいけば、魔導線毎の抵抗定数を概算できるかもしれないし」

「はい！」

「それでは……、それでは、私はゴブリンの個体差と測定の誤差範囲を調べますね」

「助かるけど、検体数が増えて大変じゃない？」

「大丈夫です、頑張ります！」

キャシーは元気で、マーシャは丁寧で落ち着きがあるけど少し特殊な話し方をする。

顔はよく似ていても、身長と体付きは残酷に違う。マーシャはお母様やフラン並みでビッグサイズ。オーダーメードの筈の制服が窮屈そう。キャシーだって私と比較するならずっと女性らしいのだけれど。

家格の差から制服の華美さも違ってるから、顔はそっくりでも見間違える事はあまりない。

フリルのたくさん付いた服が似合う二人なのに、どちらも立派な理系女子です。私は前からそうだしね。

あ、キャシーは十三歳、マーシャは十五歳、どっちも先輩だよ。

元々出入りの多かったオーレリアも共同研究者として正式に登録した。

彼女は騎士団と国軍にも出入りしているから、常駐はできないけど社交で研究時間の減った私をフォローしてくれている。

あと、最近はアルドール先生もよく滞在してる。自分の研究室にいる時間より長いんじゃないかな？

測定器の扱いは慣れたものだし、現在主に調査している魔導線の性質差に詳しくて、貴重な意見をもらえるから助かっているけれど。

「スカーレット様！　分割付与の試作品が完成しました！」

出向組と一緒に別部屋にいたウォージスさんこと、ウォズが箱形の試作品を抱えて飛び込んできた。そんなふうに嬉しそうにしてると、しっぽが幻視《み》えるよ？

「本当ですか⁉」

「早く……、早く見せてください！」

「もう動作確認は済ませたのかね？」

うん、皆興味津々だね。

今回作ったのはファンヒーター。

どこにでもある家庭用品だけど、加熱、送風、首振り、三種類の付与をそれぞれ別の基板に用いた新製品です。

「あー、動いてます。あったかいです！」

「本当に分割回路、使っているのかい？」

「ええ、こちらの試作品と同じものが入っていますよ」

三つの基板は重ねて固めたので、五ミリくらいの板状になっている。基板の間は魔力遮断材で埋めてるよ。

「材質はアルミか。おお、軽い軽い！」

「先生、私にも…、私にも見せてください！」

「魔導線は銅でしたよね？　わー、本当に動くんだ」

「キャシー君達が進めている魔導線の最適化がうまくいけば、抵抗が減ってもっと薄く作れるかもしれないな」

「あー、プレッシャーかけないでください……。でも、目指せアルミ箔！　ですね」

「それができたなら…、それができたなら筐体も小型化できますよね。薄型……いいえ、目標はカード型ファンヒーターです！」

ちなみに、私が並列つなぎからヒントを得て作った新技術は分割付与と名付けられた。並列付与と、私の一時的な呼称に決まりかけたけど、直列が無くて意味が通らないから変更したよ。

当面はここで研究を進めて、その成果でビーゲール商会が商品を開発する。まずは軽量、小型化、コストダウンを推し進める予定。しばらくは基板部分をブラックボックス化して新技術は秘匿する。その間に、もっと別の可能性も追ってみたいからね。

キャシーとマーシャが基礎研究を担当、出向組は試作品の作製、ウォズはコスト試算や経理と事務全般、オーレリアは全体の補助、私は応用技術の提案――と言う建前で掃除機の作製を進める。

「ふふっ、皆さん子供みたいに、はしゃいでいますね」

手伝った部分が少なくて、思い入れが薄いオーレリアが離れたところから微笑ましそうに見つめている。

まあ、開発が成功した時の研究者なんて、小学生男子みたいなものだしね。

私は掃除機関連が進んだ訳じゃないから、そこまでの喜びはない。

「オーレリアは作ってみたいものってないの？」

大騒ぎしてる人達に話を振ると、夢か妄想か分からないものが飛び出しそうだから、今はしないよ。

「小型化が進めば、武器への利用もできませんか？」

現状、剣や銃は単付与か、二重くらいがせいぜいで、魔導武器は大型のものしかない。高級な素材を用いた場合は例外になるけれど、コストが見合わず、一部の裕福な騎士しか持っていない。

「マーシャが言ってたみたいに、カードみたいな基板ができれば銃に取り付けられそうだし、柄や刀身に分割して付与する事もできるかもね」

「戦争は望みませんけれど、そういう武器があるなら魔物被害を減らす為に使いたいです」

オーレリアらしいね。

彼女はいつも自分の無力を責めている。

「お父様達に話してみよう。私達の手には余るけど、武器の量産は軍の管轄だから特別開発部署とか作れるかもしれない。ビーゲール商会も兵器転用技術を取り扱った実績があるだろうし」

「そうですね――ちょっとやる気が出てきました」

うん。技術って、そういう無情を覆すものでもあるんだから。

私の思い付きから始まった新技術は、既に大きな可能性を生み始めてる。今はまだファンヒーターが精一杯だけど、私も仲間達も、全然止まる気なんてないよ。

王城招待

研究は順調に進んでいる。

私の掃除機作りにも進展があった。

解決してみれば、思い込みによる袋小路にはまっていただけで、ヒントは前々から知っていた。

最初の試作から、私は金属で基板を作っていた。これが誤り。

変換炉と違って、回転による発熱は無いから、魔物素材である必要はないのだと思い込んでしまった。金属の方が、高品質のものを用意しやすかったというのもある。

でもよく考えてみれば、物体より生物の方がモヤモヤさんを吸収しやすいのだと、私はずっと前から知っていた。うん、うっかり。

気付いて一回目の試作で、金よりゴブリンの骨の方が吸収効率が良いと知った時は、なんだか悲しくなったね。ゴブリンなんてこっちの世界にはいっぱいいるけど、ファンタジー存在には違いないんだね。金属の王様でも敵わなかったよ。

効き目があると分かっても、骨の成形は大変だなと思っていたら、先生が新しい素材を紹介してくれた。吸収という性質が優秀なのは、動物型魔物より、圧倒的に植物型。つまり、トレント材。

魔物がいる森の、割と奥まで行かないと遭遇しない強力な種族らしいけど、一部の貴族が好んで家具に使うからと、なんと養殖されていた。なんでも、トレント製のタンスに入れておいた服を着ると、若さを保てるって迷信があるんだって。

この素材が大当たりで、足踏みしていた吸収効率は劇的に上がったよ。

養殖業者さん、ありがとう。

迷信はバカバカしいと思ったけど、量産を考えた人、最高です。今度、投資しておくからこれからも宜しくね。


平穏無事な時も万が一に備えて油断はしない……とはよく言ったもので、アゲアゲで掃除機を作っていたら、面倒事が届いたよ。


「――」

王城の職員が私宛に持ってきた、封蝋済みの手紙を見つめる。

盾枠の中に王冠、周囲を太陽で飾った紋章を使える人間は国に何人もいない。

「お嬢様、手紙を睨まれても、王族からの用向きが無くなったりはしません」

だよ、ね。

現実逃避を諦めて中身を確認すると、王城への呼び出しだった。表記上はお茶会への招待となってるけど、こんなの事情聴取と変わらないよね。

差出人は、アドラクシア。

第一王子だね。

この国では王族は姓を使わない。唯一の存在であるから。そして、国名と同じだから。

「タイミング的に考えると、ビーゲール商会との共同研究の話かな？」

「そうですね。ノースマークの御令嬢の顔を見るだけなら、もっと早くお声がけがあったでしょうし、学生と会う時間をわざわざ作ったという話も聞きません」

挨拶くらいなら、入学式か、その後の歓迎パーティーで機会はあった。王立なので、王族が公式行事に現れても不自然はない。

まあ、第三王子がやらかしたので、顔を出せなくなった可能性はあるけれど。

ビーゲール商会は、この国の経済の屋台骨。

いつか招聘もあるだろうとしても、てっきり第二王子が最初だと思っていた。彼は新しい技術や魔法には耳が早いと聞いていたからね。

第一王子は兵器転用の可能性が明らかになるまで静観してると思ってたよ。

「皆は第一王子との面識はある？」

「お父様の立場上、接触は控えるように言われてますので……」

「あたしはそもそもお会いできる身分じゃありませんし」

オーレリアとキャシーは予想通りだね。

「私の…、私の家は第二王子妃、側妃様と遠い親戚なので幼い頃に一度だけ」

「父の仕事の付き添いで、何度かお会いしております」

マーシャはともかく、ウォズもか。ビーゲール商会の影響力が窺えるね。

ちなみに、第一王子妃は元エルグランデ侯爵令嬢だけど、第二妃は元子爵令嬢。マーシャが幼い頃、十年くらい前なら、まだ付き合いがあってもおかしくないね。今はもう子供もいて、側妃と実家の縁も薄いだろうけど。

「アドラクシア殿下って、どんな人？」

「すみません。本当に…、本当に小さな頃なので、赤い髪がカッコよかった……くらいにしか」

あー、うん、それは仕方ない。

私も幼い頃に、近所のお兄ちゃんに憧れた事くらいあるからね。前世の話だけど。

「ウォズは最近も会ってるんだよね」

「はい。私は逆に、最近になってだけですね。……そうですね、戦争賛成派として知られていますが、ご本人からは荒々しい印象を受けませんでした」

カロネイア戦征伯とは折り合いが悪いと聞く。騎士団や軍に顔を出して日頃から鍛えるって訳にはいかないからね。魔塔への出入りは多いと聞くけれど。

「父からも、軍事技術に強い関心を示されると聞いております。国軍への関与はできませんから、近衛騎士の装備について多く注文を付けられるそうです。購入はありませんが、大型の魔導兵器もよく見学されています」

私は勝手にソ○ー呼びしてたけど、魔道具を扱う以上、兵器産業と関わりは切れない。第一王子が興味を示すのは噂通りみたいだね。

「分割付与の兵器転用について、知られたと思う？」

「商会での情報管理は徹底している筈です。ただ、諜報部を動かされていたなら、絶対とは言い切れません」

「諜報部は軍にあっても、お父様の管轄にありませんから、情報は入りませんね」

情報漏れがあるとするなら、私とペイスロウ工房。あの時点では、並列つなぎの可能性を軽く考えてしまってた私が迂闊だったところだね。

そろそろ基礎研究部分をまとめて、お父様と戦征伯を巻き込もうかと思っていたけど、第一王子の方が一歩上手だったかな？

「もしかしたら、第一王子とレティ様の結婚の打診って可能性もあるんじゃないですか？」

「うえ……」

思わず変な声が漏れたよ。

その可能性は考えたくなかった。

王子は三十歳近くて倍以上違うんだけど、男性が年上の場合は適正年齢に入るんだよね。

これまでは年齢が釣り合った第三王子がいたけど、その話が消えたせいで上の二人が結婚でノースマークと縁を結ぶ手段が可能になった。

政略結婚を受け入れる覚悟はしてたつもりだったけど、お父様と同世代は考えたくないなぁ……。

いや、映写晶で知る限り、鼻筋の通った、シュッとしたイケメンなんだけどね。それでも前世の常識も手伝って、拒否感を拭えない。

希望を挙げるなら、第一、第二王子ともに正王子妃の席が埋まっている事。侯爵令嬢《わたし》が側妃はあり得ないって、お父様の影響力で断れる——と、いいなぁ……。

王子と対面

私の気分がどうであろうと、招待された日はやって来る。身分差のあるこの世界では、王族の紋章が使われた時点で選択肢なんて存在しない。

せめて、ため息の数を覚えきれないくらいは許してほしい。

王城へは歩いて行った。普通、王城に出入りする貴族は車を使うのだけれど、それだと早く着いてしまう。少しでも後回しにしたいし、心の準備もいるからね。

約束の時間は変わらないのでは？　とか言わないで、気分の問題だから。

紋章入りの招待状の効果は絶大で、ドレスで歩いてきた不審人物でも、何も言わずに通してくれたよ。

追い払ってくれたら帰る理由になったのに、とか考えてないよ。

案内されたのは、八階に造られた庭園を臨む部屋だった。

庭園側はガラス張りで、柔らかい光が入ってくる。紅や黄に変わった落葉樹が空中庭園を彩っているから、秋用のサロンなんだろうね。紅葉で飾られた先に王都の街並みが見える。侯爵邸も随分立派だと思っていたけど、王城ともなると贅沢の桁が変わるね。

登城は一緒だったフランも、今はいない。

サロンに入る少し前、彼女は従者用の控室へと別れた。屋敷の外で離れる事はほとんどないので、少しだけ心細い。前世含めて、偉い人からの呼び出しなんて初めてだから、緊張くらいするよ。むしろ、前世の記憶がない方が、割り切れたかもね。

いつもフランが後ろに控えてくれてるだけで、随分支えてもらってる。

なら、私も彼女が誇れる主でいないとね。

モチベーションの低さと心許なさを振り切って、令嬢モードへスイッチを切り替えたところに王子が入室してきた。

護衛の騎士と並んでも遜色のないくらいに鍛えてあって、王族の証である赤い髪も邪魔にならないよう短めに切り揃えている。戦争の意義を訴えながら、戦場に立つ気概のない人物ではないみたい。もう一つの王族の特徴である金の瞳は、切れ長で少し神経質そう。粗暴の延長って訳じゃなくて、思慮深そうな印象が強いかな。少なくとも、周囲に流されて戦争を望む愚かさは見て取れない。

首元と袖口に空色の刺繍がしてあるだけの白いシャツ、上着を羽織っていないのは、このお茶会が公式のものではないと示す為かな？

入って来たのは王子本人と側近、護衛が五人。

他に王族が加わらなくてホッとした。単身呼ばれて王族に囲まれたら、キャパを超えそうで不安だったんだよね。元々王族となんて関わりたくないんだから一対一で十分、いっぱいいっぱいです。

「お招き、ありがとうございます。スカーレット・ノースマークです。アドラクシア殿下からお声掛けしていただいて、光栄です」

「ああ、急に呼び立ててすまなかったな。噂の令嬢と顔を合わせてみたいと思っただけだ。堅苦しく考える必要はない、楽にしてくれ」

「ありがとうございます。失礼いたします」

言葉通りに受け止められたら、楽なんだけどね。

王子の勧めに従って、所作ができるだけ優雅に見えるように、ゆるりとソファーに腰を下ろす。

一挙手一投足に気を遣いながら動くのって、疲れるんだよ。

「アドラクシア殿下に興味を持っていただけるのは喜ばしい事ですが、どのような噂が耳に入ったのかと思うと、少し怖いですね」

「何、入学早々、講師試験まで終わらせたのは、近年では弟以来だ。しかも、カロネイアの令嬢とも交流があるという。既に知らぬ貴族もおるまいよ」

ゆっくり世間話から入るつもりはないんだね。

まあ、私としても都合がいいけど。

「王都に入って早々にご縁がありましたから」

「侯爵の指示で接触した訳ではない、と？」

「神様の巡り合わせまで組み入れられるほど、父の計らいも万能ではありません。私が彼女と友誼を結びたいと思ったのは、その人柄故。けれど、カロネイア伯も国の為に身を粉にしてきた貴人。志を共にする事に差障りなどありません」

「あくまで国の為。含むところなど無いと？」

「はい。私も噂はいくつか耳にしておりますが、ノースマークもカロネイアも派閥を作って国を割ろうなどと、考えておりません」

「何やら特殊な魔法習得法まであると聞いたが？　それを秘匿するつもりも、派閥拡大の道具にするつもりも無いと？」

……考えたけどさ。

あっぶな。お父様、オーレリア、止めてくれてありがとう。

「幸運に恵まれまして。まだ試験段階ですので公にはできませんが、国の事を思えばこそ、軍の強化を優先すべくカロネイア伯を頼った次第です」

「縁、幸運……其方、随分と神に愛されているようだな」

「恐れ多い事です」

嘘っぽいかもだけど、そうとしか答えられないんだよね。

「国軍の増強は私の望むところでもある。このまま私に付いて、強い国を作るつもりはあるか？」

やっぱりそう来るよね。

「申し訳ありません。ノースマークが個人の意思の下に動く事はありません」

「ふん、侯爵と同じ事を言う」

王子は特に表情を変えなかったけれど、後ろの方々は不満そうだね。

王子と私が話す場だから口は挟んでこないけど、王子の誘いを断るなんてとんでもない、とか思ってそう。

小娘がって小声で毒づいたの、聞こえたからね。

「侯爵家としてではなく、其方個人としても同じか？」

そんなの同じに決まってる。

「率直に意見しても？」

「構わん。折角の機会だ、若き才女の意見を聴かせてほしい」

さて、第三王子に続いて第一王子まで敵に回すかもだけど、私の立場を貫き通す為、この機会に言いたい事を言わせてもらおうか。

「国土は広くとも、その大部分は魔物の領域。生活圏の拡大、生産領域の拡充、資源の確保を目的として、他国を侵略する。一見、筋が通っているように思えるこの理屈が、私には理解できません」

王子と論争

戦争支持派の建前をはっきり否定しようというのに、第一王子の表情は崩れない。長く戦争論を掲げてきた人だから、このくらいは聞き飽きているのかもしれない。

まあいい、私は自分の意思を表明するだけだからね。

「開拓の余地がありながら、放置して国外へ富を求める。つまり、我が国は魔物には敵わない、そう言って白旗を掲げているも同じでしょう」

前世では開拓し過ぎで資源が枯渇しかけていたけど、この国では山林や原野を切り開く事を放棄している。他国も似た状況で、限られた資源を奪い合う状態にある。

「氾濫を恐れて、間伐部隊や冒険者に間引かせるのがせいぜいで、魔物領域に関わろうともしない。それが王子の仰る強い国、と言えるのでしょうか？」

「敵兵を殺すくらいならば、魔物に殺されろと？　それで兵達が納得すると思うか？」

「それは考え方次第でしょう。百の敵兵を殺して英雄と呼ばれるのも、百の魔物を屠って勇者と呼ばれるのも、猛き兵の行いには違いありません。国を討つより、町を護る方が誉れなのだと喧伝すればよろしいでしょう」

「それは方便でしかなかろう」

「それが何か？　元より、戦争で国の為に死ぬ事が栄誉と誘導しているではありませんか。戦争支持派の一部はそれを乗り越えて名声を得たい若者達でしょう？」

「……綺麗事で戦争反対を口にしているかと思ったら、其方、民や兵が死ぬ事を厭わぬのか？」

日本人だった頃なら、そうだったろうね。

「人が万物の頂点で、争いだけが命を奪う脅威だというなら、綺麗事も言えるでしょう。けれど、私は貴族です。人より多く背負った義務の中には、大勢の生活を確保する為に少数に犠牲を強いる事も含まれます」

「それは、私も同じつもりだが？」

「そうでしょうか？　私は、犠牲を減らす為の尽力を諦めるつもりはありません」

だから、私は武器を忌避しない。

剣も、銃も、兵器ですらこの世界では護る為の力だと思うから。

初めからそう思えた訳じゃないけれど、国内の死亡率を知って愕然とした。何しろ、魔物に殺された人の割合が病死並みに多いんだから。

「何も竜を相手にしろとは言いません。斥候部隊が魔物の生息状況を調べた上で、銃と魔法を斉射して安全を確保しながら討伐する。間伐部隊の規模を広げるだけで効果は上がるでしょう。武器を揃えれば、兵の練度が上がれば、犠牲を減らせる。この国で求められる軍拡とは、そういうものであるべきではないでしょうか？」

それに、現状で魔物素材の供給先は間伐部隊が中心。郊外なら冒険者だろうね。

研究室を始めてつくづく思った。アルドール先生や魔塔の研究者が調べてはいるけれど、魔物素材の可能性はまだまだ奥が深い。比較的安価だからと、一部の魔道具だけに使うのは勿体無いよ。

「軍は獣と戦う為にあるのではない。戦争を知らぬ小娘が、勝手な事をほざくな！」

そう叫んだのは王子じゃない。さっき、私を小娘扱いした人だね、相手にしないけど。

第一王子もこのくらい感情的になってくれるなら、やりやすいのにね。

「生活領域が増えるだけではありません。大量の魔物素材は国民を豊かにするでしょう」

「――――おい」

「大量の魔道具を生産できる体制を整えておけば、この国を支える産業になるかもしれません。新しい魔道具の開発も進むでしょう」

「――おい！」

「それに、新しい土地の開拓によって経済も潤います」

「――おいっ!!　何故答えない!?」

無視してる事くらい分かってよ。

「アドラクシア殿下、いつ護衛が殿下の話に口を挟めるようになったのでしょう？」

私はあくまで、第一王子との会話を続ける。

「俺はエルグランデ侯爵家の人間だぞ。ノースマークの者だからと言って、虚仮にされる謂れは無い」

知ってるよ。王子妃の弟さんでしょう。

でも、この場では関係ないよね。

「大体、獣の次は魔道具だと？　そんな平民の目線で、国の方針を語るな！」

「……」

「おい、何とか言ったら――」

「――黙れ!!」

雷が落ちたよ。

王子の表情が初めて動いたね。

「……ですが、殿下。何故言わせておくのです？」

「黙れと言った。発言を許した覚えはない」

私、王子の客人だからね。会話を遮れるのは私達の同意を得た場合だけだよ。たとえ、私が男爵令嬢や平民だったとしても変わらない。

そもそも、王子がわざと言いたい放題にさせているってくらい気付いてよ。

フランなら絶対にこんな失敗しないのにね。側近と言っても、貴族のボンボンだからかな。

「すまんな、会話を断ち切ってしまって」

王子が謝罪したのが気に入らないみたいだけれど、頭を下げさせたの、貴方だからね。

「いえ、お気になさらないでください」

話を打ち切るいい口実になりますので。

私、早く帰りたい。

「戦争は望まないが、軍拡は反対しない、か。侯爵といい、ノースマークからは面白い意見が聞ける」

「父ともこのようなお話を？」

「戦争が経済にどれほどの影響を与えるか、滾々と説教されたよ。特需のような一側面だけに目を向けるな、とな。十年以上も昔の話だ」

「父らしいです」

「侯爵に叱られた時点では、戦争が国を豊かにすると信仰するだけの子供だった。以来、多くの者に意見を聴いたよ。私に賛同する者だけではなく、反対派、中立派にもな。それらを理解していない訳ではない。納得できるものも多くあった」

「それでも方針は変わらなかったのでしょうか」

「常に同じだった訳ではない。十年前ならば、意見を翻す事もできただろう。だが、国は割れてしまった。それぞれの王子派に、其方ら中立派。たとえ次期国王が決まっても、亀裂が消える事は無いだろう」

異なる意見が入り乱れるって事は、王の権威が揺らぐ事でもあるからね。

「立太子する事無くこの歳になって、弟達に王位を譲る事も考えた。しかし年の離れた弟は、可愛いあまりに甘やかし過ぎた。現時点で後を任せようとは思えぬ」

甘やかしたから愚かに育ったのか、愚かな第三王子であり続けてもらう為に甘やかしたのか、そのあたりは判断しかねるけどね。

「第二王子は優秀だが、急進的過ぎる。実力主義、結果主義が行き過ぎて、緩衝材となれる補佐がいなければ混乱を招く」

結果の為なら身分差や貴族体制を否定するところもあるので、旧態依然の貴族が多い現状では受け入れられない。前世的には理解できる部分も多い人なのだけど。

「だから、私が王となって再び国をまとめ上げる」

「殿下にとって戦争とは、貴族の意見を統合する為の手段なのですか？」

「そうだ。散らばった権限を、王の下に一元化させる」

うーん、戦争は嫌い。その原点は変わらない。

でも、王子を否定できるだけの知識が、まだ私には足りていない。

王様がいなくても国は回ると知ってはいるけれど、それをこの国に当て嵌められるかどうかまで、私はこの世界の政治を知らない。

アドラクシア殿下の言い分は極論過ぎるけど、このまま権威を分散した状態が続いた場合、どう流れるのかまで予想できない。戦争を否定して、内乱の種を作ったんじゃ、意味がないしね。他の王子も適任とは言えないし。

「それでも、私は戦争を望みません」

「ああ、それで構わん。其方に無理強いする気はなくなった。軍拡だけでも望んでいるなら、私にとっても都合がいい。争うならば、私が立太子した後で良かろう。それに泳がせておいても、何やら新しい技術で兵器産業に影響を与えてくれそうだしな」

予想通り、分割付与まで掴んでいたみたい。

やっぱり、油断していい相手じゃないね。話も半分くらいに聞いておこう。

「存外に面白い話を聞けた。何より、意思統一の手段を国内の開拓に向けるというのは考えてみる価値があるかもしれん。また話し相手に呼んでも良いか？」

勘弁してよ。

「申し訳ございません。度々アドラクシア殿下を訪ねては、余計な噂の種になるでしょう。それとも、殿下は私との婚約をお望みですか？」

「……それは無い、な。私の妻は悋気が強い。噂くらいは知っていよう？」

うん。

この人、侯爵令嬢の婚約者がいるのに、子爵家のお嬢様と本気で恋仲になったんだって。リアル悪役令嬢とヒロインだよ。当時は結構揉めたらしいけど、ざまぁ展開はなくて、第一妃、第二妃として順当に娶ったみたいだけどね。

ただ、子爵令嬢を第二妃として迎える条件が、他に側妃も妾も持たない事だったらしい。

調べてホッとしたよ。

アドラクシア殿下、ロリコン疑惑陰性です。

遠足

王都の南へ車を走らせる。

農村地帯広がる平野部を越え、侯爵領へ続く主要街道を外れ、一路山岳部へ。

メンバーは、オーレリアに、キャシー、マーシャに、ウォズ、つまりは研究室の主要メンバー。

アルドール先生も誘ったけれど、流石に学院を離れられなかった。

目的は、掃除機の試作品改め、小型魔導変換器の試運転及び環境作用調査。要するに、完成した魔導変換器が周囲にどう影響を与えるかを試験する。

調査場所に山岳地方を選んだのは、人口が少なく、悪影響が出ても被害が少ない為。そして、町に比べて魔素が濃くて差異を確認しやすい為。学院での試験は重ねたから、不味い事態が起こる心配はほとんどしていない。それより、濃い魔素を吸収する事で周辺の魔物分布に変化が出ないものかと期待している。

先日アドラクシア殿下に大見栄を切った手前、魔物の森を切り開く手がかりになれば儲けものだよね。

私、貴族だから、国民が安心して暮らせる環境整備、怠りません。

遊びに来た訳じゃないんだよ？

私とオーレリアはともかく、キャシー達を連れて、令嬢達だけで遠出ができる筈もない。それぞれの家の世話係や護衛の皆さんが私達の車の前後を固めているよ。大名行列再びです。

あと、環境作用調査は長期に亘るので、測定を依頼する冒険者も一団にいる。

パーティー名、烏木《うぼく》の牙《きば》。初期メンバー三人の髪が黒い事からの由来なんだって。元日本人としては、紅一点、狙撃手の長くて綺麗な髪はちょっとうらやましい。

最初はパーティー所有の魔物運搬用軽トラックで付いて来ようとしたんだけど、貴族行列に加えられる車じゃなかったから、彼等にも私達と同型の車両を用意したよ。

貴族と一緒に旅したら、心臓が止まってしまいそうなくらい恐縮してたけど、生きてるかな？

彼らを紹介してくれたのは、オーレリア。

最近ぐんぐん実績を上げているBランクパーティーらしい。今回は調査の為に山の奥まで踏み込んでもらうから、実力ある冒険者と繋ぎをつけられたのはありがたい。普通に窓口行くと、貴族だからと敬遠されるか、侯爵家との繋がり目当てにピンキリで集まってしまうからね。

何より、人生二周目で初めての冒険者との接触でかなりテンションが上がっている。ファンタジーの定番に、一度は会ってみたかったんだよね。

ウォズが全面的に協力してくれるようになって、冒険者への用事、無くなってたからね。

パーティーリーダーはグリットさん。

強化魔法で扱うのか、身の丈近い大剣を背負ってた。顔つきも精悍、短髪で、頼れる先輩冒険者イメージそのままの人。きっと新人に頼られているに違いない。貴族を相手にした経験はないのか、しどろもどろになってたけども。

リーダーの古馴染みで、相棒ポジがグラーさん。

小柄で斥候役らしいけど、ぽっちゃりずんぐりで素早く動く姿を想像できない。性格は陽気でパーティーのムードメーカーらしいけど、今は緊張で青白い。嘘を吐かれたと思ってる訳じゃないけど、前情報と現状が一つも一致していない人。

もう一人の古参メンバーがヴァイオレットさん。

現状、使い物にならない男性陣をフォローしている。狙撃銃だけじゃなくて、小銃、短機関銃、更には魔法用の杖も抱えていた。重量的にどう考えても強化の使い手だけど、万能タイプで魔法援護もするみたい。

聞いた話だけど、高ランク冒険者は強化魔法がほぼ必須らしい。足場のない難所や、不意打ちを受けても十全に動けるくらいじゃないと森林の奥地へは入れないとか。

ここでも、強化魔法練習着の需要は見込めそうだね。

それから、古参じゃないから貴族の相手は任せたとばかりに後方にいるのが、巨漢のニュードさんと、ひょろりと背が高くて手足も長いクラリックさん。

この二人が元軍属で、カロネイア家と繋がりがあったらしい。

で、この五人、休憩で外に出る度に何故か顔色が悪くなってゆく。

酔ったようには見えないけど、車内でゆっくりできなかったのかな？　空間魔法を使ってなくても、五人が乗ってゆったりできるだけのスペースがある筈だけど。

「まだ目的地には着かないんスか？」

「バカ、まだ三日も先だ」

「でも移動中、身動ぎもできない状態はもう限界っス。後で追いかけますから、置いて行ってくれないっスか？」

「車の中でずっと石像みたいになってると思ったら、何を無理してるのよ。落ち着けなくて景色を楽しむ余裕も無いけど、折角の機会だと思って腹括りなさいよ」

「でも、動いたら綺麗なシートカバーを汚しそうで、怖いじゃないスか」

「お前、まさか昨日、風呂入ってないのか⁉」

「はあ⁉　お貴族様とご一緒するのに、身嗜みも整えないなんて、何考えてるのよ？」

「だって、あんな広くて立派な風呂があるなんて、思わないじゃないっスか。汚したら宿の人に怒られそうで怖かったんスよ」

「そういう時は、桶に湯を汲んで戻って、部屋で汚れを落とすんだよ。今晩は俺の桶を貸してやる」

「……俺、湯屋まで、走った」

「このバカども!!　宿の亭主とお貴族様、どっちが怖いか考えなさいよ！　ニュードも、それで汗かいて帰ったら意味ないでしょうが！」

「「「あ」」」

あの人達、本気で言ってるのかな？

「それより、俺は腹が減ったな。何か持ってねーか？」

「朝はがっつり用意してくれてたじゃないっスか。もう腹空いたんスか？」

「だって……あんな豪華な飯、胃が受け付けねーよ」

「クラリック、お前もか!?　お貴族様の護衛はいるけど、何かあったら私達は最前線に立たなくちゃいけないのよ。体調管理は必須でしょうが」

「それに、飯はちゃんと食っとかないと、いつ最期になるか分かんなさそうっスよ」

「そうだな。大貴族との接点を作れて、儲けも大きいと軽々しく受けちまったけど、大き過ぎる宿に、豪華な飯。何か裏があると思った方がいいかもしれん」

「考え過ぎ……と言いたいところだけど、警戒はしておいた方がいいでしょうね。騙されて売られる……なんて事にはならないでしょうけど、人に言えないような面倒事を押し付けられるくらいは覚悟しておきましょう」

「……オーレリア様、信じたい」

「俺だってそーだが、今回は侯爵家のお嬢様が一緒だ。身分的に断れない事もあるかもしれねーよ」

「あんな豪勢な飯、初めて食わせてもらったんだから、オレはもう覚悟を決めたっスよ」

えーと……。

折角依頼を受けてくれたんだから、冒険者さん達にもきちんとした宿と食事を用意しようと思っただけ……だったんだけどね。

ごめん、ここまで価値観が違うと思いませんでした。

まさか罠の可能性まで考えてるとは。

そりゃ、顔色も悪くなるよね。

私が行くと、事態をさらに悪化させそうだから、後でウォズにフォローを頼もう。

福利厚生

山中を川が走り、切り立った崖に沿う形で作られた村、ニュースナカ。

今回の目的地に着いたのは、王都を出発してから四日目、陽が落ちる直前だった。高い岩場や木々に阻まれて、結構前から太陽は見えていないのだけれど。

侵入個所を限定して魔物被害を抑える為、家屋の多くは崖を結ぶ橋の上に造られている。他には、崖を掘り抜いて居住空間にしているところもあるね。

ニュードさん、また顔青いけど、高いところ苦手ですか？

彼等、烏木の牙の誤解は解けた。

事前に契約した以上の依頼を強要しない事、行き過ぎた接待に思えたかもしれないけれど厚意以上の意図はない事、貴族の信用に関わる範囲でないなら待遇は彼等の希望に合わせる事、しっかり説明してくれたウォズに感謝です。

でも、時折祈りを捧げてくるようになったのは、なんでだろ？

「それでは出発前に説明した通り、小型魔導変換器を設置してもらいます。その後、十日間毎に魔力充填器を交換、同時に設置個所の周辺を探索して、遭遇した魔物を記録してください」

到着日くらいゆっくりしてくれてもよかったのだけれど、皆さん早速山に入るみたい。今日のうちに少しでも進んで、比較的山の浅いところで一泊した方が、深層に入る翌日以降の負担が減るらしい。

「その時、魔物は討伐していいんですかい？」

「ええ、問題ありません。その魔石も魔物素材も、扱いは皆さんにお任せします」

グリットさん達は、おおっと騒めく。

依頼中、拘束する分の費用は払うけれど、別に稼ぎが有ると無いとでは意欲が違うと思う。それを削ぐような真似はしないよ。

「ただ、魔物の巣を襲撃したり、森を焼いたり、生息状況に大きな影響を与えそうな行為は控えてください。氾濫の兆候や、魔物が増え過ぎて村への被害が予想される場合は別途連絡してください」

この世界に電話みたいな長距離連絡手段はないから、村には非常時連絡要員が常駐している。今回、私達の実験用に増員してもらったので、烏木の牙の皆さんとの連絡に使える。三輪のバイクみたいな車種を使って、一日半で王都まで着くらしい。早馬みたいなものかな。

無線技術は発達してないし、有線で町村までカバーするには魔物の生息域が邪魔だからね。

「それから、遭遇した魔物の種類、過去に交戦経験のある種族ならその時の体験との比較、魔物の分布、魔物以外の動物の分布、薬草の生息状況等、気付いた事は何でも記録してください」

「はい！」

四人の男達を諫める役のヴァイオレットさんが主に報告書を作成する事になるんだろうけど、随分威勢がいい。

疑いが晴れてから、用意した待遇を一番満喫してるのが彼女だからその分やる気も凄いのかな。昨日も宿に付帯したエステを受けてくつろいでいたみたいだし。

「滞在時の宿と食事はこちらで手配しています。特に食事は活動の内容次第で不定期になる事もあると思いますので、融通を利かせてもらえるよう依頼してあります。ビーゲール商会の方が巡回に来てくれる事になっていますので、武器の修繕や銃弾の補給、日用品の買い付けも自由になさってください」

「お心遣い感謝します」

「それと、白い箱の魔素収集器は魔素を圧縮して得られた液体をアルコールに溶かし込んでいます。一、二滴を水に垂らすと魔力回復のポーションになりますから、森を探索する上で必要になったらご自由に飲んでください」

「「「「え!?」」」」

これが今回の実験の目玉の一つ。

集めた魔素を魔力充填器に溜め込むだけじゃなくて、他の活用方法も考えた。現状、魔導変換炉から供給している魔力と、辺境で冒険者が倒した魔物から得た魔石で国の生活が賄われているからね。追加のアピールポイントが欲しいと思ったんだよ。

で、魔力を溜めてるんだから、飲めば回復もできるんじゃないかと考えた。

魔力を回復する経口ポーションは、既にあるんだけどね。

これ、まっずいの。

スエルチアマリンという薬草があって、これを煎じて薬効を抽出したものが販売されてるんだけど、ムチャクチャ苦い。苦味成分は魔力回復の薬効と紐づいていて、切り離せないらしい。

研究中に好奇心で舐めてみたんだけど、私がこれを口にする機会は、今後決してない。そもそも、モヤモヤさん回収に余念がない私が、魔力の回復を必要とする事態は世界が滅ぶ時くらいだろうし。

ただ、この試みは言うほど単純じゃなかった。

魔力というのは、生物が魔素を吸収した際、エネルギーとして活用する為に当人の属性に応じて指向性を持たせたものなので、個人差があって他者の魔力同士は反発する。魔導変換器の場合は核としている魔石の属性に準じる。

例外は無属性だけど、そんな高品質の魔石は私以外に用意できない。

けれど私は知っていた。

モヤモヤさんは接触するだけで容易に吸収できる。

その性質は、圧縮しても変わらなかった。過剰摂取しても、許容量を超えた分が全身からゆっくり染み出してくるだけ。私が不快になる以上の害はない。

変換器の〝放出〟の魔法付与を、〝圧縮〟、〝液状化〟に変えれば、液体魔素も作れた。周辺の魔素を集める技術が無かったから実用化されていなかったけれど、魔素の液状化は過去に事例があった。

でも、放っておくとどんどん気化して消えていく。私的にはモヤモヤさんが湧いて見えたけども。

液体魔素を安定に保つ工夫が必要になった。

水には混じるだけで溶けない事は、魔導変換炉で確認済み。

物体には染み込み難いけれど、生体が触れると吸収して魔力に変換されてしまう。

魔法で形状を変えているだけなので、液体状態を保てるのは短時間。

これの活用はかなり難しいように思えたけど、掃除機の基板を金属で作った失敗が生きた。

有機溶媒との親和性は高いんじゃないかな？

きっと、スエルチアマリン草も植物成分が魔素と結びつくんだろうね。

マーシャが鬼の形相で論文にまとめてくれて、ビーゲール商会の出向者を増員し、今回の実験に間に合うように急いで研究を進めたよ。

そうして辿り着いたのが、度数九十以上の蒸留酒。

溶けた魔素は安定です。

経口するから、工業用アルコールは避けたよ。

研究室の成果、苦くないポーションのお披露目です。

私？

モヤモヤさんの濃縮液なんて、絶対口にしないよ。

「新しいポーションって、マジか？」

「これでもう、あの苦不味いポーションを飲むのと命を天秤にかけなくていいんスか？」

「ポーションって、一本で一か月分の生活費が飛ぶのよ。それを必要なだけ支給？　本気？」

「……スカーレット様、俺達騙す、しない」

「探索が楽になったと考えよーぜ。騙されてたとしても、俺達とっくに引き返せないとこまで来ちまってんだしよ」

「至れり尽くせりの待遇の上に、ポーションだもんな。ここまで世話になった分は、探索で活躍して応えようぜ」

「報告書も協力してよ。手なんて、絶対抜けないんだから」

「気に入ってもらえたら、次の依頼も任せてもらえるかもしれねーし、な」

「……スカーレット様、一生ついてく」

「オレ、依頼が終わったらスカーレット様に飼ってもらうって決めたっス」

気合が入って何よりだけど、今回の実験依頼、ビーゲール商会が全額出資だよ。

今後の利益を考えたらこれくらいの出費は何でもありませんって、ウォズが綺麗な笑顔で言ってたからね。

私は計画を立てただけ。貴族組四人揃って遠征なんて、ちょっと欲張り過ぎたかなって思いながら予算申請書類を提出したら、一切の修正なしでＯＫでした。

私に感謝、いらないよ？

温泉大好き　二

ニュースナカ村の規模は大きくなくて、本来貴族が滞在するようにはできていない。だから村長さんに打診して、村で一番大きい宿泊施設を私達用に貸し切ってもらう手筈になっている。

現在、フランをはじめとした各家の世話係の人達が、最低限私達が滞在できるスペースへと模様替えの最中です。

やけに荷物が多いと思ったら、この為だったんだね。

いつの間にかウォズと交渉して、調度品やら事務用品を調達していて、短期滞在用の寝室と執務室を確保するつもりらしい。

私としては何もそこまでしなくてもと思うけれど、それで済まないのが貴族の面倒なところだよね。

仕方無いので学生組はロビーでお茶して時間を潰す。

ウォズも部屋を誂える側に加わろうとしていたから、強制的に引き留めたよ。

「オーレリア様、この辺りにはかなり強力な魔物が出没するって聞きますけど、烏木の牙の皆さんは大丈夫でしょうか？」

道中の彼等だけ見てると心配する気持ちは少し分かる。

コボルトやオーガ、リザードマンなんてのもいると聞く。人型は知能が高くて罠や武器も扱う厄介な魔物で、中堅冒険者でも条件次第では忌避するらしい。

「ニュードさんとクラリックさんは魔物間伐部隊にいた頃、この辺りにもよく来ています。事前打ち合わせの際に彼らが地図を見て、問題ないと判断したなら大丈夫でしょう」

「見栄を張って自分達を大きく見せても、結局自らの首を絞めるだけだと彼等なら分かっていると思いますよ。ビーゲール商会としても、そういった評判の方でなければ、契約しません」

私からはちょっと面白い人くらいにしか見えなかったけれど、ウォズに認められるくらいなら彼等は本物なんだろうね。

「それに、必要以上の歓待を受けた人は高慢になるか、恐縮するかに分かれます。スカーレット様が意図したかどうかはわかりませんが、おかげで随分彼等の地が見えました。恩を感じてくれているなら、必要以上に彼等から情報が漏れる事もないでしょう」

「私、そんな人を試すような真似しないよ？」

「レティならそうでしょうね」

「申し訳ありません。ですが、信用できるかどうかは知っておく必要があったのです。その為の監視要員を、予めこの村に送り込んでおいたくらいですから」

流石商人、抜け目ないね。

私が抜けてるところをフォローしてくれる分には問題ないけど。

「正直、小型魔導変換器がこんなにも早く形になるとは思っておりませんでしたので、少々気を張り過ぎているかもしれません」

「でも……、でも先日、魔塔で研究者の方が行方不明になる事件もありましたから、新しい技術を狙った犯罪を警戒し過ぎると言う事はないと思います」

まあ、私としても、アドラクシア殿下に分割付与の存在が漏れた事もあって、今回はしっかり戸締りして来たしね。私達の遠征中、研究室に忍び込もうと思ったら、私のちょっと本気付与を超えるくらいでないとね。

「出向組の……、出向組の方達のように、烏木の牙の方達と魔導契約は行わないのですか？」

「それは信用できると確定してからですね。魔導契約で行動は縛れますが、悪意がある場合は先に対策を取られている場合もあります。それに、無闇に秘密を知ってしまう事でその後の生活に支障

聞きます」

「有名なところだと、契約直前に名前を変更する、意識を混濁させた状態でサインさせる、などですね。それに、冒険者達は様々な人達と接しますから、行動を縛られる契約を避ける場合も多いと聞きます」

「あの人達なら、レティ様からの申し出は断らないと思いますけど」

「それは……否定しません」

楽しい人達だから、できれば今後も依頼したいと思ってるけどね。

冒険者としての実力はまだ分からないから、もう少し様子見しようか。別に急ぐ話じゃないし。

そうこう話していると、フランが改装完了を告げに来た。

「よし、そろそろお風呂に行こう！」

「え――？」

「……」

「……」

何で皆固まってるの？

ここ、ニュースナカには温泉がある。だから実験場所に選んだと言ってもいいくらいなんだよ？

今日一番の楽しみだよ？

「……レティ、ここ、こ、混浴ですよ？」

うん、知ってる。事前調査はばっちりだからね。

それが何か？

「「「無理、無理、無理、無理です!!」」」

すっごい勢いで断られた。

オーレリアだけじゃなくて、キャシーとマーシャも駄目か、残念。

「じゃあ、ウォズ、行こうか？」

「へ――？」

あれ？

ウォズまで固まるの？

混浴なんだから、誘ってもおかしくないでしょう？

「は!?　え？　い、いえ、申し訳ありません。無理です、ご一緒できません。すみません、失礼します！」

真っ赤になって頭を下げると、あっという間に逃げて行った。

解せぬ。

ここの温泉は、川に張り出すように造られてる。

湯船のガラス張りの向こう側には、川面が広がる。湯船と川が一体化したみたいで、横から覗くと、川魚が泳ぎ去る様子が見える。

一日車に揺られて、凝った身体がほぐされてゆくよ。

ああ、幸せ。

硫黄の香りがして、ここが私の場所だと再確認できる。

この宿は私達が貸し切ってあるので、当然他に人の姿はない。そもそも、貴族が滞在していると知って、近付いて来る人なんていない。

「実際の有無ではなく、男性が立ち入るかもしれない空間で服を脱ぐという行為が問題なのです」

寂しく湯に浸かりながら、諦め顔のフランの説明を受ける。

貴族の常識めんどくさい。

温泉くらい、気ままに入ればいいのにね。

キャシーとマーシャも加えたキャッキャウフフを期待してたのにね。膨らむ気配のない私の胸に、何か貴重な成分を取り込めるかもだし。

仕方ないから、呆れながらも付き合ってくれるフランに甘えよう。

「湯着を着てるのに？」

「濡れた布一枚を服とは見做しません。殿方によっては、より欲情する場合もあります。そういった可能性には決して近付いてはならないのです」

私の前世の温泉観が、一切通じない事は分かったよ。

子供のままの私になんて興奮する筈ないって言っても、通用しそうにない。

温泉宿で狭い部屋風呂なんて味気ないから、自重する気はないけどね。

見上げると、輝く星が岩壁と紅葉樹の隙間から見える。

ガラスに隔てられてはいるけど、川いっぱいの湯船に浮かんでる気分。川はまっすぐ山の向こうへ続いている。

絶景をのんびり独り占めも悪くないかも。

もうすぐ月も見えるかな？

お酒を片手に景色を楽しめたら最高なんだけど、残念ながら未成年。この国では十六歳まで待たないとだね。

盗賊情報

烏木の牙に任せたのが山奥の実験担当なら、私達は村とその周辺が担当となる。村長に許可をもらった上で、小型魔導変換器を設置する。

変換器の魔素吸収範囲は広くない。直径百メートル程度のほぼ半球形。今回の実験では村全体をカバーできるほど試作品を揃えていないので、崖をペケ字に敷いた橋桁の端にそれぞれと、中央部分、崖下の温泉近くの六か所を選んだ。

最後の一つは温泉の景観を楽しみたい私の都合だけども。

川なので延々モヤモヤさんが流れてくるから、私のお掃除魔法じゃ追いつかなかったんだよね。

流水の魔素吸収状況を調べると言って、一台確保した。常時発動となると、人力より魔道具が便利だからね。

魔力充填量の記録。誤作動がないかの確認。魔素の変換を阻害しかねない要因の探索。皆魔素測定器片手に、私は測定しているふうを装って目視でモヤモヤさんを確認しつつ、慌ただしい日々を過ごしてます。

崖下に設置した変換器のチェックが特に大変で、崖の内部に掘られた階段を一日に何度も往復したよ。ラバースーツ魔法がなかったら、私間違いなく行き倒れてました。

頑張った分温泉《ごほうび》があるから、遣り甲斐はあったけどね。

すっかり私専用になった湯船が癒してくれる。

貴族の実験なんて村にメリットが少なくて嫌がられるかと思ったけれど、打診の時点で割と快諾してくれた。温泉目的で訪れる平民と比べて、私達は桁の違うお金を落とす。さらに、実験の為に高ランク冒険者が長期滞在して近隣の山々を見回ってくれるのが大きいみたい。烏木の牙、様々だね。

なのに、今日の村長は浮かない顔。

「盗賊？」

弱り切った様子の村長に事情を訊いてみると、そんな答えが返ってきた。

考えもしなかった返答に、一緒に事情を訊いたオーレリアと、思わず顔を見合わせたよ。

「一か月ほど前と十日前の二回、銃を持った男達十人ばかりが乗り込んできまして、金を出すよう脅されました」

えー、これは困った。

「領主、エイシュバレー子爵への連絡は？」

「二回目の襲撃があった時点で入れました。ただ、すぐに領軍を向かわせるのは難しいと」

……頭痛い。

村長が困っているのは本当だろうね。

多分、領主が動いてくれないから、方々への影響力が強いノースマークとカロネイアに事情を話して助けてもらおうとしてるんだと思う。

もしかしたらだけど、私達からの打診を受けた時点でそのつもりだったのかも。

でもこの人、事態の深刻さをまるで分かっていない。

長年平穏に地方村落の長をやってきて危機感が足りないのか、初めてのトラブルでどう対応したらいいのか分からないのか、どちらにしても最悪の状況になっている。

「村長、念のためにお聞きしますが、村に現れた集団は二回とも全員が武装していましたか？」

「はい、この村で想定しているのは少数の魔物侵入くらいです。武装した複数人に対抗できる戦力はありませんから、避難を優先しました」

状況が読めていない村長に、質問の意図は伝わらなかった。

烏木の牙の滞在を喜んだのは、これが理由だったのかな。

もしかしたらキャシーとマーシャの護衛も戦力として当てにしてるかもだけど、彼等が村を守る義理はないし、それをするだけの備えもないよ。

盗賊と言っても、農民が剣や槍を手にして暴徒化したり、冒険者崩れや軍役脱落者が徒党を組んだ程度ならまだマシだった。

武器が全員に行き渡るほど充足しているなら、犯罪組織や後ろ暗い手段に手を染めた貴族に支援されて、暴行や略奪を行う連中である可能性が高い。銃火器の調達には資金力も伝手もいるからね。それに魔物領域広がるこの世界で、犯罪者達だけで隠れ潜むのは難しい。

「――そんな状況で、お嬢様方を受け入れたのですか？」

堪えきれなかったらしいフランが低い声で問い質す。

「その手合いがお嬢様方の存在を知れば、身代金の要求を目的に拉致される可能性が高い。そうでなくとも三度目の襲撃があれば、お嬢様方の無事は保証できない。それを知りながら、貴方は碌な対応もせず、お嬢様方を受け入れたのですか？」

「え――!?」

村長の顔はそんなつもりは無かったと語ってるけれど、到着から四日も経っている以上、問題の表面化を恐れて隠していたとしか受け取れない。

悪人ではないのだろうけど、見通しが甘過ぎる。

盗賊の件を伝える機会は今まで何度もあった。領主に助けてほしかったんだろうけれど、情報が今になって届く時点で対応が遅過ぎる。一回目の襲撃の後に報告してこないなんてあり得ない。私達の受け入れが予定にある以上、非常用の連絡員を走らせる事態の筈だけど、その形跡もない。

エイシュバレー子爵の対応も不味い。

実験の一環として、領内に私達が滞在する事は伝えてある。なのに軍を動かせないなんて、共犯すら疑われる失点だよ。

私達が子供だからと軽く見てるんだろうね。

滞在許可を得るのに、ビーゲール商会の使者を使ったのも良くなかったかもしれない。人によってはただの平民扱いだからね。

「申し訳ありません。本当に、申し訳ございません。ですが、私共にはどうしようもなかったのです」

漸く事態の不味さに気付いた村長は頭を下げ始めた。

きちんとしたマナーを学んでないから、謝罪礼というよりほとんど前傾姿勢だけど。

「何とか助けていただけませんか？」

それはどういう意味だろうね。

この村を助けてほしいと願っているのだとしても、私達にその義理は無い。ニュースナカを守るのは領主の仕事だから、領や国軍に私達が救援を依頼すると越権行為になってしまう。

使える権限内で守ろうと思ったら、私達が前面に出なきゃいけない。困った事に貴族と一村落の価値は一緒じゃないから、私達の安全より村を優先にはできないよ。もし毛筋一つでも傷を負ったなら、責任問題になって村も領地もただでは済まないからね。

村長としての失態を許してほしいって意味なら、それは無理。

失点の証拠が多過ぎてとても隠せない。それに村長が責任から逃げるなら、村に損害が及ぶよ。

「どうなさいますか、お嬢様？　すぐに村を離れますか？」

村長を相手にしても仕方ないと悟ったのか、フランが私の指示を仰ぐ。

「万が一、村に内通者がいた場合は村を出ても追われるかもしれない。だから、護衛を任せられる冒険者の皆さんを待ちましょう」

私が車に防御付与すれば、まず危害を加えられないだろうけど、あんまり公にしたくないんだよね。

十人くらいなら私とオーレリアで制圧できるかもだけど、相手の装備次第で無理はできない。剣と拳銃しか持ってなかったガーベイジ領所属騎士の時とは訳が違うだろうし。ここは魔物被害の多い地域だから、そのくらいの装備なら村人でも対処できたろうしね。

とりあえずは籠城です。

盗賊掃討

盗賊の襲撃がまたあるかどうかは分からないけれど、可能性がある以上、警戒はしないといけない。

私達は宿を引き払って、車内で寝泊まりする事になった。空間魔法を使う訳にはいかなくて多少手狭だけれど、貴族用車両なのでそこそこのスペースはあるからね。私の防御付与なしでも防弾対策はしてあるので、いざという場合にはそのまま脱出する予定。

キャシー達の護衛騎士とフラン達従者、そしてウォズを含む商会関係者も不寝番を買って出てくれた。

村からも協力を申し出てくれた人はいたのだけれど、村長の失態で信用をなくしてる為、私達に近付く許可は下りなかった。代わりに村の外の見張りを強化してもらう。そもそもお貴族様の傍に居続けられる胆力はないだろうから、丁度いいよね。

烏木の牙帰還は予定通りなら二日後。それまで持ち堪えればいい。

こちらの銃器は、短機関銃五丁、ライフル銃二丁。それと、防衛、狩猟用として村にあった短機関銃一丁、ライフル銃二丁、散弾銃二丁。過去二回と同規模の襲撃なら足りると思う。

でも、向こうが私達の滞在を知っているなら増員はあるだろうね。堂々車列を率いてここまで来たし。

オーレリアは想定していたけれど、キャシーもマーシャも落ち着いている。突然盗賊に備えなければならなかった事への戸惑いはあったものの、襲撃に対する不安は見えない。現実味を実感できてないだけかもしれないけども。

彼女達を傷つけさせるつもりは無いから、私もこっそり動いた。

聞いたところ、最初の襲撃は無警戒だった村へバイクで侵入して、駆け抜けながら銃弾をばら撒いたらしい。住人は混乱しながら逃げ惑い、戦意を喪失して言われるままにお金を差し出したと言う。

二度目は崖の両側からバイクで乗り付けて逃げ場を塞いだ。村を封鎖してから端側の民家へ機関銃を撃ち散らかしたとか。

この情報から、連中の移動手段が明らかになったので、車止めを用意する事にした。

ただし、脆くて、車やバイクが突っ込めば容易く壊れそうに見えるのがポイント。スチール製の強固な奴じゃなくて、廃タイヤ材の頼りなさそうなのを見繕ったよ。

通行する車は普通にいるから、簡単に設置撤去できないとね。村に入る際にはスピードを落とすのが原則だから、一般の車からするとちょっとした通行規制にしか見えない。

でも、私がしっかりモヤモヤさんを込めたから、何も考えずに突撃したらただでは済まないだろうね。

温泉を我慢しなきゃいけなくなったんだから、これくらいの嫌がらせは許される筈。

準備はしたけど、襲撃なんて無いに越したことはない。そんな希望的観測は、日が暮れてすぐに鳴り響いた騒音に打ち砕かれた。

轟音の源は村の南側。

崖上に沿った道路上に三十を超える点灯が見える。忍ぶつもりは無いみたいで、エンジン音を響かせ、大声で笑いながら警笛をけたたましく掻き鳴らしている。

群れて気が大きくなっているのか、承認欲求がよっぽど強いのか、あの手の連中はどうしてあんなにも騒がしいんだろう。道理から外れた連中を受け入れてあげようなんて特異な人、いる筈ないのにね。

側でマーシャが震えているのが分かった。あれだけの暴漢が迫っているのだから無理もない。

友達を怖がらせている奴等に腹が立つ。

「レティの車止めを越えたら殲滅に入る……でしたよね」

オーレリアの視線なんて氷点下だよ。

ヴァンデル王国の剣、カロネイアの一員として、彼女は打って出ると決まっている。立場的に指揮を預かった私が許可すれば、あっという間にすっ飛んで行きそうです。

強化魔法を少しずつ習得して、ますます手が付けられなくなってきてるからね。

「オラオラ！　今日も取り立てに来てやったぞ田舎者共!!」

「金だけじゃ物足りねえ。女だ、女を寄越せ！　世間知らずのお嬢様とか、最高だ！」

「金に換える前に、たっぷり可愛がってやるからよ！」

「死にたくなかったら逃げろよ。轢いちまうぞ、撃っちまうぞ。俺等を楽しませろ!!」

盗賊達は威勢よく村へと突撃して——車止めに激突して、盛大に転倒した。

私の付与で固めた車止めは、どんな速度でぶつかったところで微動だにしないからね。

交通法なんて順守するつもりは無かったみたいだから、何人かは宙を舞って崖下へ落ちたし、もう何人かは路面を滑って赤い塊になったよ。

これで十人以上が脱落。

「なんだこりゃあ!?」

異変に気付いて慌ててブレーキをかけたみたいだけど、半分以上は転倒を免れなかった。後続の車体に轢かれた人もいたよ。

スピードの出し過ぎって怖いね。同情しないけど。

うまくいけば少しくらいは数が減らせるかもと作った車止めだったけど、思ったより考え無しに飛び込んできたから効果抜群過ぎたね。仕掛けた私が吃驚だよ。

げぇとか、うわぁとか、味方側もドン引いてます。

「ヒッ――」

平静を保とうとしてたキャシーからも、短い悲鳴が漏れた。

ごめんね。

ちょっと惨劇が想像以上で、女の子には刺激が強過ぎたかな。

オーレリアは少し溜飲下がって微笑んでるけど、あの子は武闘派女子枠だからね。

私？

前世のままなら、とても見ていられなかっただろうけど、非常時に感情を切り離せるよう訓練してある。状況を客観視して、情動を立ち入らせない。

今回は敵側の被害のみだけど、同胞に犠牲を強いる時もあるかもしれない。そんな時でも感情が邪魔しないよう、心が壊れないよう、スイッチの切り替えを身に付けた。

――ぱんっ　ぱんっ　ぱんっ
想定より遥かに気勢を削いで、討伐組に攻撃指示を出そうとした時、乾いた音が三回響いた。

橋の向こうで音の数だけ男が倒れる。

「そ、狙撃だ!! 隠れろっ!」

状況把握は盗賊達の方が早かった。

道の向こうの岩陰に、車止めに激突して引っ掛かったバイクの陰に、その身を隠す。しかし、その場所決めの判断が彼らの運命を分ける。

「――残念っスけど、ここはもう占有済みっス」

ゆらり、と。

丸い身体が岩陰から染み出てくる。

え⁉

グラーさん? いつからそこに居たの?

俯瞰して戦況を捉えていた筈なのに、まるで気付かなかったよ?

離れていたから私の視界に辛うじて入っただけで、間近にいる盗賊達は背後から忍び寄る存在に気付いてもいない。

逃げ込んだ筈の先で、襲われたと気付く前に首を斬られてゆく。

グラーさんを視認して、漸くさっきの狙撃音の主に思い至った。どこにいるのか全く分からないけど、ヴァイオレットさんだ。

今も銃声がする度に一人、また一人と倒れていってる。

「申し訳ねーです、スカーレット様。帰ってきたら賊共が向かってるのが見えたんで、自分達の判断で介入させてもらいました」

「!!」

クラリックさん？

突然、後ろから声を掛けられて驚いたよ。

と言うか貴方達、ニュースナカの南側、現在盗賊達と交戦中の向こうの山へ行ったよね？　なんで後ろに回り込んでるの？

「すんません。戻った事を伝える為に、俺だけ先行しました」

「え？　でも、何処から？」

「連中が邪魔で道は通れなかったんで、崖を越えてきました」

崖？　幅一キロくらいあるけど？

一旦下りたの？

川は泳いで渡ったの？

「クラリックさんは強化魔法、特に脚力や跳躍力の強化が得意なのですよ」

オーレリアの補足が上手く頭に染み込んでくれない。

まさか、跳び越えたの？

それ、跳躍と言うより飛行って領域じゃないの？　手と足の間に皮膜とかあったりしない？

とりあえず、烏木の牙の皆さんが常識で測れないって事は分かったよ。

これが高ランク冒険者の水準なの？

私が驚いてる間に、戦闘はほとんど終わってた。

姿を晒せば狙撃されて、身を隠す先には正確に急所を切り裂くグラーさん。残った盗賊に取れる手段は二つしかなかった。

一つは逃げる事。

ヴァイオレットさんでも間を置かずに狙撃は行えない。犠牲は出るかもしれないけれど、何人かは抜けられる。それに彼等はまだバイクに跨っているから、ライフルの射程さえ出れば追いつけない。

その先にニュードさんが控えてなければ、だけどね。

狙撃を免れたのは三人。全開でアクセルを回していたのに、バイクごと崖下へ投げ捨てられました。走るバイクを掴む腕力ってどんなだろうね。

もう一つの手段は橋を渡って村に入る事。

バイクを乗り捨てたなら車止めは障害にならない。村人を人質にでも取れば交渉できるとでも思ったのかも。

私が迎撃を指示するより先に、グリットさんの刃が追い付いたけどね。

一縷《いちる》の望みをかけて突撃してきた四人は、たった一振りでまとめて上下に分割された。

奇襲があんまり上手く決まったから、ヴァイオレットさんの狙撃を除けば、一度の銃声もなかったよ。彼等がいてくれたなら、車止めの小細工も必要なかったかもね。

本当に凄過ぎて言葉もない。

ただの面白い人達かも、とか考えててごめんなさい。

討伐終わって

本物を知った。

私は、あくまでも魔力量に任せた贋作もどき。

分かってた筈なのに、ラバースーツ魔法があるから、その気になれば本物に並べるかもなんて、いつの間にか思い上がってたみたい。すっかり謎の全能感に浸って勘違いしてた。恥ずかしい。

ここは魔法がある世界。

強化魔法一つでも、極め続ければ前世の常識に縛られた私の想像なんて軽く凌駕する。

オーレリアが自戒を続けてる訳だよね。

彼女はもっと凄い背を、ずっと追い続けてるんだと思う。

強力であっても磨く気のない私のラバースーツ魔法は、本物に決して及ばない。その事に納得して、自分を鍛え直そうとは思えないんだから荒事は専門家に任せた方が良さそう。

でも仕方ないよね。

生まれ直してこの方、英雄になりたいとも、ファンタジー世界に転生したんだから竜を倒してみたいとも、魔王を倒して世界を平和にしたいとも、考えた事ないんだからね。

だから、己を鍛え上げて武威を示すオーレリアや烏木の牙の人達を凄いとは思っても、ああなりたいとは思えない。

——侯爵令嬢に生まれて、周囲より恵まれている分、人より多くの義務を背負わなくちゃいけない。


いつかのお母様の戒めが、常に私の底に根付いてる。

この世界で私が初めて憧れたもの。

貴族らしい貴族になりたい。

いつだってそれが私の原点だから、モヤモヤさんの扱いも、ラバースーツ魔法も、六歳の頃から身に付けてきた知識も、研究の成果物も、前世の経験だって、望みを形にする為の手段でしかない。

そこに最低限以外の武力は入っていなかった。彼等と並べる筈もない。

うん、自分を顧みるいい機会になったよ。


私がボーッとしている間に、グリットさん達は生き残った盗賊達を縛り上げてくれていた。

ブレーキを掛けるのが比較的早かった者の何人かは、転倒して重傷を負った程度で、運良く命を拾ったみたい。もっとも、辛うじて生きていたところで骨と一緒に心も折れてたみたいで、縛られるままになっている。捕縛された盗賊の行き着く先なんて、処刑しかないしね。

魔物蔓延るこの国で、我欲から治安を乱した者達は例外なく害獣扱いで処分される。

国が犯罪者の人権を保障してくれるのは、豊かで余裕がある場合に限られるよ。軽犯罪なら労働力として酷使する道もあるけれど、資源も土地も不足して、座れる椅子の数は決まっているヴァンデル王国にその余裕はない。

そんな訳だから、重体の者にはとどめを刺している。必要なのは情報を引き出せる者だけで、尋問してから殺すか、今死ぬかの差しかない。

ちなみに、ヴァイオレットさんの姿はまだないよ。どれだけ遠くから撃ってたんだろうね。

「状況の分からないまま介入しましたが、スカーレット様も、皆さんも、お怪我はありませんかい？」

「丁度いいタイミングでグリットさん達が駆け付けてくださいましたから、皆無事です。助けていただいて、ありがとうございます」

オーレリアは不完全燃焼かもだけどね。キャシー達の護衛騎士達も、殲滅の早さにポカンとしてたよ。

「いえ、依頼人の皆さんを危険に晒したなんて立場がありませんから、間に合って良かったです」

「予定よりずっと早いお帰りでしたけど、何かありましたか？」

「いや、問題があった訳ではありませんよ。スカーレット様が使用を許可してくれた新しいポーションがあったんで、魔法を温存する必要がありませんでしたから、想定以上の進度で探索できたんです」

「味が悪くて飲むのを躊躇う必要もないから助かったっス。商品化する予定はないんスか？」

研究室メンバー以外で服用実験を行うついでのサービスを…ってくらいのつもりだったのだけど、

思った以上に効果があったみたい。身を守るだけじゃなくて活動効率まで上がるなら、市場供給も本格的に考えなきゃだね。

装置を用意したなら、モヤモヤさん次第でいくらでも生産できる。高純度蒸留酒はそれなりに高価だけど、摂取するのは一、二滴を希釈したので十分だし、原価タダみたいなものなんだよね。あんまり安価に売ると市場を壊しそうだし、専門家《ウォズんち》に相談しよう。

「戻って早々で申し訳ありませんが、盗賊がこれだけとは限りません。村が安全でないと分かった以上、私達は滞在を続けられません。烏木の牙の皆さんは予定していた実験を一旦中断して、私達を町まで護衛していただけませんか？　勿論、護衛料は別途お支払いします」

「俺等は勿論構いません。いろいろとお世話になってますんで、追加の依頼料も無くていいくらいですけど……設置した試作品はそのままでいいんですかい？」

「ええ、特殊な箱に入れてますから、高位の魔物でも壊せませんし、万が一盗まれたとしても、鍵が無ければ開きません」

特殊、つまり私の付与魔法製です。

イメージをそのまま形にするなら、分割付与より、従来の多重付与の方が便利なんだよね。

汎用性は欠けているけど、専用性に特化している感じ。

並列つなぎが閃きの切っ掛けになったけど、分割付与とはかなり別物で、かつて電気回路で学んだ法則はほとんど通用しない。特に、単付与基板をつなぐ魔導線の影響を強く受けるんだよね。

今は分割付与に絞って研究してるけど、多重付与と分割付与、複合的に使えばもっと可能性が広がりそうな予感がある。

「レティ様。不寝番は予定通り、うちの者とマーシャのところの騎士で行いますから、戻ったばかりのグリット様達には朝まで休んでいただいたらどうでしょう？」

「いや、皆さんを守るのも俺達の仕事ですから、気を遣ってもらわなくても……」

「グリット様には助けていただきましたもの。きちんとお礼したいところですけど、今すぐには叶いません。ですから、せめて身体を休めてください」

「しかし……」

「リーダー、こう言ってくれてるんスから、今日くらい甘えておきましょうよ」

「ええ、グラーさんの仰る通りです。明日からまた護衛していただくのですから、英気を養ってください。村に着いて以降、ゆっくりされてないでしょう？」

あれ？

「ネリー、グリット様達のお部屋とお食事を準備して差しあげて」

「……はい、お嬢様」

キャシーの指示を受けた侍女が駆けてゆく。私、口出す暇もありません。

「いや、そこまでしていただかなくても……」

「遠慮なんてなさらないでください。このくらい、お礼の代わりにもならないのですから。それより、準備が整うまで、山でのグリット様のご活躍について、聞かせていただけませんか？」

「いや、キャスリーン様、活躍と言われても……」

「……ロックパイソン、いた」

「ありがとうございます、ニュードさん。ロックパイソンって、岩のような鱗を持つ大蛇ですよね。剣も銃弾も通らないと聞いていますけど、どのように倒したんですか？」

「……グリット、両断、敵じゃない」

「？　えっと……」

「あー、リーダーの大剣には重量変化の特性が備わっていて、魔力を通すと重くなるんスよ。それを強化した腕力で叩きつければ、岩くらいの硬さなら真っ二つっス」

「まあ！　軽々と持ち歩かれてましたから、気付きませんでした。それとも、普段は重さを軽減されてるんですか？」

「……してない。リーダー、そのくらい、余裕」

「それだけ鍛えていらっしゃるんですね、凄いです！」

ちょっと不思議な光景だね。

ニュードさん、口下手を気にしてか、私にはあまり話しかけてこない。その気になったら案外話すんだね。キャシーもきちんと話を拾ってる。彼女は冒険者の皆と距離を置いてると思ってたけど。

「グリット様は、他にどんな魔物を倒されたのですか」

「……ゴブリン、リザードマン、いっぱい」

「罠を仕掛けられたり、物陰に隠れて隙を窺ったりされるそうですけど、大丈夫でしたか？」

「……問題ない。奇襲、仕掛ける側」

「リーダーは罠ごと薙ぎ払うタイプっスからね。トカゲ共が入れ食い状態だったっスよ」

「大活躍だったのですね！」

「おいおい、暴れたのは俺だけじゃないだろう。お前等だって相当倒してたろう」

「加減無しに魔物共を蹂躙できる機会なんて、普通はねーからな。爽快だったぜ」

「……最終的に、トカゲ、寄って来なくなった」

「今回、あんまり活躍できなかったの、姐さんくらいじゃないっスか」

「ポーションより銃弾の方が貴重なくらいだったからな。その分、物足りなさを盗賊共にぶつけてたんじゃねーの？」

「ふっ、違いない」

「……魔石山盛り、スカーレット様のおかげ」

「あれの開発には、キャスリーン様も関わってるんですかい？」

「いえ、あたしなんて、少しお手伝いしたくらいです。でも、グリット様のお役に立ててたなら嬉しいです」

そうこう話してる間に、ヴァイオレットさんも戻ってきたよ。余計な事を話してるんじゃないかと、早速男衆を問い詰めている。それをキャシーがはっきり否定してるね。

「ねえ、マーシャ――グリット様って何？」

「――まぁ、そういう…、そういう事でしょうね」

やっぱりそうだよね。

キャシーってば、グリットさんと話す時だけ、いくらか声色高いしね。

一か八かと私達の方へ走って来た盗賊を斬り払ったグリットさんは、確かにカッコよかったからね。そこに異論はないよ。

彼女は男爵家の令嬢だから、最近有名になりつつある高ランク冒険者も結婚相手の候補に入る。

貴族同士で婚姻を結んで家の権威を高めるのと同じくらい、才能も実績もある商人や冒険者と縁を結んで地盤を固めるのも、下級貴族には必要な事だからね。

友達としても、口を挟むような事じゃない。

応えるかどうかはグリットさんの気持ち次第だし。

でも、女性のヴァイオレットさんと伝令役に回ったクラリックさんは仕方ないとして、活躍したのはグラーさんもニュードさんも同じだよ？

視界に入らなかったのかな？

やっぱり最後の決め手は顔ですか？

埒外の魔法使い

烏木の牙の活躍を目撃して、何やら友人の春を目撃して、めでたしめでたしとは終わらなかった。

具体的に言うと、水を差す馬鹿が出た。

――ゴウン！　ゴウン！　ゴウン!!　ゴウン!!　ブルルルルル……!!

突然鳴り響いた轟音が私達の意識を引き戻す。

今度は大型魔物の咆哮かと一瞬山岳部へ警戒を向けたけれど、よくよく聞けば機械的な音調が混じっていた。

このタイミングで騒音とか、空気を読めないにも程がある。

「レティ、あれ！」

オーレリアはいち早く音の発生源に気付いたようだけど、私はまだ視線が目標に定まらない。地形のせいもあって音が反響して分かり難いものの、何となく大型のエンジンっぽい確信だけはあった。

派手なエンジン音で周囲を威嚇する改造車両？

トラックの前面に追加装甲を張り付けた突撃車両モドキ？

周囲の迷惑を顧みない感じはどう考えても盗賊共の残党だから、どうも前世迷惑集団の想像が付きまとう。

――ドゥン……!!

「――!!」

その正体を私が見極めるより早く、今度はお腹の底まで響くような炸裂音が轟いた。それが何か分からないまま、キャシー達は身を竦ませる。

グリットさんが彼女達を庇うように両手を広げて立ち塞がって、グラーさん達も腰を落として警戒する素振りを見せた。

次の瞬間、私達から少し離れた位置にあった建物が倒壊する。

「「きゃあっ！」」

その衝撃に二人は悲鳴を上げて顔を伏せる。

炸裂音と衝撃から、漸く私も音の正体に気が付いた。

侯爵令嬢として教育を受けた身なので、興味とかに関係なく軍事訓練も何度か見学している。お父様曰く、戦争の選択肢もあり得るのだと心に刻んでおく必要があったらしい。

平和主義さえ唱えておけば平穏な生活が守られると妄信していた前世と違って、実弾を用いて真剣に訓練する様子からは現実味が感じられた。もしもの場合、私は彼等に命を懸けろと命じなければならない立場にある。

その経験から、炸裂音には聞き覚えがあった。

弾丸を撃ち出す為の瞬間的な火薬燃焼による破裂音。しかも体の底まで響く大きさからするとかなり大口径に違いない。個人で運用するレベルは軽く超えている。僅か一発で建物を破壊した威力からもそれが窺えた。

実体を把握した上で改めて音源の方を見ると、思い描いた通りの威容がそこにあった。私が妄想していた迷惑車両像はどちらも彼方へ霞む。そんな可愛らしい代物じゃない。

「装輪型の機動戦闘車両、ですね。主砲は百二十ミリ、機銃も備えて時速百キロ以上で走行する兵器です。国軍に主力配備されているものと同型でしょう」

あの手の兵器類に私より詳しそうなカロネイアの御令嬢が仕様について教えてくれた。

分厚い装甲に守られた車体を八輪の大型タイヤが支えて、その上部には存在感のある砲身が伸びている。その上に更に機銃が載っている訳だけど、施条砲と比べると可愛く見えるくらいだね。いや、機銃だって人間を一瞬でミンチに変えるレベルなんだけど。

言ってみれば、車輪で走行する戦車。キャタピラーの代わりに特注のゴムタイヤを履いているから悪路に弱い反面、荷物をいっぱいに積んだ大型トラックくらいの重量があるのに、機動性は無駄に長い貴族用車両の遥か上を行く。

侯爵家でも十台しか配備されていないそれが、細い山道を器用にこちらへ迫って来ていた。

あれはちょっと洒落にならない。

「グリットさん、あれも何とかなりますか?」

念の為に確認してみた。

もしかすると、さっきみたいな活躍がまた期待できるかもしれない。ちょっとワクワクしてる。

そんな無責任な質問に、グリットさんは困った顔で答えを返す。

「あー、ちょっと手に余ると言うか、個人で何とかできる範疇《はんちゅう》を超えてますね。申し訳ありやせん」

「しかもあの装甲、中身を引き摺り出すのは骨が折れるっス」

返答は想定通りのものだった。

まあ、無理もない。機動性を重視して装甲は戦車より薄いと言ったところで、剣や銃器で貫けるレベルじゃない。前世で見知った近代兵器に見えて、ああいった軍事武装には魔法防御も施してある。むやみやたらと願望を押し付けても仕方ないよね。

「私なら車輪を撃ち抜いて足を止めるくらいはできます。けれど……」

「既に主砲の射程内に入ってますからね。そのまま砲撃を続けると思います」

オーレリアの言う通り、機動力を止めれば何とかなる段階は過ぎている。さっきは走りながらの砲撃だったから外れてくれたけど、じっくり狙われたならその精度も上がる。私達は逃げられても村には壊滅的な被害が出る。

「……接近、無理」

「取り付いてしまえば、グリットやニュードが乗り込み口を無理矢理こじ開ける事も可能かもしれねーな。だが……」

クラリックさんが言い淀んだのは、彼やグラーさんが囮となって機銃の照準を引き付けるって方法じゃないかと思う。当然、接近する役のグリットさん達も多大な危険を伴う。

実験の協力者として雇っているだけの彼等に命を懸けろとは言えない。

そもそも、あんなの相手にする事態なんて想定していない。対戦車擲弾とか用意してるならともかく、この近辺の魔物を想定した装備で何とかできる筈がない。

そして、敵対勢力がちょっと犯罪組織の支援を受けているだけの盗賊って可能性も無くなった。あんなの、軍事企業との太いパイプでもなければ入手できる代物じゃない。連中のバックはかなり大きい。

とりあえず、エイシュバレー子爵への疑いが強まったよね。あんな物体が領内を走行していて、何の対処もないとか考えられない。領内に犯罪組織の大規模な基地があるか、領地守備軍の軍事行動に見せかけて黙認したか、どちらにせよ領主の関与無しにこの事態は引き起こせない。

そして、ここに居る誰かに向けた明確な殺意も間違いないと思う。

侯爵令嬢、戦征伯令嬢、大企業の御曹司、目標になりそうな人材も揃っているしね。

ま、詳しいところはふん捕まえた後で吐いてもらおう。

エイシュバレー子爵も締め上げなきゃだしね。

「じゃ、私が片付けようか。オーレリア、動きを止めて主砲を無力化すれば捕まえられる？」

「私の力では鉄鋼に刃が通りませんから、できれば車体に穴を開けてもらえると助かります」

「確か、砲塔を吹き飛ばせば中に通じてるよね？」

「ええ、それで問題ありません。それなら機銃も一緒に無効化できますね」

機銃は上部ハッチから乗り出して照準を定めるよう設置してある。つまり、砲塔を吹き飛ばしたなら戦闘車は武装を失う。高速走行する質量自体も凶器だけど、車輪も止めてしまえばいい。

短くオーレリアと打ち合わせて前に出た。

「は？」

「レティ様？」

キャシー達も烏木の牙の面々も、まるで理解の及ばない様子のまま成り行きを見つめているけど、詳しく説明している暇はちょっと無さそうかな。言葉だけで納得させせられる自信もないし、弾薬装塡の時間を与えれば戦闘車は次を撃ってくる。

普通の令嬢なら逃げるのが正解かもしれないね。

でも、それだと狙い撃たれるままになるから全くの無事でいられる保証がない。砲撃の着弾位置によっては、この村の構造上、村ごと崩落するかもしれない。

と言うか、どれだけ私達を殺したいのか知らないけど、盗賊の仕業に見せかけるには過剰戦力を持ち出した黒幕に対して何より苛立ってるんだよね。

どこまで辿れるか分からないにせよ、実行犯くらいは叩き潰しておかないと気が済まない。

私はラバースーツ魔法に魔力を籠める。

コツはさっき聞いた。下半身を重点的に強化すれば少年漫画の主人公みたいに高く、遠く跳べる。

目一杯空へ舞った私は、ミニ箒リュクスを引き抜いた。同時にアーリーとウィッチも傍へ放つ。

私が戦闘車へリュクスを向けると、他の二本も空中で静止して照準を定めた。

跳躍してから気付いたけど、着地に自信がないから初撃で全てを終わらせる。

「魔力集束、射線確認。……魔法展開同調。アーリー、ウィッチ、目標を車輪へ調整……」

村から単身飛び出した私を警戒したのか、砲塔は私を追う。

でも遅い。

照準を合わせる時間なんて与えない。

「魔力波集束魔法《マジックレーザー》、斉射！」

魔力を固めて撃ち出す無属性の基本、魔弾魔法。それを昇華させた私のオリジナル。

可視化するほどに密度を上げた三つの閃光が戦闘車を貫く。鉄を融解させるほどの威力はないけど、タイヤは容易く焼失、砲塔は遥か後方へ飛んでいった。こうなると無駄に大きい鉄の箱と変わりない。

連中の運は悪くなかったみたいで、砲塔から外部を覗こうとしてた人はいなかったから人的被害はない。ついでに車体は崖下へ転落することなく動きを止めた。

突然車輪を失って、地面を横滑りする車内がどんな衝撃を受けるのかとか、盗賊がどんな恐怖を抱くかとかどうでもいい。

そんな事より既にバランスを崩してる私にとっては、どうやって着地するかの方が一大事だよね。

考え無しの私と違って、風を纏ったオーレリアは本当に空を舞う。砲塔の破壊を確認した彼女は既にバランスを失っている。練習無しに遠距離跳躍は無茶だったかも……。

上部の穴から戦闘車の内部へ飛び込んだ。盗賊が正気を取り戻す前に強襲する。

私がラバースーツを風船みたいに膨らませて衝撃を逸らした代償でバウンドしている間に、鉄箱の中から四つの悲鳴が聞こえた。戦闘車の容量から推測すると、あれで搭乗者全員だと思う。

戦闘車の登場から僅か数分、盗賊の後続は壊滅した。

生き残った盗賊？　縛ってあるから村人が何とかするんじゃない？　安全さえ確保できたなら、他領の貴族である私がこれ以上関わる必要もない。

それにしても、飛べるって便利だね。跳躍と違って融通が利いておまけに素早い。

狭い空間で刃物を使った訳だから、戦闘車から出て来たオーレリアはかなり酷い状態だったけど。

「とりあえず、戻ったらお風呂に入ろうか。私も地面を転がって汚れたからさっぱりしたい」

「そうですね、大浴場にはご一緒しませんけど」

「えー、内風呂は狭いよ？」

「旅先なのですから、お風呂があるだけ贅沢ではないですか」

それ、軍事訓練での野営と一緒にしてない？

時々だけど、オーレリアが伯爵家のお嬢様だって事に疑問を抱く。

「「……………」」

最後の温泉を楽しみにしながら戻ってみると、愕然とした様子で迎えられた。

あれ？

出会って間もないグリットさん達は当然として、ウォズやキャシー達の前で本格的に魔法を披露したのも初めてだったかもしれない。ちょっと刺激が強かったかもね。

オーレリアの場合は鍛錬に付き合う事もあるから、それなりに慣れもある。

「あれだけ叩き潰して追加が来る可能性は低いかもしれませんけど、明日の朝、早い時間に出発しましょう。今日のところは休みませんか？」

「「…………」」

洒落にならない兵器は撃退したけど、状況は何も変わっていない。殺害指示を下した人間は手段を選ばないって知れたから、むしろ危険が増えたくらいかな。

なので明日に備えてゆっくりしようと提案しても、ポカンとしたまま動いてくれなかった。

「おーい、聞いてる？」

「あ、いや、すみません。スカーレット様のあまりの活躍に言葉を失ってしまいました」

「ちょっと……、ちょっと衝撃が大き過ぎて思考が止まってしまってました。助けていただいたのですよね？　ありがとうございます」

「戦闘車って個人で対処できるものなんですね。あたし、初めて知りました。開発者が泣き出しそうな気もしますけど」

先に意識が戻ったのは研究室の面々だった。

「先に教えておいてもらえると、あんなに驚かずに済んだのに……」

「ごめん、ごめん。隠す気だった訳じゃないけど、披露する機会がなかったんだよね」

「た、確かに、これほどの魔法を使う事態に巡り合う事は少ないかもしれませんね」

「こういうの、レティにとっては日常ですから、いちいち驚いていると疲れるだけですよ？」

オーレリア、酷い！

常識外れだって自覚はあるけど、その言い方は身も蓋もなさ過ぎる。少しはウォズを見習って言葉を飾ろうよ。

「あー、緊急事態だと思って割って入りましたけど、もしかして俺達、余計な真似をしただけでしたか？」

「確かに、活躍できたと胸を張っていた分だけバツが悪ぃよな」

「……戦闘車、無理」

でもって、グリットさん達は自信を失ってしまっていた。

「武装集団が村に接近していると気付いて慌てて討伐に切り替えましたが、私達が介入しなくても結果は変わらなかったのではありませんか?」

「正直、無駄足だった気がするっス」

「そんな事はありません。適材適所だったと言うだけです。大型の兵器には私が対処できても、銃器で武装した複数人を相手取るには不安もありましたから」

「そう言うもの、ですかい?」

どうも戦車に穴を開けた魔法が鮮烈過ぎて、折角の貢献が彼等の中で霞んでしまったみたい。だけど私に嘘を言った覚えはない。社交辞令で絶賛したりしない。

圧倒的な魔法で盗賊の心が折れていたならそれでいい。でも追い詰めた結果、銃を見境なく乱射する危険も十分に考えられた。流れ弾がどこへ飛ぶかまでは予想できないし、自棄になった人間の行動は予測が困難になる。

グリットさん達に助けてもらえなかったなら、誰かが傷ついていたかもしれない。

その上、後続に戦闘車が向かっていた事を考えれば、先発の拘束に手間取って戦闘車と同時に対処しないといけない危険まであった。

とまあ、そう言った事情を丁寧に説明して、グリットさん達の奮起にしばらく時間を要した。その分、温泉でゆっくりする時間は減る。

身内の心まで折る予定じゃなかったんだけどなぁ……。

書き下ろし番外編 VS

侯爵家のお屋敷には、何故だか一枚の鱗がご大層に飾ってある。

玄関から貴賓室へと続く途中、明らかに来訪者へ見せる目的なのだと分かる場所に、専用の台座を作って鎮座《ちんざ》させてある。時々お客さんが足を止めて見入っているのだと聞く。

それだけ特別な一品なのだと私にも理解できた。

鱗と言っても私の知っているそれとは大きさがまるで違う。何しろ、成人男性の掌くらいもある。魚類、爬虫類、私の知っている生物のいずれにも該当しない。異世界なんだから知らない生物の存在は否定しないけど、ちょっと本体の大きさが想像できないレベルだね。

メイドさん達が掃除する時も、手袋を装着して丁寧に専用の箱へ移してから、台座を徹底的に磨き上げる。鱗自体の手入れには専門の業者を呼んでいるらしい。明らかに硬質でちょっとやそっとでは傷つきそうもないのに、壊れ物に触れるようにそっと扱う。

ただ命じられているから丁寧を心掛けると言うより、本心から貴重品であると理解している様子が窺えた。敬意を払っていると言っていい。

そして、私にとっても普通の代物じゃなかった。

ただし注目する意味合いはまるで異なる。できるなら何処かへ捨ててほしい。嫌悪しているとさえ言えた。

何故なら、あの鱗はモヤモヤさんを垂れ流す！

私の敵に他ならない。

私が鱗の存在を知る以前、まるで意味が分からなかった。

部屋に出入りする専属のメイドさん達が、多少モヤモヤさんを付着させて来るのは仕方ない。ラバースーツを常時イメージして漏洩を止めている私と違って、他の人は誰からもモヤモヤさんが染み出している。どうも生態に密接しているみたいだから止めようがない。

それに、私がモヤモヤさんを飽和させていない場所ならどこで付着しても不思議はない。多少の不快感はあっても呑み込むと決めていた。

でも、時々モヤモヤさんをべったり付着させたメイドさんがやってくる。私の不在中にそういった人がお掃除に来る事もあって、部屋中がモヤモヤさんでベタベタだった事もある。モヤモヤさんが私以外に見えないって判明するまでは、何の嫌がらせだろうと真剣に悩んでいたくらいだからね。

箒の一振りで綺麗にお掃除できるとは言え、気分が悪い事に違いはない。

原因が分からないから尚更不快だった。

で、ある日のお掃除で謎鱗の前を通りかかった。

衝撃だったよね。

お客さんと私が鉢合わせしないよう、これまであまり連れて行ってもらえなかった区画。そこにモヤモヤさんを吐き出す大本があるとは思わなかった。一帯が真っ黒で気持ちが悪い。

私がお掃除しているのに、知らないところで汚されていた気分。私の頑張りが端から無為にされていた。腹立たしいったらないよね。

ふぬー!!

私は即座に箒を突きつけた。

希少な鱗について説明してくれるフランの声も、今だけは耳に入らない。あれが何か、とか後で考えればいい。

どれだけモヤモヤさんが多かったとしても、私のひと振りでモヤモヤさんはサッと消える。前世で見てた掃除機の通販番組もびっくりの吸引力だよ。

ちなみに、この時点で私は対象が鱗だって漸く認識できた。

モヤモヤさんに塗れてて、黒い何かとしか思えなかったからね。

でも、安心できたのは本のひと時、鱗はすぐにモヤモヤさんを溢れさせ始めた。

蛇口でも壊れた？

モヤモヤさん埋没事件の私もあんな感じだったのかな。

どうも、先にモヤモヤさんを飽和させないと噴出が止まらないみたい。

「わー!!　お嬢様、駄目です！　駄目です!!」

モヤモヤさんの湧出を止める為に謎鱗に触れようとしたら、大慌てのフランに遮られ、ベネットに担がれてその場から引き剥がされた。そのままお父さんのところまで連行される。

なんで？

「あの鱗はこの家にとって、とても大切なものなんだ。ずっと昔に国王陛下から下賜《かし》されたものだから、侯爵家の責任できちんと管理しておかないといけない……と言ってもレティには難しいかな？　昔の王様から貰った大事なものだから、ずっと大切にしているんだよ」

「…………」

直後、報告を受けたお父さんから叱られた。

普段から忙しい人なのに、この件で時間を割くくらい優先度が高いみたい。

感情的になったり、頭ごなしに怒鳴られたりする事はないんだけど、諭すように切々とお説教が続く。三歳児の私でも理解できるように噛み砕いて説明してくれるものだから、分かんないって逃げる事も叶わない。

王様から託されたものだから、末永く保管しないといけない。それは分かる。

この世界の王権がどれほどのものかはまだ知らないけど、家宝に等しいものだってくらいは理解できた。貰った事自体がとっても名誉な事だったんだと思う。貰った以上は管理を徹底する責任が生まれる。

でも、お掃除しようとしただけなのに叱られるのは納得がいかない。

膨れっ面でお父さんのお小言を聞き流していた。そっぽを向いて視線も合わさない。

お父さんはお父さんで、私が珍しく聞き分けのない様子を見せるものだから、戸惑っているように見えた。

モヤモヤさんの事は上手く説明できないから仕方がないんだけどね。

骨格標本とかなら見映えもいいのに、鱗を一枚だけ飾っても様にならないと思う。モヤモヤさんが溢れる事を置いておいても、大きなだけの鱗でしかない。

と言うか、なんで鱗？

まさか、当時の王様の食べさしを押し付けられた？

それでも希少なくらいに珍しい動物だったの？

「あれに何かあったら、お父様はたくさんの人達に叱られるし、義務を果たせなかったと笑われてしまうんだ。レティのせいでお父様が怒られるのは嫌だろう？」

「……それは、うん」

「このお屋敷にレティより大切なものは多くない。他の何かを壊しても怒ったりしないから、あれには触らないようにしてくれるかい？」

「そんなに大事なら、何処かにきちんと仕舞っておいたら？」

理不尽なお説教に不満が燻《くすぶ》っているので、そんな口答えをしてしまう。

同時に、私の視界に触れない場所へ持って行ってほしいのも本音だった。宝物庫とか興味ないから、そこがどれだけ汚れても気にならない。いっそ別棟とかならもっといいかもしれない。

「うーん、うちに来るお客様の中には、あれを見るのが目的の人もいるんだ。王様から贈られたのだと知ってもらう為にも、目に付く場所へ飾っておく必要があるんだよ」

なにそれ？

生活に不自由がないのはいいけど、そういうトコ、お貴族様って面倒だね。

「なら、ガラスの箱に入れよ？」

モヤモヤさんが外へ漏れないなら何とか我慢できるかもしれない。

「だけど、レティがあの鱗にもう触らないって約束してくれるなら、そんな手間は必要なくなるんだよ？」

「嫌っ！　私、あれキライ！」

「そもそもあれには許可した者以外が触れられないように、魔法が施してあった筈なのだけれど……、レティは手を伸ばせてしまったのだね？　レティが盗むなんて考えていないにしても、他の誰かも触れてしまう可能性を考えるとガラスの箱を用意するのも止む無しなのかな……」

そうなの？

全く遮られる気配はなかったよ？

その魔法が一定の行動を妨害するものだとすると、あんまり常識が育っていない子供には効き目が弱いのかな。

（注：魔力量に差があり過ぎて無意識に撥ね除けてしまっただけです）

結局、お父さんはガラスケースの設置を約束してくれた。普段は聞き分けのいい私の、珍しい我儘に折れたらしい。

これでモヤモヤさんの垂れ流しは回避できる。

ガラスケースの中がモヤモヤさんで満たされてる不快くらいは私も呑み込もう。

とりあえず、機嫌を直して私は部屋に戻った。

これで一件落着——とは運ばなかった。

しばらくは平穏が続いた。

だからって生理的嫌悪が簡単に消える筈もない。ガラスケースの前を通る度、その方向を睨みつける毎日だった。モヤモヤさんが漏れてないか確認する意味もあったのだけど。

でも、完全密閉の容器って難しい。それ以前に、お父さんの目的は私の接触禁止と盗難防止。密閉じゃないからそこまでの容器は用意していない。

最終的に、ガラスケース内の内圧が上がってモヤモヤさんが染み出してきた。

しかもじっくり凝縮したせいで、液状で漏れ出てぽたぽた垂れる。

あそこまで密度が上がると私以外にも見えるのか、忙しそうに台座を拭くメイドさんを度々見かけるようになった。放っておくといつものモヤモヤさんみたいに周囲へ広がるんだけどね。

この状態を解決するにはモヤモヤさんを飽和させるしかないのに、今度はガラスの壁が邪魔になる。

困った私は新しい方法を考えた。

箒を振ってモヤモヤさんを収集できるなら、逆に放出ってできないかな？

単なる思い付きだけど、こういう閃きは意外と馬鹿にできない事を経験上で知っている。ラバースーツの時も、ぎゅっと押し込んでモヤモヤさんを飽和させた時も、ついでにビー玉作った時も、イメージが綺麗に嵌まると現実になった。

だから、きっとここはそういう世界。

きっと今回も上手くいく。

私は箒を鱗へ向けると、意識を集中させた。体内へ溜めたモヤモヤさんを排出する自分をイメージする。押し込んで飽和させるときに近いけど、放出口はぐっと絞った状態を想像する。

ガラスケースを割りたい訳じゃない。鱗を壊したら叱られるじゃ済まない。

だから、そっと手を伸ばす。

喩えるなら見えないマジックハンド、箒の先に延長する自分の手を頭の中で構築する。理屈は無茶苦茶だけど、きっとできると疑わない。

しばらく続けていると、鱗を握った手応えを得た。

間違いない！

私にも見えないものの、確かに触れていると実感できる。試しに見えない腕を揺すってみると、ガラスケースの中で鱗も僅かに揺れた。

うん、成功だね。私はまた一つ、モヤモヤさんの不思議操作を覚えた。

ここまでできたなら話は早い。

私は見えない腕を通して、一気にモヤモヤさんを鱗へ流し込む。何度も繰り返したモヤモヤさんを飽和させる感覚、鱗の中でモヤモヤさんをギュッと固める。その手応えも確かにあった。

よし！　これで難題を解決できた。

ここを通る度、モヤモヤさん汚れに悩まされる事もない。

「相変わらずスカーレット様は魔黒龍《ダークネスドラゴン》の鱗が嫌いですね」

集中する余り、仇《かたき》を見るような目にでもなっていたのか、フランが呆れた様子で私を見ていた。

どうも、不用意に触ろうとした結果お父さんに叱られたせいで、嫌悪感を剥《む》き出しにするように
なったと思われているらしい。

と言うか、聞き捨てならない単語が混じってなかった？

「竜⁉　あれって竜の鱗なの？」

突然飛び出た異世界ワードにテンションが上がる。なるほど、あの大きさも竜って事なら頷ける。

ホントに竜がいるなら見てみたい。

「あれ？　知らなかったんですか？　童話に出てくる魔黒龍《ダークネスドラゴン》、その討伐に貢献した証として貰ったものらしいですよ」

そう言えば、そんな童話を読んだ覚えがある。

あれって実話を基にしたものだったんだ。ドラゴンが出てきた時点で創作だと決めつけていた。

だけど、よくよく考えてみたらここって異世界だった。

「まどーし様が竜を倒したお話だっけ？」

「そうです、そうです。〝地殻崩し〟様です」

大地を割って竜を落としたって内容だったから〝地殻崩し〟なのかな。その展開まで創作じゃないんだね。かなりの吃驚人間じゃない？

「竜を倒したのに勇者じゃないんだ？」

「魔導士様と呼ぶのが一般的ですね。魔王種を倒したので勇者様と呼んでも間違いではありませんけど」

「まおーしゅ？」

「はい。魔物を脅威度順に並べた分類で、危険種、壊滅種、災害種、その上です」

また知らない単語が出てきた。

と言うか、魔王って魔物の王様的な存在じゃなくて、手に負えない魔物的な位置付けなんだね。強さが王様クラスって感じかな。

鱗から湧き出てたみたいに本体もモヤモヤさんを盛大に撒き散らすなら、私にとっても恐ろしい存在かもしれない。実物を見てみたい気分が一気に低下した。

「そもそも、まどーしって何？　すっごい魔法使いって解釈でいいの？」

「そうですね。その受け取り方で問題ありません。とってもとっても凄い魔法使い様です」

「凄いってどのくらい？　お父さんの光の雨も凄かったよね？」

お掃除ついでにお父さんのカッコいいところが見えると外へ連れて行かれて、訓練してる筈の騎士達が逃げ惑っているところに立ち会った。あれは吃驚したよね。

小太りで優しいお父さん、魔法を使うと超人だった。

数年前には戦争があったらしいし、領地が危ないなら戦場に立つのもお貴族様の役目なんだとか。おっかないから、私はそんな事とは無縁で生きていきたいよね。前世日本人の私は荒事向きにできていない。

「ジェイド様も凄い魔法使いですけれど、魔導士様はもっと、もーっとです！　国中が震撼するくらいの偉業を成し遂げて初めて、王様に魔導士として迎えられます。だって、王国の歴史でたった十六人しかいないんですよ！」

それは素直に凄いと思う。

確かに大地を割れるなら、逃げ惑うじゃ済まないよね。阿鼻叫喚《あびきょうかん》の様相《ようそう》が想像できる。実際、童話は竜を大地の裂け目に呑み込んで袋叩きにしたって内容だった。

でも同時に、そこまで生じる格差に不安を覚える。生まれ持った才能が人間性を考慮してくれるとは思えない。それで治安って保てるのかな。

「そんなに魔導士が強いなら、皆怖くないの？」

「大丈夫。神様から貰った才能を悪用しない、賜《たまわ》った魔法は国の繁栄の為に捧げるって王様と国民の前で誓いを立てるんです。最初の王様はそう誓ってこの国を作りましたし、五代目の王様も国を大きく発展させました。他の人達も皆英雄なんですよ！」

熱く語るフランからは強い憧れが窺える。この世界の子供は正義のヒロインや綺麗なお姫様より、魔導士様を羨望するものなのかな。

でも私には、国にとって都合のいい魔法使いって聞こえた。

フランの憧れを壊そうとは思わないけど、不信は募る。だって全員が英雄って事は、人柄的に不適格だった魔法使いはいなかったって事？　それは国に都合が良過ぎない？　強制的に戦場へ投入されて、結果として英雄に祭り上げられたって展開もあるのかも。

どちらにしても前世一般人だった私には縁遠い話だと思う。とは言え、前世の知識やモヤモヤさんが見える不思議な目も、為政者達がどう利用価値を見出すか分からない。

目立たないようにこっそり暮らしていくのが一番だね。

書き下ろし番外編

魔法のお勉強

勉強、勉強、また勉強って日々。

大変ではあるものの、苦痛とまでは思っていなかった。

その理由として、ハイスペック侯爵令嬢に転生したってのがまず大きい。前世の記憶と比較すると頭の構造から違う感じで、吃驚するくらいに物覚えがいい。いや、自分の事なんだけども。

おかげで苦手な語学や数学、礼儀作法も大きく躓《つまず》く事なく身に付いた。

歴史や政治はファンタジー設定を学んでいるみたいで楽しめたし、時々突っ込みどころもあって飽きる事無く学んでいけた。神様からの啓示を得たとか、魔法で未来を垣間見たとか普通に歴史に組み込んである。

そんなふうに前向きに取り組めたのには、前世で研究職に従事していた経験も影響している。

何しろ、技術の革新は日進月歩。

最先端に置いて行かれないように情報の感度を常に高めておく必要があった。類似研究には関心を張り巡らせる。

そうして新しい発見を追いかけるだけでもまだ足りない。特許や論文、膨大なデータベースから抽出した関連事例、それらを精査して推論を構築する。先人の積み重ねと進行形の試み、更に自分達が実験を通して得た知見をできる限り掻き集めて研究を結実させていた。

開発なんて、その繰り返しだったよね。一つの研究に区切りがつけば、次の分野の基礎へ立ち返る。新しい知識の修得に終わりなんてなかった。かつての習慣がスカーレット《わたし》を支えてくれる。

前世の常識が通用しない自然科学にはしばらく戸惑いが大きかったけれど、魔法を学びたいなら逃げられない。とは言え、入り口の困難さえ乗り越えたなら、異世界なりの可能性が広がっていた。

前世との違いも興味深い。世界の成り立ちが違うって事だからね。

そして、漸く始まった魔法の勉強にはのめり込むだけの価値があった。ついでにモヤモヤさんが魔素だと判明したおかげで、疑問の解明と魔法の修得は私の中で一本化した。

どうして私にだけモヤモヤさんが見えるのかって事象は置いておく。ヘドロに浸かったトラウマと見た目の不味さで私が不快感を覚えるだけで、害はないから今は好奇心のまま突き進めばいい。

「レグリットせんせ！　魔弾と回復魔法の他に無属性《わたし》が使える魔法ってないの？」

基礎はおおよそ予習してある。私に魔法を教える教師となったレグリットさんからは実践的な知識を学びたいと思っている。

現在、彼女はノースマークの魔法研究部門に所属している。なので、臣下でもあるのだけれど、教師、生徒として向き合う場合は先生と呼ぶと決めた。

応用幅の少ない無属性だった件で、私が魔法に失望するような事態には陥らなかった。可能性が限定されるなら私が広げればいい。

少なくともラバースーツ魔法にビー玉錬成、既に私は新しい展望を切り開きつつある。詳しい理屈は理解できていないけど、モヤモヤさんを物体へ押し込む行為にも魔法的な作用が働いているような気がしてる。

不遇属性ってくらいで私の魔法への期待は止められないよね。

既に家中の魔法に関する書物は読み漁った。なのに、具体的な魔法の発動方法について記した本って著しく少ないんだよね。地水火風の基本属性はともかく、無属性となると皆無と言っていい。

「そうですね……、属性に関わらず扱える魔法となりますが、鑑定魔法など如何でしょう？」

鑑定⁉

有名な異世界ワードが飛び出して、私のテンションはぐいぐい上がる。

それって、敵対相手のステータスを盗み見て「ふっ、ゴミめ」とかマウント取ったり、身分を隠した人物の素性をこっそり盗み見てニンマリしたり、捨て値で売られてる伝説の武器とか見つけて大儲けしたりできるのかな？

他にも、優秀な能力を持った人材を大勢スカウトして最強の軍勢を作ったり……は、柵《しがらみ》が面倒そうだから遠慮したい。ただでさえモヤモヤさんが見える不思議人間の私が、周囲から警戒される要因を進んで引き寄せる必要はないよね。

それでも、少し妄想しただけでワクワクが止められない。

「レグリットせんせは国家認定準級の鑑定師だって話だよね？　でもってせんせは光属性。属性が違うなら似てるだけで別の魔法って事にはならないの？」

「強化魔法と同じで魔力そのものを作用させますから、属性の偏りは結果に影響しません。強いて言うなら、反発する属性、私の場合は闇属性の対象を鑑定する場合に成功の確率が少し下がる程度でしょうか」

魔力そのものを扱うなら私の得意分野って気がする。他の属性と魔力が反発しない分、私は鑑定魔法に向いているかもしれない。

「鑑定魔法については属性の種類より、鑑定魔法に必要な感覚が術者に備わっているかどうかが重要ですね」

「必要な感覚？　どういうもの？」

「……それについては、口頭で説明するより実際に体験してもらった方が早いですね」

何故だか質問を先送りにされて、代わりに鑑定魔法の使用方法について教わった。

方法は単純、鑑定したい対象に魔力を薄く浸透させて、馴染んだ時点でその魔力を素早く引き抜く。

モヤモヤさん漏れ防止に魔力を押し込むのと違って、薄く、対象に満遍なく染み渡らせる。そうして魔力を対象へ順応させると、魔力を引き上げた際に対象の情報が術者側に伝わるのだとか。

操作自体に懸念点は思い当たらない。

魔力の薄い膜、喩えるならラップを対象へ巻き付けるイメージ。ラバースーツ魔法を自分以外へ施すのに近い。

魔力操作はモヤモヤさんのお掃除で散々実践したから容易にできる。得意と言っていい。寝ながらラバースーツ魔法を常時展開しているくらいだから、今更戸惑いはない。失敗する要素なんて考えられなかった。

「…………なんだろ？　頭の中がもにょもにょするよ？」

浸透させた魔力を回収してみると、何とも表現し難い違和感に襲われた。痛みを伴ったり吐き気を催したりするのとも違う。ただ気持ち悪い。

何かしらの情報は回収できたと思うのに、それが何だか理解できない。記憶とも思考とも結びつかない不思議な情報が頭の中を渦巻いて、不快感だけを覚える。

「残念ながら、スカーレット様に鑑定魔法の適性はないようですね」

この訳の分かんない感覚をどうやって適切な知識として読み取るのだろうと試行錯誤していたら、レグリットさんから悲しい事実を突きつけられた。

「えー……」

「不満そうな顔をされても現実は変わりませんよ。魔法は自分の中で理屈を構築する事で習得します。それはあくまで個人にのみ通用するもので、他の人に理解される必要はありません。その代わり、それを消化する感覚が身に付いていなければ、同属性の魔法であっても決して習得できないのです」

「鑑定魔法について、私にそれはないって事？」

「はい。簡単な説明でスカーレット様が回復魔法や魔弾魔法を習得した時、初めてなのに不思議とできる気がしていたでしょう？　その根拠を支えるのが、生まれつき備わった魔法感性と呼ばれるものです」

回復魔法については自覚のないまま習得していたのでレグリットさんの前で披露したのが初ではないけれど、ひたすら快方を願ったフランやベネットの治療を経て、倒れたお母様を助けた際にはそれが可能だって確信があった。

発動が不安定だったのはイメージの構築が不完全だったせいかな。魔法を使っている自覚があった訳じゃないから、その時の精神状態に左右されていた。

それでもって、今なら対象が誰であっても回復魔法が施せる確信がある。なるほど、これが魔法感性って訳だね。

その理屈で言うなら、鑑定の為に情報を得る技術は備わっているけど、解析の為のコードを持っていないから、私にとっては意味不明な数字の羅列でしかないってところかな。物体から抜き取った情報がどういったものなのか、私はまるでイメージできない。

魔法が成功しないのも頷ける。

それでも何とか上手いコツはないものかと魔力の流し方や引き抜く手法を工夫してみたものの、気分が悪くなっただけだった。

修得できたらいろいろ便利そうな魔法なのにね。

「それほど残念がる事ではありませんよ。鑑定魔法の為の感性が備わっている例は、十人に一人もいないと言われています。より詳細に情報が得られる上級の鑑定師となれば一万人に一人も見つけられない才能です。スカーレット様には侯爵家の財力があるのですから、必要となれば上級鑑定師を雇えばよいのではございませんか？」

「どんな場合に鑑定師を呼ぶの？」

「そうですね、領地を治めるなら土地の性質を調べたり、軍隊に支給される装備の品質を確認したりと、幅広く利用できると思います。ただし、術師の知らない知識については読み取れませんから、専門性の高い教養を得ておく必要が出てきます」

うーん、どうも鑑定魔法さえ使えればどんな情報でも手に入るってほど便利でもないみたい。

「レグリットせんせは鑑定を研究に応用してたんだよね。どんな内容だったの？」

「私は薬品の開発を専攻していました。魔草の薬効成分について調べたり、配合した後で成分がどの程度残っているかを調べるといった使い方が主でしたね。協力を求められた際に多かったのは魔法の鑑定ですね」

「魔法？　魔法の何を調べるの？」

「個人がどういった理屈で魔法を発動させているか、ですね。感性で完結している部分を詳しく紐解いて、どういった手順を辿れば再現できるのかを調べるのです」

魔法と聞いて改めて興味が湧く。でも、個人の感覚が左右する魔法を鑑定する事にどんな意味があるのか分からない。

「多くの術者の傾向をまとめて、共通点から使用手順を画一化するのです。例えば火の魔法を使うなら、魔力を燃料に発火点以上の熱を発生させます。空気は周辺に満ちていますから、維持にはそれほど魔力を必要としません。そうした大勢が理解できる理論を共有する事で、火を出す魔法の一般的な発動方法として周知するのです」

「なるほど、随分面倒な手順を踏んでいるんだね。それで、使用方法をまとめた書物が少なかった訳だ」

「はい。私が魔弾魔法を教示したように、基本的な魔法なら広く知れ渡っています。ですが、特殊な魔法となると研究機関や企業が秘匿しているのが現状ですね」

人と違う魔法が個人だけのもので終わるなら発展はない。

感性に頼るだけじゃなくて技術に昇華させるなら、鑑定魔法が必須になるって訳だね。本来なら見えない情報を獲得する魔法、この世界の文明を支えているのだと分かった。

当然、領地の独自性を示すものにもなるから、鑑定によって解明した魔法の使用方法については慎重に扱わざるを得ない。

魔法について勉強していくなら、そう言った魔法で領地に貢献する方法についても学んでいかないといけないみたいだね。私の目指す貴族は個人の趣味で魔法を嗜む存在じゃない。お母様みたいに気高くありたい。

「魔法の画一化は魔道具を作る上でも重要になってきます。付与魔法の組み合わせで疑似的に魔法を発生させるのですから、理論が明示されている必要があります」

魔道具。

前世で言う電化製品。その名前の通りに電気じゃなくて魔力を動力として稼働する。

生活に困らない程度に発展している世界ではあるものの、スマホとか飛行機とか前世と比べると不足している技術も多くある。魔法研究のついでに前世の利便性を目指すなら、魔道具についても知っておきたいかな。

「お話ししましたように、貴族としても魔法の研究者としても鑑定魔法は外せません。スカーレット様が優秀な鑑定師と巡り合えると良いですね」

「レグリットせんせじゃダメなの？」

「そう言っていただけるのは光栄ですが、私より優秀な鑑定師は大勢いますよ。最初は私で十分でも、私の専門と異なる分野へ進むならお抱えの鑑定師を探す事は必須になると思います」

私の目指す方向性を得意としている人、或いは一緒に専門性を高めていってくれる人を探さないといけない訳だね。

目指す分野を確定させる為にも、今は多くを学んでおかないといけない。

「無属性のスカーレット様は魔法感性において不利な立場にいます。魔力量はかなり多いようですので、これから学びを得る中で感性に触れる事柄を見つけられれば、魔法の可能性を広げられるかもしれません」

「そんなに不利なの？」

「ええ、私が魔弾魔法と回復魔法くらいしか教えられなかった理由もそこにあります。無属性がどういった現象に作用するものか、あまり明らかになっていないのです」

「先日読んだ本では、魔力そのものを形成するって可能性に触れてたけど？」

「私もその本は読んだ事があります。けれど、大量の魔力消費と繊細な魔力操作を必要とするにも関わらず、実体化させるところまで届いていないのが現状です。水属性が作る氷、地属性が作る石や金属には及びません。実用的な技術とまでは言えないと思います」

実体化させたところでビー玉ができるだけだから、その後の扱いに困るよね。

「無属性の不利を示す設問として、こう言ったものがあります。スカーレット様、〝ここに何がありますか？〟」

そう言ってレグリットさんは何もない空間を指差す。

何もない訳だから、そのままを答えるしかないよね。意図が分かんなくてとても困る。

ところが、同じ質問をフランに振ると回答は違った。

「空気、でしょうか？　多少は動いていますから、〝風〟と言って良いかもしれません」

「そうですね。私なら〝光〟でしょうか。水属性の人なら水分、冷気、闇属性の人は重力が働いているのではないかと」

うわ、自分の中からは湧いてこない答えが出てきて戸惑いを覚える。

「これが魔法感性です。多くの場合で、自分が干渉できる存在を最初に思い浮かべます」

「えっと、つまり、何もないと考えた私は、最初の印象の時点で可能性を狭めてしまっていたって事？」

「はい。そこを突き崩す事が、スカーレット様が乗り越えるべき壁になると思います」

困ったね。

最初のハードルが随分高い。

その点では鑑定魔法に適性がなかった事も手掛かりを狭めてしまっている。

しかも前世の物理法則を齧ってしまっているものだから、物体に対して何かしらの作用が働いていると分かってしまう。それが無属性に分類されるって何？

……

…………

…………

……………………あれ？

先行きの不安に頭を抱えていたら、ふと引っ掛かるものに気が付いた。

さっきのレグリットさんの設問に、私は何を連想した？

〝何もない空間〟

最初に思い浮かべたものに干渉できるなら、無属性の魔力《わたし》は空間に干渉できる？

前世の常識を思えばとんでもなく荒唐無稽《こうとうむけい》、なのに違和感は生まれない。

この感覚には覚えがある。ビー玉を作った時、ラバースーツ魔法を完成させた時、最近では回復魔法を完全に習得した時、何故だか理屈を超えて確信が生まれた。そして、これは鑑定魔法では得られなかったものでもある。

頭の中のパズルがカチリと嵌まる。

でも、まだピースは足りていない。空間と言っても、何もないと判断した感性も間違っていない。このままでは干渉する空間の始点と終点を設定できない。魔法を作用させる範囲を明確にする必要がある。

その問題もすぐに解決した。

授業は室内で行っているんだから、この部屋は〝区切られた空間〟と言える。

「お嬢様？」

「スカーレット様……？」

フラン達の呼びかけも今は耳に入らない。

魔法を施す空間をこの部屋と決めたなら、私はすぐさま実行に移そうと部屋の入口へ駆けた。扉は閉めておかないといけない。

その上で壁に手を突き、意識と魔力を集中させる。

魔法は魔力を消費して無から有を生み出せる。私の中でイメージした通りに現実を改変する。

この部屋、空間そのものの複製を考える。増えた空間を重ねれば、当然内部面積は広がる。魔法が作用するのはこの部屋だけだから、外へ増加面積が漏れる事態はきっとない。

空間を一つ重ねたなら面積は倍に、更に二つ複製したなら四倍へ……。

「……空間構築、魔力量調整……複製、内部重複、魔法干渉範囲内安定。……構築、複製、重複、安定。……構築、複製、重複、安定。……構築、複製、重複、安定。

……構築、複製、重複――」

広がれ、広がれ、広がれ、広がれ、広がれ、広がれ…………！

新しい可能性で夢中になって、加減ってものは何処かへ行方不明になっていたのだと思う。ひたすら魔力を空間へ注いで、ふと後ろを振り返ってみると室内に地平線が広がっていた。

「流石お嬢様、早速無属性の可能性を広げられたのですね。お見事です」

「こ、こんな……、まさか」

フランは何故だか誇らしそうで、レグリットさんは恐ろしいものを見るみたいな視線を私へ向ける。どうでもいいけど、ぱっと見、広大な部屋で遭難しているように見えるね。

レグリット先生、理解できる範疇を超えたのかな。でも、教えられた通りに実践しただけだよ？

乗り越えるべき壁、秒で崩れたけども。

「空間に魔力を作用させるから、広義には空間魔法ってところかな」

「……」

「あれ？」

理論を解説したら、レグリットさんが頭を抱えて動かなくなってしまった。色々とキャパを超えたらしい。フランはまるで動じていないのにね。


当たり前の流れとしてお父様へ報告が行った結果、極秘会議が開かれた。

空間魔法という新しい概念を生み出したと説明すると、お父様も頭を抱えたよね。

まず、私が新しい魔法を作った事実は伏せる。その上で私以外にも模倣《もほう》が可能かどうかの検証を慎重に行う。その為にも、無属性術師の捜索と育成から始めないといけない。どういった理論で構築されているのか調べる鑑定師の育成も必要となる。結論を焦らないでじっくり時間を充てる。

とりあえず、そんな流れに決まった。

使い方によっては従来の輸送の概念を大きく突き崩す。有益であると同時に、混乱も招くと私にも想像できた。

他の無属性術師でも真似られるならともかく、私以外に再現できないとなると、私の人権を無視して空間魔法を発動させるだけの人生が待ちかねない。王家含めてその利便性のみを追求するなら、侯爵家の権力でもっても抗いきれない可能性が高いらしい。

そんな未来は望んでいない。だから方針に異論はない。

便利魔法を封印するのは勿体ないので、検証は続けてほしいと思う。何しろ、無限収納を可能とするファンタジーの具現だからね。

空間魔法にはきっともっと先がある。

とは言え、当事者の私は魔法の勉強を始めたばかりで、研究に関わるには色々足りていない。

残念だけど検証はレグリットさん達に任せて、私はこっそり便利使いしようかな。開発者の特権だからね。

あとがき

初めまして。Web の投稿もご存知の方は、こんにちは。

拙作を手に取ってくださいましてありがとうございます。この度、運良く小説家としてデビューさせていただきました Klyou です。楽しんでいただけたでしょうか？


この作品は、私なら異世界転生をどう描くだろう……という挑戦から始まっております。

誰にも止められないチート魔法使いを主人公に据えたい。だからと言って、生まれながら最強だったなんて設定にはできません。基本的に理屈っぽい人間なので、私は現象に理由を求めてしまうのです。そこで生まれたのが、魔力の起源であるモヤモヤさんと、それを何故か目視できるレティだった訳です。彼女の変な目はチート能力に違いありませんが、ヘドロに浸かって号泣する、モヤモヤさんを除去しないと日常生活で無駄にストレスが溜まるなど、プラス方向にばかりは働いていません。

このあたりを細かく設定してしまうのが私です。

書籍化にあたってそれなりのストーリーを追加させていただきましたが、それも私のこだわりからでした。

異世界に転生したのだから、その幸運を目一杯に堪能したい。それがレティの目的です。

モヤモヤさんが見える事を切っ掛けに、レティが魔法に興味を持つのは当然の流れだと言えるでしょう。現代に生きて、魔法なんて不思議現象と出会ったなら、私でもそう考えます。

かと言って、貴族に転生したからと現代人がそれらしく生きられるものでしょうか？　私なら、そんな面倒はご免こうむります。それなら、レティはどうして立場を受け入れられたのでしょう？　……なんて考えていたら、肉付けに二万字近い追加エピソードを書いていました。

本巻最後の「埒外の魔法使い」なんて、もっと酷いです。

できれば一巻の最後をレティの活躍で締めくくりたい。そんな事をぼんやり考えていたある日、偶然立ち寄ったイベントで自衛隊が戦闘車を公開するところに立ち会いました。

その時、唐突に閃いたのです。是非とも、これとレティを戦わせたい！

誰に頼まれた訳でもないのに、そのまま徹夜で追加エピソードを書き上げていました。

これはあくまで本編で、書き下ろしSS扱いにしないでほしいと我儘を言ったのも私です。書いたら書いた分すべてを一冊に捻じ込んでくださった編集様、本当に感謝しています。

おまけに、思い付きの追加にまで挿絵をつけていただきました。パルプピロシ先生、美麗なイラストをありがとうございます。レティって、こんなに可愛い子だったのですね。

実際のところ、私は小説家になった気がしていません。書籍化しても、未だ趣味の延長のつもりでいます。そんな私の作品に興味を持っていただいた読者の皆様には、感謝してもしきれません。少しでも楽しんでもらえる作品となるよう、今後も尽くしていきたいと思います。

できるなら、二巻以降もお付き合いいただけると幸いです。それでは、また。

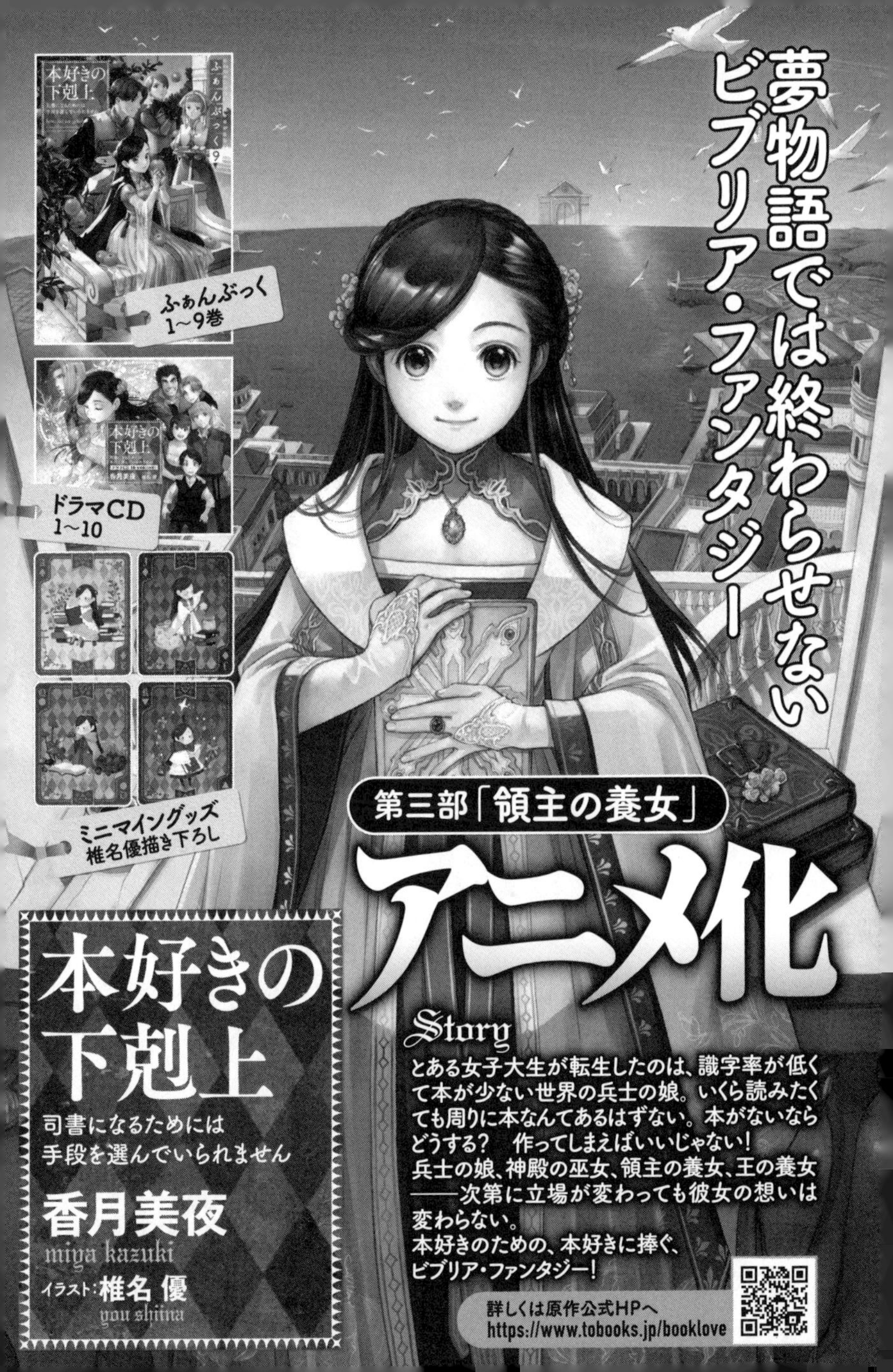
夢物語では終わらせない
ビブリア・ファンタジー
ふぁんぶっく
1〜9巻
ドラマCD
1〜10
ミニマイングッズ
椎名優描き下ろし
第三部「領主の養女」
アニメ化
Story
とある女子大生が転生したのは、識字率が低くて本が少ない世界の兵士の娘。いくら読みたくても周りに本なんてあるはずない。本がないならどうする？　作ってしまえばいいじゃない！
兵士の娘、神殿の巫女、領主の養女、王の養女
——次第に立場が変わっても彼女の想いは変わらない。
本好きのための、本好きに捧ぐ、
ビブリア・ファンタジー！
本好きの
下剋上
司書になるためには
手段を選んでいられません
香月美夜
miya kazuki
イラスト：椎名 優
you shiina
詳しくは原作公式HPへ
https://www.tobooks.jp/booklove

©三木なずな・TOブックス／没落貴族製作委員会
没落予定の貴族だけど、
暇だったから魔法を極めてみた
2025年1月6日から
テレ東・BSフジほかにて
TVアニメ放送開始!

NOVEL

第⑩巻
2025年
1/15
発売!!!

COMICS

2カ月連続刊行!

第❾巻
2025年
1/15
発売!!!

第⑩巻
2025年
2/15
発売!!!

最新話はコチラ!

SPIN-OFF

「クリスは
ご主人様が大好き!」
2025年
1/15
発売!!!

最新話はコチラ!

〈 放送情報 〉

テレ東 1月6日から毎週月曜 深夜1時30分～
BSフジ 1月9日から毎週木曜 深夜0時30分～
※放送日時は予告なく変更となる場合がございます。

U-NEXT・アニメ放題では最速配信決定!
ほか各種配信サービスでも随時配信開始!

STAFF

原作：三木なずな『没落予定の貴族だけど、暇だったから魔法を極めてみた』（TOブックス刊）
原作イラスト：かぼちゃ
漫画：秋咲りお
監督：石倉賢一
シリーズ構成：髙橋龍也
キャラクターデザイン・総作画監督：大塚美登理
美術監督：片野坂悟一
撮影監督：小西庸平
色彩設計：佐野ひとみ
編集：大岩根力斗
音響監督：亀山俊樹
音響効果：中野勝博
音響制作：TOブックス
音楽：桶狭間ありさ
音楽制作：キングレコード
アニメーション制作：スタジオディーン×マーヴィージャック

オープニングテーマ：saji「Wonderlust!!」
エンディングテーマ：岡咲美保「JOY!!」

CAST

リアム：村瀬 歩
ラードーン：杉田智和
アスナ：戸松 遥
ジョディ：早見沙織
スカーレット：伊藤 静
レイナ：宮本侑芽
クリス：岡咲美保
ガイ：三宅健太
ブルーノ：広瀬裕也
アルブレビト：木島隆一
レイモンド：子安武人
謎の少女：釘宮理恵

詳しくはアニメ公式HPへ!
botsurakukizoku-anime.com

シリーズ累計 85万部突破!!（紙+電子）

アニメ化決定!!!!!

にぃにとれーのおはなしだよ!

COMICS

第6巻
1月15日
発売!

※第5巻書影　イラスト：よこわけ

コミカライズ大好評・連載中!

CORONA EX
コロナEX
TObooks

https://to-corona-ex.com/

DRAMA CD

CAST
鳳蝶：久野美咲
レグルス：伊瀬茉莉也
アレクセイ・ロマノフ：土岐隼一
百華公主：豊崎愛生

好評
発売中!

白豚貴族ですが前世の記憶が生えたのでひよこな弟育てます

shirobuta
kizokudesuga
zensenokiokuga
haetanode
hiyokonaototousodatemasu

シリーズ累計
60万部
突破!
（電子書籍も含む）

シリーズ公式HPはコチラ!

第二部最終章
涼が不在の中央諸国で
人類の存亡をかけた戦いが始まる！
V
著：久宝 忠
イラスト：天野 英
水属性の魔法使い
第二部　西方諸国編
2025年1月15日発売決定!!!